黄杨月作品集

黄春炳 主编

中国文史出版社
CHINA CULTURAL AND HISTORICAL PRESS

图书在版编目(CIP)数据

　　黄杨月作品集／黄春炳主编. —北京：中国文史
出版社，2021.12
　　ISBN 978-7-5205-3444-4

　　Ⅰ.①黄…　Ⅱ.①黄…　Ⅲ.①中国文学–当代文学–
作品综合集　Ⅳ.①I217.1

　　中国版本图书馆 CIP 数据核字(2021)第 252842 号

责任编辑：**蔡晓欧**

出版发行：**中国文史出版社**

社　　　址：北京市海淀区西八里庄路 69 号院　邮编：100142

电　　　话：010-81136606　81136602　81136603（发行部）

传　　　真：010-81136655

印　　　装：成都兴怡包装装潢有限公司

经　　　销：全国新华书店

开　　　本：880 × 1230　　1/32

印　　　张：11　　　　字数：275 千字

版　　　次：2021 年 12 月第 1 版

印　　　次：2022 年 3 月第 1 次印刷

定　　　价：88.00 元

《黄杨月作品集》编委会

传神文笔誉斗门

摆放在我们面前的这本《黄杨月作品集》，大家都会感到有点惊讶，变化太大了，面目几乎"全非"了，简直是"脱胎换骨"了。除了刊头"黄杨月"那三个字相同，其他都不同了。

不同是好事。它标志着我区的文学又上了一个新档次，正朝着越来越美好的"理想彼岸"靠近；也预示着斗门的文学迈上了一个新台阶。

《黄杨月作品集》选用正式出版书号，是一本精美的书籍。从版面设计、纸张质量、稿件的选用，与过去那本内部资料相比，是一个质的"飞跃"。尤其是美文增多，《在斗门过年味更浓》《初冬游九寨沟》《难忘师恩》……这些作品选材角度好，文笔老到，文字清丽，感情浓郁真挚，可以说是"锦心绣口"。"我来到了水磨坊，只见一股奔腾不息的雪域神水向我扑面而来，涌动着雪般的浪花，成了一堵蔚为壮观的瀑布从高处而下，而又静静地流淌过沟底的林木之间……水汽腾飞，景色朦胧，群山叠峰，彩虹飞舞。几缕阳光穿透林间，照在水珠飞溅的瀑布上，水光激滟闪着银光，像千百条银龙在飞舞，像千万匹骏马在嘶鸣。

声、色、景让你永远难以忘怀。"

鲁迅先生说："文艺是国民精神所发的火光，同时也是引导国民精神的前途的灯火。""文章合为时而著，歌诗合为事而作。"实现中华民族伟大复兴的中国梦，文艺的作用不可替代，文艺工作者大有可为。民间有大美、生活有真情，到基层、到群众中去汲取营养力量，是我区文艺工作者的共识。

在文艺创作实践中，很容易沉浸在小众的低唱浅吟中，容易落入冥想玄思的窠臼中，这样的文艺作品，就算辞藻再华丽，始终是脱离了大众的主调，不能表达群众的喜怒哀乐，生命力必然枯竭。文艺并不能自然而然地走进人的内心，起到化人的作用。唯有那些真诚热爱人民、热爱生活的人，他的作品才会有心灵的穿透力，给人一种温暖的感觉，也才能引起读者的共鸣。"为什么我的眼里常含泪水？因为我对这土地爱得深沉。"有这样的挚爱，才会写出深沉、受读者欢迎的作品。

2014 年文艺工作座谈会召开以来，我区文艺创作活力迸发，精品力作不断涌现，文艺队伍面貌发生了可喜的变化，广大文艺工作者保持旺盛的创作激情，深入火热的生活，挖掘历史遗迹、革命传统、乡村振兴、生态建设、非遗文化、美食文化等素材，从中得到艺术感悟和思想启迪，创作、打磨了一批优秀作品，这本《黄杨月作品集》就是他们创作成果的一个完美的缩影。

今天的斗门，民间文化艺术灿烂丰富、多元多彩，文学、摄影、舞蹈、美术、书法、曲艺、音乐等艺术形式共荣共生，获评"中国曲艺之乡"；"水上婚嫁""装泥鱼习俗"入选国家级非物质文化遗产名录……这些成绩，为大斗门民俗文化传统增添了独特的魅力。

"乡野撷花汁，酿蜜舒心扉。五凤多楼手，黄杨月清晖。"冀希这本文丛能收到"温润心灵、启迪心智、传得开、留得下，为人民群众所喜爱"的效果，为斗门的文学繁荣送上我们的一份厚礼。

黄春炳　黄龙汉
2021 年 9 月

目录 Contents

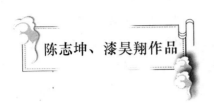

立足岗位用心耕耘　致富奉献助力乡亲

——记全国优秀共产党员梁美容

漆昊翔　陈志坤

　　人生需要美丽，美丽需要奉献。而自己耕耘富裕后又去帮助困难的人走上致富路，这就是美丽的人生。在斗门区白蕉镇就有一位这样的人。她是全国优秀共产党员，现任珠海市斗门区白蕉镇昭信村村委、支委、妇联主席梁美容。

　　梁美容，1970年4月出生，2004年加入中国共产党。说起梁美容，在白蕉镇昭信村可以说是无人不晓。她是村"两委"干部、妇联主席，她是珠海市进才水产养殖专业合作社社长，既是养殖能手，又是带领村民致富的巾帼女强人。她入党17年来，一直以执着的信念、炽热的忠诚、奉献的精神，默默奋战在农村基层工作第一线上。她始终践行着入党时的誓言，做党的好女儿，当群众心中的好村官。她先后荣获全国劳动模范、全国巾帼建功标兵、全国五好家庭、广东省科普惠农兴村"带头人"、广东省"三八红旗手"等荣誉。在今年建党100周年之际，她，更是荣获2021年"全国优秀共产党员"称号，是珠海地区唯一入选的全国优秀共产党员。尽管被贴上各种荣誉的"标签"，但梁美容始终认为自己是党员也是村干部,要立足本职岗位,踏实工作,尽心尽责为村办实事、为村民做好事。正是她长期以来默默耕耘、无私奉献的作风,赢得广大村民的信赖和点赞。

探索创新,用双手拼搏不凡人生。昭信村水网纵横,是国家地理标志产品"白蕉海鲈"的主产区之一,养殖面积 4700 多亩,全村有 90% 的村民从事水产养殖。梁美容自 2004 年起,在昭信村从事饲料经营,白蕉海鲈的收购、销售及养殖,在面对一些困难养殖户时,她常常无条件地赊饲料给他们,正因如此,她凭借良好的口碑和诚实的信誉深受村民及养殖户的信任和称赞。20 世纪 80 年代,斗门人通过捕捞野生鱼苗进行人工繁殖,开始尝试养殖海鲈。经过十多年的努力,被引进的"七星鲈鱼"受到青睐,养殖面积也不断扩大,在白蕉镇逐渐形成灯笼、榄夹、新环三大养殖片区,"白蕉海鲈"由此得名并不断走向盛名。为了能形成特色和规模,镇、村开始鼓励发展水产养殖,但敢尝试的村民没几个,毕竟这要资金、技术和经验。别人不敢干,但梁美容却觉得是机会。在与丈夫商量后,她关了夫妻俩经营的餐厅,拿出所有积蓄投身海鲈养殖,凭着一股狠劲,她愣是干成了一番事业,成了村里数一数二的海鲈养殖专业户。"幸福是奋斗出来的!"凭着这一信念,梁美容走出了一条从普通农妇到乡村"女强人"的逆袭之路。如今,她也经常用这句话鼓励村里的乡亲,还把它改成自己的微信名字,希望身边的人也能有所启发,一起去奋斗,共同去拼搏。

公而忘私,带村民走向致富之路。在当地,一直以来因养殖户分散、个体户养殖规模小、技术缺乏、管理混乱、销售渠道匮乏等问题导致养殖户的产品竞争力差、养殖收益低。要想确保水产品价格和质量的竞争优势,就只有走专业化、产业化、规模化

黄杨月作品集

的无公害养殖模式。于是梁美容在 2013 年 10 月创办进才水产养殖专业合作社，用"公司+合作社+基地+农户"的模式运作，由合作社提供种苗、饲料、技术、药品、销售途径等，利润与成员按股份分配。合作社一直秉承先富带动后富的宗旨，不断提高养殖技术，开拓海鲈销售渠道。这一做法获得成功，因而得到村民的一致好评。

一花独秀不是春，百花齐放春满园。事业上越走越顺的梁美容，希望能带领更多村民过上好日子。于是她拿出自己租用的 100 亩鱼塘，作为帮扶村民的创业就业基地，带动同村困难村民脱贫致富。2013 年，白蕉镇昭信村的梁玉秋打算养殖海鲈，但迫于资金压力无法实施。得知此事后梁美容主动提出负责鱼塘的所有投入资金和养殖技术，而梁玉秋只需要出人力，她在梁美容的帮助下慢慢走出了困境，生活也有了盼头。通过这种合作模式，梁美容为本村 56 户农户提供了养殖致富的平台，目前已有 10 多户家庭通过从事水产养殖业脱贫。而"进才水产养殖专业合作社"也获得多个荣誉——"康乃馨"帮扶困难妇女创就业基地、珠海市巾帼创业示范基地、珠海市农民合作社市级示范社。

默默耕耘，让精神文明遍地开花。在改善村民物质生活水平的同时，为了进一步丰富广大村民精神文化生活，身为村妇联主席的梁美容成立了昭信村妇女广场舞队伍，带领群众用美丽的舞姿展现新农村建设进程中广大妇女同胞的精神风貌和积极向上的情怀，现在广场舞已成为昭信村最受欢迎的群众性文体活动。同时，梁美容还在村党支部的支持下积极做好昭信村的文化建设工作，组建昭信村文化活动中心，配备多功能室、培训室、儿童创意室、阅览室和电脑室等，满足了农村群众业余文化生活需求，为社会主义新农村建设注入了精神活力。在梁美容看来，有着

"农村致富女带头人"这个称号的自己不仅要真真正正做诚实守信的新时代妇女，实实在在服务农村，更重要的是要促进农村妇女创业发展，让农村妇女有更好的生活。梁美容经常勉励村里女性勤奋学习、刻苦求知，做自尊、自信、自立、自强的时代女性。她甚至将自家房屋的一层作为合作社的培训和活动场地，经常开展各项培训和其他活动，每年举办种养殖培训班 10 余场，培训各类养殖人才近 1000 人次。她的工作行动和亲民惠民之举，赢得村里党员群众的高度赞誉。

初心不改，把为民服务放在心上。2004 年，梁美容光荣地加入了中国共产党。"加入党组织，就要一心跟党走，听党的话，服从组织安排，为党奉献是我一生的追求。"她是这么说的，也一直是这么做的。由于工作能力突出、性格直爽、为人真诚、处事公正，2015 年，梁美容被组织任命为白蕉镇昭信村"两委"干部兼妇联主席。2017 年台风"天鸽"肆虐，鱼塘低压线路遭受严重破坏，无法正常供电，养殖的鲈鱼面临着大面积死亡危机，梁美容第一时间站出来号召、组织村里养殖户积极开展自救，临时竖起木电线杆以求最快复电，及时联系技术人员和保险公司理赔，最大限度地挽回了损失。她还组织村工作人员深入到重灾区，为村民清淤修路、修复破损房屋，尽快恢复村民生产生活。2020 年疫情来袭，她冲锋在前，主动承担起村里最前线的防疫工作，带领村里群众一起抗击疫情。特别在疫情初期口罩供求紧张时，她通过多方努力，筹集到 700 多个口罩，免费派送给村民。突如其来的新冠疫情使昭信村海鲈销售也与其他生产一样大幅受挫。面对这种状况，梁美容立即调整村里海鲈养殖规模，调动合作社流动资金，帮助合作社会员顺利地渡过难关。

十多年来，梁美容的为民之举，大到修桥补路，小到家庭纠纷调解，只要村民有需要，她都会第一个出力支持、都会认真地协调解决。每一件看似平常的工作，都彰显着她作为一名共产党员的担当和使命。昭信村后备干部陈光慧刚就职不久就受到梁美容的感染，她说："美容主任时刻跟我们说，一定要以服务人民为中心。我要向她学习如何提高党性修养，不忘初心，牢记使命，始终把为人民服务放在第一位。"

花开花落会有时，但梁美容耕耘致富与文明奉献之花一直灿烂地绽放着。

建党百年抒怀

陈志坤

踏着党开辟近一个世纪的道路，
我们昂首迈步走进 2021 年。
百年大党的光辉，
慈祥和煦的光芒照亮了神州。
北疆的瑞雪化作甘泉，
南国的春雨滋润大地。
我们的心情，
如朝霞放歌似涓流甘露。
我们仰望落霞的彤彩，
挽留昨天的斗志，
沐浴今日的艳阳，
谱写大地的春晖。

那初春的祝福：
吉祥如意牛气冲天、
万事顺心牛劲出头，
皆朗朗上口无限欢欣，
那就是今年至高的佳音。

我们曾记否？
一百年伟业里，
从历尽艰辛到国强民安，
当年那希望的小红船，
成为承载人民幸福的巨轮。
如今的华夏大地，
百姓安康业茂，
工农商旅齐丰收，
欢乐升平展风采，
科技文明添新枝。
万众抗疫彰显人间大爱，
赢得九州太平齐贺颂。
新时代的人民不忘初心，
"二次创业"再出发，
推动乡村振兴焕文明，
加快湾区建设现新貌，
合力共筑中国梦。

一百年来的理想之路，
那永不落的星辰在闪烁，

那生命的光辉在福照大地，
那正确的方向在激励人民。
天上白云悠悠飘，
地上长河涓涓流。
春山应常绿，
夏雨润芳华。
我们的美景：
如关不住的牡丹色，
像广袤的绿茵醉，
三春景致祥气如虹，
夏花烂漫果硕丰。
人间温馨歌舞翩跹，
天下大同心相连。
我们再期许，
世界和平和睦相聚，
春种夏熟又秋收，
百业俱兴人民表欢言，
桂花美酒庆瑞年。

江山就是人民，
人民就是江山。
华夏文明曾惊艳人类，
现代中国已屹立世界。
只要把准历史方位，
民族的伟大复兴，
将不惧山高不惧路长，

愿望在远方目标在眼前。
时代在变化，
社会在发展，
我们必须坚定理想和信念，
奋斗路上风雨无阻，
一起高歌不断行进，
共享成功的幸福和荣光。
说不尽的心语，
唱不完的颂歌。
祝福伟大的祖国，
祝福伟大的人民，
祝福伟大的共产党，
你我努力事业勇担当。

陈志坤，男，出生在20世纪60年代中期，本科学历，现供职于宣传文化管理单位。擅长写新闻、散文、游记等，为本刊的编委主任。多年来，致力于推动本地的文学艺术的发展，悉心挖掘和培养艺术人才，多方策划和组织文化艺术活动，积极联系和沟通各文艺协会。在闲暇之余，也采写些文学作品，以寄生活情怀、与文友读者同乐。

漆昊翔，男，出生于20世纪90年代，中共党员，斗门区委宣传部干部，平时爱好写作，文笔基础好。

在斗门过年味更浓

黄春炳

　　我与他相识纯粹是偶然。因为他喜欢文学，我也痴爱，在一次下乡走访企业时认识了他。他三十来岁，结实、厚道、朴实。广西人，来斗门某企业工作。因大家都姓黄，堂号也是江夏，我一说出江夏黄族的"认祖诗"，他不加思索就背了出来："骏马登程出异乡，任从胜地立纲常。年深外境犹吾境，日久他乡即故乡。朝夕莫忘亲母语，晨昏须荐祖宗香。万望苍天垂庇佑，三七男儿总帜昌。"他说："来斗门十多年了，按我们黄姓的认祖诗，日久他乡即故乡了。"

　　他很健谈。几次交往，我俩成了莫逆之交。每次跟他在网上聊天，他都滔滔不绝。

　　他说，他越来越觉得斗门这地方好，山好、水好、人好、环境好。所以他动员兄弟姐妹全来斗门工作与生活了。家乡只留下父母。他想动员父母来，但考虑条件还未成熟，主要是住房。现在住的房子是企业的员工宿舍，二房一厅，他有两个小孩，一男一女。他们夫妻一个房，孩子一个房，父母来了就只能当"厅长"，那对父母有点不敬了。他已在距厂不远的"御金山"小区里买下了一个单元，银行贷款。楼还未交付。往年的大节日，特别是春节，他都与兄弟姐妹一同回去家乡与父母团聚。可是今年春节，他不回老家了。

也许，日久他乡即故乡了；也许，受疫情的影响。

他说，这两个因素都有，尤其是后者。今年遇上新冠病毒疫情，一直延至年底，年底有反弹。可斗门防控得好，都没发生过一例，天天都是零风险。虽然老家也没发现过一例，可沿途呢。说不吉利的，在斗门你是好好的，可一回去说不定在哪儿感染上了，你岂不是木匠担枷祸自招？花钱找罪受？这种病不是一般的病，传染的速度快，有的感染上了自己还不知道，叫无症状感染。过去谈癌色变，现在谈新冠心惊。疫情为我们一家在斗门过年创造了一个好机会。

他说，在斗门过年，我觉得不是一般的好，而是特别特别的好。在斗门过年，其心也暖，其情也乐，其味也浓。可以用"浓烈"或"浓厚"来形容年味。

他说，年味是一种感觉，气氛喜庆祥和、快乐，心情特别怡悦、舒畅。过年时一个活动接一个活动，文化下乡、体育比赛、唱戏娱乐，让人目不暇接，乐不胜收。邻里、老乡、同事个个穿上新衣，春风满面，见面时喜气洋洋恭贺新禧、祝福安康；加上一家人团团圆圆，欢欢乐乐，年货富足，吃得有滋有味，有说有笑，这年就过得有"味"，年味就祥和、爽快、浓烈、红红火火。正如"中国年味"这首歌唱的这样："贴春联，放鞭炮，男女老少把舞跳；包饺子，炸年糕，家家户户真热闹；年夜饭，挂灯笼，家人团圆乐逍遥；幸福美满中国年，新年祝福不能少。穿新衣，戴新帽，一年更比一年好……"

他说，今年厂里为了吸引员工在厂里过年，拿出了300多万元作暖心的礼包。礼包一：留在厂里过年的员工，每人都有一份米、油、冬菇、粉丝、腊肉等丰厚的年货，夫妻的一人一份，保证一家子过年吃不完。礼包二：年二十八举行大抽奖，一等奖是10000元，二等奖是5000元，三等奖是2000元，安慰奖是100元。凡参加抽奖的员工，都会收到红包。礼包三：春节后初七上班头一天，每个员工拿到开工"礼市"1000元。礼包四：父母在外接过来到厂里过年，住得窄迫，技术员级别以上的员工父母可免费到厂的招待所住，报销父母来厂的车旅费。我刚好符合。因此，我的父母提早半个月做好核酸检测就来到斗门了，住在厂的招待所里。那招待所原是招待外地采购员或来厂指导的技术员。两房一厅一卫，空调、电视、电脑、wifi 等设施齐备，冷热水供应。没有五星标准，也达四星。爸妈说，活了一辈子，还没有住过这么高级的旅店。他们高兴的样儿，真叫我一时难以用准确的词语形容。我说出几个形容高兴的词语，你帮我选择，看哪个准确？心花怒放、眉飞色舞、欣喜若狂、手舞足蹈、笑容可掬、喜出望外、欢欣雀跃。

我说，用哪个都可以，都准确。

他说，今年的活动也特别多。春节前夕，厂里举行云上的赠对联活动，我家得到赠送的对联是："神州合力戮瘟疫，华夏同心奔小康。"这对联合心意，我把它工整地贴在门口两边。除夕与初一、初二、初三几天，厂里举行云上游园活动，有礼品送。区上还有云上"寻年味，品年俗，尝美食"等活动。老婆在云上"尝美食"里，学会了"濑糍水"。"濑糍水"是斗门区乾务镇居民特有的小食。其制作很讲究，主要分两道工序。第一道：把黏米粉用水和稀成浆，然后拿一个中间有小孔的椰壳，装上和稀的米浆均匀地"濑"（浇）在镬中的滚水上。一会儿，一条条成熟的粉条浮在镬面上，用笊篱捞起。第二道：选上瘦肉、鸡肾、虾米、鳔干、鱿鱼等汤料放入热镬中，加些姜丝和葱花，用上好的花生油泡一泡，放入清水煮沸作汤料，再把捞起的粉条放进去。这样做出来的"糁水"甘香四溢，馋得人涎水直流。乾务镇的居民喜欢初一这天中午食它，当成午餐的主食，形成了习俗。这习俗好呀，我倡议学样儿，一家人同意。于是，初一的午餐主食"濑糁水"。那餐我一连食三大碗还不过瘾，令人大快朵颐。

网络上还有什么"迎春系列活动"，分为"云展、云味、云购、云游、云祝福、云公益"几个板块。形形色色的文化大餐，让人在家中可以通过媒体网络观赏、品尝、娱乐，赏心悦目地参与。总之，足不出户，可以过个温馨年、幸福年、满足年、快乐年、健康年——吃得好、住得好、玩得好、享受好。舒心、暖心、惬心，心旷神怡，心满意足，天天欢乐无比。

他说，今年我的运程好，年二十八在厂里抽奖，我得了个一等奖，老婆得了个二等奖，夫妻俩合起来 15000 元的特大礼包，足够归还在"御金山"小区买的楼房尚欠的银行贷款。

他说，那天晚上我破例喝了一杯北京产的 52 度二锅头。我平时不喝酒，我老爸也不喜欢喝酒。可是那晚我与老爸碰了满满的一大杯。老婆说，你们喝吧。喝杯二锅头，喜悦满心头，年味浓更稠；来年晦气走，想乜乜都有。"乜"是粤语方言（我老家也是说粤语，曾隶属广东省管辖），大概等于普通话的"啥"。"想乜乜都有"等于"心想事成"。老婆说到我的心里头去了。

他说，过年是久传的习俗，更是一种对美好未来的憧憬。今年的春节天气好，晴朗、暖和，阳光灿烂。那预示着牛年好时机，发展大契机，聚财获商机，赚钱遇良机，晋升占先机，成功遇禅机，前程得契机。我现在是车间班组的组长，说不定来年就

黄杨月作品集

会晋升车间主任呢。这是我的希望，我会努力，以工匠的精神作支撑，做出成绩，研发出新的产品，争取领导看得起，得到晋升。春节期间，老婆天天早上都在神台上几炷香，上香时还口中念念有词祝福祈祷：老公出年会晋升，子女读书名列班的前三名，家公家婆血气越旺盛。

他说，我爸妈听到媳妇这样的祝福祈祷，乐得合不拢嘴。他们来斗门过年，也许是开心所致，或许是斗门的空气清新，水质清甜，他们的身体比在家乡时硬朗了、壮健了。我爸患有过敏性鼻炎，妈妈患有腰椎间盘突出。可过来斗门后，爸爸不见有打喷嚏，妈妈也不见有腰痛。过了初三，他们还不愿走，食饱饭就到厂房外面空旷的地方溜达，有时还戴着口罩，坐公共汽车到区城井岸玩。玩转整个井岸后，又坐车到白藤湖玩或到珠海市区玩。我为他们办了个老年乘车卡，坐公共汽车不用一分钱。他们晚上回到家，就滔滔不绝地讲今天遇到或看到的新鲜事。

他最后还诗意地说，欢欢喜喜过牛年，万事如意平安年，祥和欢乐顺心年，梦想成真发财年，事业辉煌成功年，但愿岁岁有好年，未来一年胜一年。

他最后这样说，我有同感。因为今日斗门，非比寻常——"双区"驱动，增速非常；干群同心，奋发图强；高举旗帜，斗志昂扬；城市建设，不同凡响；环境悦目，舒心欢畅；两大产业带，产业辉煌；四大现代化园区，蒸蒸日上；五大产业集群，引领世人目光；六大镇域经济板块，业绩昭彰。不久，山水相依、林城相融的湾区魅力之城，将在珠海西区腹部散发出熠熠璀璨的亮光。

风流桥阻击战

黄春炳

黄杨山的南麓有一条大水溪，水溪从南麓山下的王保村流经斗门村、深迳村、斗门墟。水溪当地人称"坑"或"河"，流经斗门墟这一段叫"风流河"。河上架有一座长 36 米的钢筋水泥桥，叫"风流桥"。这桥出名，不是因为名字带"风流"两字，而是因为它是斗门古墟往北的主要通道，为人们农历"二、五、八"趁墟提供方便，更是因为在抗日战争年代，游击队在此曾阻击日军入侵，打了一场漂亮仗，史称"风流桥阻击战"。

战斗发生于 20 世纪 40 年代初。

1941 年 2 月 5 日（农历正月初十）早上 8 日左右，侵华日军海军座机"微风"号由广州飞往海南岛途中，突然出现故障，要改飞三灶日军机场检修，因大雾迷航，在黄杨山的白鸡山牛轭岭撞山坠毁，机组 4 人和乘员 6 人全部丧生。其中大角岑生是在中国战场上丧生的具有最高军衔（海军大将）的侵华日军将领。他此次乘坐飞机飞往海南，是即将赴任南洋联合舰队司令长官，准备对东南亚发动更大规模的侵略战争。"出师未战身先死""长使蛮倭泪满襟"。侵华日军将领罪有应得，冥冥中得到报应。与他一起丧生的还有被称为"中国通"的海军少将须贺彦次郎等 5 名军界人士。

黄杨山成了日军最高级将领的葬身之地。日军在恐慌中急切要找回丧生人员的残骸和机身残骸。

2月6日下午3时许，日军山崎部队从三灶坐船，经磨刀门水道，在六乡的东北卡登陆。然后转入大赤坎，分南北两路登山搜索尸体和飞机残骸。

得知这一消息，抗日游击大队在队长陈中坚的带领下，及早埋伏在东北卡边的北松山和塘基两地伏击日军，同时把消息告知驻守在大赤坎的广游二支队一大队第一中队长冯扬武。

北松山山不高林不密，塘基地势平坦，不利埋伏，且敌众我寡，弹药不足，阻击了2个小时，陈中坚为了保存实力，率队撤退。

日军尝到了被游击队伏击的苦头，晚间不敢轻举妄动。

7日天大亮，日军才敢渡河走大赤坎。冯扬武得悉日军要渡河，便撤往斗门墟，布防在风流桥一带。

此时正值初春，雨水少，因而风流桥下河水不深，可由于受到溪水的冲刷，河床有3米许深，溪边也有2米深，加上溪边长满簕竹和矮小的灌木，人站下去，路上简直看不见人，是伏击的好地方。

游击队员进入河床，选择好位置，架起枪支，装上子弹，如箭在弦上，等待时机。

日军怕遭到游击队的伏击，不敢沿大路挺进，从大赤坎大迳沿竹仔山（李屋村人称竹仔岭）、石嘴山（石嘴村边一个小山丘）开往斗门墟。

驻守在大赤坎的国民党挺三纵队第八支队特务中队陈伟民部见日军到来，个个如惊弓之鸟，恨不得爹娘多给自己生两条腿，仓皇撤退。可是越怕死，越要挨打。途经石嘴村附近，遭到日军的袭击。

正在危急之际，冯扬武呐喊一声"打"，密集而猛烈的炮火从风流河上喷射而出，死死压住了敌军的火力。

这密集而猛烈的炮火把日军打蒙了，他们看不见持枪的人影，只隐隐约约看到一支支喷火的枪口。敌人只好龟缩着，不敢贸然前进。

仓皇撤退的国民党挺三纵队第八支队，见游击队把日军的火力压住，连忙突围逃走。

日军见游击队火力猛烈，不敢强攻。一小队长井边次郎自告奋勇，他向山崎建议，兵分三路：一路原守，一路从西南侧面小路向下洲村包抄过去，一路从斗门村绕过来，来个东西两面夹击，使游击队首尾不能相顾，然后一举歼灭。

兵家有谚：两面夹击，如囊中取物。

山崎竖起右拇指，连赞此计"妙！妙！妙"。

于是日军兵分三路，山崎坚守原路，下令日军不时朝风流桥打几枪，以吸引游击队的注意力；井边次郎带一小分队抄西南侧面走，另一小分队绕斗门村方向包抄。

冯扬武早就察觉了敌人的诡计，他把游击队员一个个分布好，风流河沿途上下都有游击队员在把守。井边次郎带领的小分队刚一踏出下洲村口，就遇到游击队员的伏击，子弹"嗖嗖嗖"地呼啸着射向敌军，井边次郎腿部中了一枪。"八嘎，有埋伏。撤！"井边次郎连忙跪下，痛苦地用左手捂着伤口，让士兵搀扶着率队踉跄往回跑。绕斗门村的日军也同样遭到游击队员的伏击，前进不得。就这样，山崎部队与游击队对峙了一个多小时，徒费了不少弹药，伤不到一个游击队员，只好狼狈地绕路进入黄杨山牛轭岭，去收拾丧生人员的残骸和飞机残骸。

冯部完成阻击战后，从南门村转移到新会县的黄冲村，然后回到中山九区。

风流桥阻击战，是斗门地区抗日游击队狠狠打击日本侵略者的一场硬仗、漂亮仗，既削弱了日军入侵斗门的嚣张气焰，又激发了斗门人民抗日的决心和勇气。从此，斗门抗战的史册上，留下了一阕绚丽的华章。

南湖·红船

黄春炳

嘉兴南湖，是浙江三大名湖之一，风景可以与杭州西湖媲美。堤边柳绿成行，柳丝低垂，婀娜多姿。湖中碧水荡漾，荷叶连片，荷花飘香。湖中有岛，岛上有楼，那蜚声海内外的烟雨楼，重檐画栋，朱柱明窗，古朴崇宏，美轮美奂。清代帝主乾隆三下江南，六游南湖，八登烟雨楼，盛赞不已，并留下二十多首诗。现存御碑两块，御碑四周镌刻乾隆御笔题诗十四首。其中一首为："春云欲泮旋濛濛，百顷明湖一棹通。回望还迷堤柳绿，到来才辨谢梅红。不殊图画倪黄境，真是楼台烟雨中。欲倩李牟携铁笛，月明度曲水晶宫。"诗中将烟雨楼比作蓬莱和水晶宫，赞其景致美丽，与众不同。后来乾隆皇帝在承德的"避暑山庄"内，仿建了一座"烟雨楼"。

南湖吸引游人的，还有一景物——"红船"。褐色船体，像南海边上水乡人家的九桶艇，也像浙江绍兴的乌篷船。说它是"红船"，颇有一段不平凡的来历——1921 年 7 月 23 日至 31 日，原定在上海召开的中国共产党第一次代表大会，在进行到第 7 天的时候，突然遭到了上海法租界巡捕房的搜查。会议被迫中止。

议程尚未完成，怎么办呢？不能功亏一篑吧。必须找合适的地方继续召开会议。正在大家踌躇之际，上海代表李达的夫人王会悟提出去嘉兴南湖召开的建议。

南湖位于嘉兴城南，距沪杭铁路不远，湖上有游船可以包租，随意游泊。以游船为名，在船上开会，不失为较为隐蔽、安全的好方法。况且嘉兴距离上海不远，乘坐 3 个小时左右的火车就到。

王会悟是嘉兴人，是"一大"的工作人员，有觉悟，熟悉嘉兴，与嘉兴的一些上流人物有交情。她的建议很快被代表们采纳。据她事后回忆说："他们在船上开会，我在外面放风。船里的桌子上放上麻将。当发现有人来，铺开麻将，装扮成游客玩。"

由于王会悟的建议得当，最后一天的会议得以顺利进行。

会议圆满结束，中国共产党也宣告成立。

中国共产党的成立，是中华民族发展史上开天辟地的大事件。自从有了中国共产党，中华民族复兴之路开启了新的征程。

山不在高，有仙则名；水不在深，有龙则灵。自此，南湖成了名湖，成了风景名胜，成了红色革命教育基地，成了世人神往的地方。

因风雨侵蚀，召开中国共产党第一次会议的红船早已不存，湖边停泊着一艘仿造的画舫，作为南湖革命纪念船，供游人瞻仰。为怕游人践踏和安全起见，禁止游人上画舫参观，游人就在岸边距画舫不远处徘徊观赏，拍照留念。画舫旁边，直立着一块花岗岩石碑，碑上用红色字体镌刻着习近平同志题写的"红船精神"：开天辟地、敢为人先的首创精神；坚定理想、百折不挠的奋斗精神；立党为公、忠诚为民的奉献精神。

距石碑不远，建有一座"访踪亭"。亭内树立着董必武的诗碑。碑上题写着董老1964年重来南湖，登上画舫，感慨万千，挥笔题写的七言绝句："革命声传画舫中，诞生共党庆工农。重来正值清明节，烟雨迷蒙画舫中。"

也许，人们参观完南湖后，会从优美的景致中得到陶冶，会从"红船精神"中得到激励，心里升腾的爱国热情会更加炽烈，会增添无穷奋力于中华民族复兴的动力。

敬慕·仰慕

黄春炳

对于劳模，我总有种敬慕和仰慕的心情。我敬慕他们敬业。他们干一行，爱一行，专一行，在行业上做出榜样——兢兢业业，认真踏实，恪尽职守。他们在岗位上做出成绩，勤奋学习，刻苦钻研，不断提升自我，超越自我，精益求精，努力攻关，勇于创新，争创一流。我更仰慕他们的精神，他们政治坚定，信念恒定，初心不改，牢记使命，淡泊名利，真心奉献同人，诚心奉献社会，信心留给自己。

他们当中，有的是管理行家，有的是技术钻研尖兵，有的是改革创新的闯将，有的是节约挖潜能手，有的是生产一线的主力……

不说远的，就说我们珠海市斗门区近年评上的劳模：张红梅、李素丽、杨玉莲、檀二苗……他们都有一个共同特点：爱岗敬业，任劳任怨，勇挑重担，激情在胸，尽心尽力。如在御温泉度假村工作的张红梅，负责销售和接待工作10年来，一直坚守事事认真、诚信待人原则，把御温泉最美、最有价值的东西传递给客户，用真诚温暖客户，将本职工作做到极致，让青春绽放生命的异彩，用行动诠释了新时期职工的风采。又如李素丽，负责公司的"高能量密度聚合物锂离子电池电解液项目开发"和"高安全型锂离子电池电解液开发"等项目的核心材料技术开发，其中高能量密度和长循环寿命的技术指标达到聚合物锂离子电池世界一流的技术水平；她还带领公司研发团队完成固态电池软包电池样品的设计、制备及测试，其基础研发团队申请了220多项发明专利，提升了公司知识产权的实力，为公司研发实力提升做出了突出贡献。

"突出贡献"，是指贡献超出一般，是指贡献与众不同，是指贡献高出同行。"突出"与"卓绝""卓越""特别""优秀""出色""超越""高出"等词同义或近义，如果说这个人有"突出贡献"，那么就是说这个人在单位是优秀的，是出色的，是出类拔萃的，奉献是良多的。这人在单位能独当一面，脱颖而出，德艺（技）双馨，是"贤臣"，是"将相"；是标兵，是标杆；是旗帜，是榜样；是楷模，是典型。

有人说，在劳模的身上，有一股热血沸腾、豪情万丈、奋发向上的力量；在劳模的双臂，有一双敢于担当、能挑千斤的铁肩膀；在劳模的心海里，有坚不可摧为中华民族复兴的伟大志向；在劳模的眼神中，有使命与责任构筑的希望之光；在劳模前行的路上，印下拼搏与汗水的足音特别铿锵。

单位有了他们，因而会享誉四方；时代有了他们，因而更加溢彩流光；华夏有了他们，复兴航船的引擎添加了力量；历史有了他们，会留下光彩动人的华章。

他们是时代的精英，他们是中华的脊梁，他们是新时代最可敬的人。

假如以花喻人，劳模就是一朵鲜艳无比的花，劳模就是一朵馨香扑鼻的花，劳模就是一朵永不凋谢的花。它春如红棉般艳丽，夏如牡丹般华贵，秋如锦菊般耀眼，冬如红梅般灿烂。

花之美，谁不羡？花之香，谁不爱？

高山仰止，景行行止。虽不能至，然心向往之。

我敬慕劳模，我仰慕劳模。

愿向他们学习一辈子，向他们致敬一辈子。

好让生命之树常青，好让信念之花不败！

"孤寒"铎叔

黄春炳

铎叔失踪了，这个新闻一时炸响了窝山村。

有人嘀咕，铎叔早期当村领导，贪了一笔钱，现在露馅了，不走哪行？

这笔是什么钱？谁也说不清。

有人反驳，凭铎叔平日生活那么"孤寒"悭俭，不会做出这样出格的违心事。

有人叹息，人心隔肚皮，谁看得透？

有人猜测，铎叔在邻市有个相好，他手上有钱了，肯定是偷偷跑去与相好幽会了。

有人议论，铎叔平日那么"孤寒"，现在偷偷出门大方潇洒一回了。

总之，围绕铎叔近日的失踪，人们议论纷纷。

在窝山村，铎叔是一个非常吝啬的人。村人说他是"孤寒种"。"孤寒"在这里是"吝啬"的意思。有人连同他的名字一起称呼他，叫他"孤寒铎"。他听了没半点儿反感，反而笑着应答人们。

他妻子早年患病走了，两个女儿外嫁了，剩下他一人在家。听说两个女儿外嫁都不错，每个月都有钱孝敬他老人家。加上镇上有退休金给他，他的生活朝鱼晚肉还是可以的。可铎叔悭得很，平日很少食荤食，餐餐几乎是自己在自留地上种植的瓜菜。听说一小方块腐乳他也把它掰开两瓣，一瓣一餐。现在的人一般不穿有补丁的衣服，可他冬天穿的棉衣，有五六个补丁。那补丁的针线不细密，外人一看就知道是他自己缝补的。这些年，镇墟的集市恢复了，缝补衣服也有专人在集市摆摊了，一个补丁一元，可这一元他也舍不得。

有人说，铎叔这样"孤寒"，是想积蓄多点钱续弦，找一个年轻漂亮的女人与他相伴终身。

有人勾着手指一算，铎叔的妻子走了也有十年了，可还未见他有续弦的念头。有媒人上门给他介绍，他手一挡，不了！不了！

可他每天好像还忙着呢，忙些什么？忙在村门前的路上。早年，村通往外边的路是窄小的，是绕山的羊肠小道，骑自行车也难走，村民外出靠双腿走路，戏谑为"11"号车。铎叔早年当村书记时就致力倡议修一条大道，得到村民的响应。铎叔鼓动村民的口号是："要过好日子，就得先修好路子。"资金缺乏，他就带头义务修路，组织一支修路专业队，农闲时驻扎在工地上。经过三年的苦战奋战，通往外面的公路修出来了——双车道。

路修好了，铎叔也因年岁大从岗位上退下来了。

退下来不久，铎叔失踪了。

人们议论铎叔失踪不到十天，铎叔回来了，回来时笑容满面。人们猜测，铎叔一定有好消息带回。果真，这消息对于窝山村是个惊喜的大新闻——村口那条公路铺水泥的资金全到手了。

原来，路通了，村民出门方便了。可跟别村的水泥路相比，窝山村这路落后了——晴天尘土飞扬，雨天泥泞不堪。

铎叔的心又不安生了。

要把这条公路全铺上水泥沙石，铎叔叫有关部门做出预算，需要资金八十多万。这钱实打实，一分也不能少。村集体总收入每年不到五万，开支还欠缺呢！这几十万对于村集体来说，确实是个天文数字。

怎么办呢？

铎叔与村领导到镇上、县上跑了几个来回，找有关部门的领导，磨破了嘴皮，才弄到四十来万，还差一半呢！

铎叔把平日悭下来的钱数一数，只有五万多，还差四十万。

这四十万怎么筹集呢？铎叔突然想起了一个人，那是他十多年前曾经资助过的一个学生。

一次赶集，在镇墟集市的一个角落，铎叔见到一个学生跪在一块红纸上，红纸上写着他要救助的原因。

他叫齐得明，是距窝山村不远的隆山村人，父亲患大病早亡，一家五口靠母亲一人支撑。母亲上有一个瞎了眼睛的妈妈，他的下面还有两个弟弟在读书，一个初中，一个小学，家庭生活极为困苦。他刚考上了大学，上大学的费用让他一家愁肠百结。

无奈，他只好厚着面皮上集市求助，希望遇到好心人。幸好他遇了铎叔。铎叔与隆山村的干部通了电话，了解情况属实，于是，他与他口头签下合约，资助他读大学。

在铎叔的资助下，他顺利完成了四年本科学业，毕业后到了广东的深圳，与人合伙开办了一个公司。初时因没经验，公司发展遇到困难挫折。近年，他有经验了，公司发展顺顺当当了。近两年的春节，他都到铎叔家中走一趟，带一些深圳的特产给铎叔，还询问铎叔有什么困难尽管出声。

铎叔笑着回答，我一人生活，政府有退休金，两个女儿有钱给，何来困难？

现在不是有困难了吗？虽然是村集体，自己也是集体中的一员。他连夜出山，坐车到深圳找齐得明，齐得明当即拍板给铎叔四十万。

窝山村村前的公路升级了，刚铺上水泥的大道平坦结实，两旁还种上槐树和樟树，煞是好看。

窝山村出名了，村里的特产香菇、茶树菇、白玉菇成了紧俏货，村前的水泥公路车水马龙，建在村中的那条蘑菇街一天到晚都是人来人往，络绎不绝。

铎叔也出名了，他的"孤寒"也成了一种高尚的道德情操。

黄春炳，男，笔名夏萤，1949年12月出生，籍贯斗门。原为斗门区文联常务副主席，区政协委员。现为中国曲艺家协会会员、广东省作家协会会员、广东省传记文学学会会员、《黄杨月》主编，被录入斗门区专家库。1975年开始发表作品，创作小说、散文、报告文学、曲艺、戏剧等作品逾七百篇（件），不少作品在省、市获奖，出版有《黄春炳小说集》。

母爱深深

黄龙汉

　　春天悠然而来，无心相逐的云在晴空中挤来挤去。不知什么时候，乌云布满了天空。天空下起了绵绵细雨，春雨如麻，把我的呼吸捆得很紧。当温暖的空气一点点传递着欢畅的气息，漫天的嫩绿吐出了它尖尖的芽苞，借着微弱的灯光，我眼前一亮：屋檐下，经细雨的滋润长出的芽苞，绿绿的，嫩嫩的，给人一种春意盎然的生机。雨的无私不正是母亲带给我的宽容深厚的爱？刹那间，我有了彻骨的醒悟，母亲的爱就像雨水滋润万物一样滋养着我的心灵，点点滴滴在心头。

　　我努力打开记忆的闸门，寻找童年奔跑的原野，嬉戏的山岗，母亲的叮咛……我记得我童年的天空是多么宽广呀：那时候蓝蓝的天上飘浮着几朵白云，小伙伴们说那是田野里雪白的棉花飞上了天，乘着风，在看着我们玩呢。我们就跑呀跑呀，想跑到天的尽头，从那里抓住白云的衣襟，和白云一道，把远方的景致看个够。随着年龄的增长，我渐渐明白了，登高望远，只要站的位置足够高，景致是可以看个够的，而母爱却不是那么容易看得够、看得透的。

那是一个星期天，母亲第一声的咳嗽撞醒了沉睡的黎明，太阳起床了，晨阳抚照，凉风习习，吹去了母亲额前的头发，展现一行行的皱纹，几丝乱发在微风中微微颤抖。清晨，大多数人都还在家，母亲一晃一晃的，挑着一担菜，穿梭在大街小巷，扁担压着瘦弱的肩膀。"喂，买菜。"买主总是这样吆喝，但母亲兴奋，兴奋听到这种并不尊敬的吆喝，为了赚够我上学的学费，她高兴，她乐意。到我上小学的时候，母亲遇到的第一个难题是为我准备一个像样的书包。那时候小学生时兴使用一种仿军用的黄色帆布书包，但这种书包很贵，母亲买不起。她熬了几个晚上，用花格布为我缝制了一个书包。为此我受到同学的嘲笑，因为只有女孩子才背这样的书包。但我并不在意这种嘲笑，因为我知道，即使是这样的书包，母亲也尽了最大的努力了。

星期天母亲从不布置家务给我，为的是让我好好休息一下，我也趁着这难得的机会，躺在屋里呼呼大睡，直到太阳从窗外斜射到微肿的双眼，才伸伸懒腰拿起书本走到学校门口的凉亭，边看书边乘凉，读着读着，心有点烦躁，就摸出仅有的五毛钱买一支雪糕，盯着烈日想，你又奈我何。

日落黄昏，母亲挑着一对空筐回来了，脸上布满了一层薄薄的尘土，也许是太高兴了，过大街什么也没看就冲过去，一辆疾驰的嘉陵摩托车直冲过来，吓得母亲左右摇摆了 45 度。有惊无险，还被摩托青年骂了一句"找死"。母亲却很高兴，今天又比昨天多赚了两块钱，又可以为儿子改善一下伙食了，经过刚才的惊险，一天的劳累奔波消失得无影无踪。卸下箩筐，母亲感到很疲惫，把箩筐放在院子里，屋里微弱的灯光照射出来，母亲的背后拖着一个长长的影子。

不久，母亲病了，在一阵剧烈的咳嗽声中夜色融入了她那双疲惫的双眼——缓缓地闭上了。望着母亲疲惫的脸，我暗暗发誓：一定要考出好成绩，报答母亲的恩情。

一直以来，我是母亲唯一的骄傲，我的成绩在全级是最好的，老师经常对母亲说："你儿子真棒！"每当听到这赞美之词，母亲总是不知所措，回到家，母亲的眼里流露出一股温柔，很郑重地说："儿啊，咱们家里穷，妈对不起你，今天老师表扬你了，我很开心！无论多困难，妈都要供你读书，所有担子压在妈身上，我都心甘情愿，只是你要争气！"我那时无法理解母亲的心情，但却以一种独特的方式感受着母亲对我的期望。

一个骄阳似火的日子，母亲把几袋粮食运到房顶上晒，留下我一个人在房顶翻晒粮食。我拿着一本书，聚精会神地读起来。天慢慢地凉下来，天边飘过几片乌云，我从屋顶上下来，走进屋子里喝了点水，又继续埋头看书。突然间，风雨大作，母亲从田里慌张赶回。母亲喊："孩子，粮食盖住没有？"我如梦初醒，赶紧爬上屋顶，粮食早被雨水冲得狼藉一片。我赶紧同父母一起手忙脚乱地堆起粮食。收起粮食，父亲严肃地盯着我，举起了手，我把求助的目光投向母亲，母亲拉开父亲的手，叹口气说："这孩子命苦，读书还要看粮食，你忍心揍他？"说完，母亲转过身对我说："孩子，你要考上大学啊，要不，你在农村就永无出头之日了……"

带着母亲的期望，我考上了大学，乡亲们成群结队地来到我家翻看我那张录取通知书。父亲本来是不常做饭菜的，因为这一张通知书，这一顿父亲坚持要自己动手。父亲握着锋利刀口的手微微发颤，险些儿划着了手指。当时凝重的气氛，就像一杆竹筒塞紧了铅，压在肩头，让人喘不过气来。母亲知道我喜欢吃腊肉，叫父亲将家里仅有的一点腊肉煮了，还放了一点辣椒，母亲是最怕吃辣椒的，闻着辣椒的味道都会咳嗽，但她知道我很喜欢吃，叫父亲一定要放点辣椒进去。

菜煮好后，父亲打了酒，陪乡亲们喝得醉晕晕的，母亲生平第一次喝了酒，不停地咳嗽，脸涨得通红，母亲按着胸脯，额头渗出汗。我起身跑过去想帮母亲擦汗，母亲用眼神定住了我，摆摆手叫我不要过来。我明白母亲的意思，今天我是主角，是宠儿，今天乡亲们都在场，做这"低三下四"的活会影响我"崇高"的形象。看着母亲涨红的脸，我的泪水不知不觉涌了出来，往日的委屈在心头翻滚着。母亲走过来，默默抱着我，手有点颤抖，我知道她能读懂我的泪水。母亲一边咳嗽一边将腊肉夹进我的碗里，那是怎样的一点肉啊，被长年不断的炕火熏得黄黄的、亮晶晶的，通体透明。香、脆、爽口，油渍渍的，送入口中，细品慢嚼，咽入肠胃，立时产生一种永久的、无可描述的全身心快感。

9月份，我要上大学了，我感到既紧张又兴奋，既向往又不舍……母亲为我准备行装，足足花了一个多月的时间，怕有什么遗漏。

早晨的太阳像一位悲天悯人的诗人一样俯视着大地，暖暖的秋风慰平了我额上久久打不开的褶皱。母亲坚持要送我到县城坐车。来到车站，等车的人很多，一路怕误点的母亲，来不及擦一把脸上的汗，挤上车替我占据一个座位，然后将头、手伸出窗外，大声呼唤着，让我把行李递给她放好，然后牢牢地帮我看好位子，直等我来到座位前坐下，母亲这才松了口气。我说母亲你回吧。

母亲在杂乱无章的车上，任由人们挤来挤去，可眼睛一直没离开我，似乎还有什么没为我想周到，还不能放心。我又说了一句，母亲你回吧。母亲说你还少钱吗？我说够了，你回吧，母亲这才默默地走下车。走下车的母亲，并不急着返回，而是伫立在车一侧，怅惘地望着我，说："你要保重身体，不要省钱。"我使劲地点了点头，眼睛开始潮湿起来，车猛地动了一下，透过车窗，我看到母亲的脸色有点发白。当车子真正动起来时，母亲突然"呀"地呼叫一声，一边追着车跑，一边猛烈地朝车招手，叫车停下，一面手忙脚乱地拆解系在腰间的一个小布包。车停下后，母亲十分歉意地朝司机笑笑，自窗口外把小布包塞给我，说里面装有你的午饭。然后补上一句，在学校要好好读书，不要贪玩，要取得好成绩回来……母亲还有话要说，那车复加大油门，母亲的身影不见了，被山挡住了，被河挡住了，被树木挡住了，被茫茫无尽的远方路途撂在了后面。我望着车窗出神，默默无言。

一路上，我不知道自己想了些什么，眼前闪过的尽是奔跑相送的母亲的身影，与母亲迅即瘦削下去的面容。想着母亲对我期盼的眼神与叮嘱，怀里揣着母亲从窗外塞进来的那包午饭，心里热烘烘的，路途越向前伸，那午饭越加显得重了起来，重得令我有些拿不动了，似乎我的绵绵情思便是由此而起。记得母亲常笑着说："你们姐弟三人都是一株小树，小树都健康成长，家庭之树聚在一起就兴旺了，儿女收获梦想就是父母最大的愿望。"

带着母亲的期望，我走进了大学。记得第一次走进校园，我对着校门口那棵火红的木棉树，握着拳头说要干出一些名堂来。刚入校不久，我就通过竞选成为学校记者站的记者，被班上的女孩子列入成熟者的行列，可我至今也不知道成熟该是什么样子的。当我陶醉于胜利的喜悦时，我真的醉了，要不，我不会忘记今天是母亲的生日。

这个月初，当哥带着母亲的嘱托带钱到学校给我时，我才知道母亲的生日已经过了。哥对我说，为了多寄点钱给我，母亲早出晚归，节衣缩食，现在更瘦了，可赚钱供我读书的心始终没变。哥的话直击我的心灵深处，我变得沉默了，我自制一张祝福卡叫哥带给母亲，上面画着一朵荷花（这是母亲最喜欢的花）和复印的聘任证书，上面写着：妈妈，儿不会辜负你的期望的，请收下儿迟到的祝福！

不久，我收到母亲的回信，信上说：以后你没什么事不用经常写信回来，我知道你平安就行了，省些钱来补补身子，要吃饱吃好……那一次，泪水模糊了我的双眼。自此以后，我很少写信回去，但每次一封信却写得很长很长。

梅州印象

黄龙汉

珠海作协组织会员到梅州采风，我是带着对客家文化的崇拜，对英雄人物的景仰，对风景名胜的向往而走进梅州的。印象中梅州是客家人比较集中的聚居地之一，客家文化底蕴深厚，梅州也是国家历史文化名城、中国优秀旅游城市、国家园林城市、国家卫生城市、广东首个宜居城乡示范城市，素有"文化之乡、华侨之乡、足球之乡、长寿之乡"的美称。这里钟灵毓秀、山清水美，雁南飞茶园、雁鸣湖风景区、叶剑英故居、灵光寺……这些名胜古迹闻名遐迩；这里英才辈出，岭南第一才子宋湘，近代中国走向世界第一人黄遵宪，新中国十大元帅之一叶剑英……这些著名人物个个如雷贯耳。所有这些堆砌在我的脑中，构成了我对梅州最初的印象。当我走近梅州时，梅州带给我的又会是什么？

如雷贯耳的名胜古迹和人物想必已是着墨者众，我不想随波逐流，我酷爱风景名胜的游览考察，就选梅州两处新开发的景点谈谈我的印象吧。

畅游五指石

五指石高空栈道位于梅州平远县，2013 年 10 月 1 日正式开放迎客，全长约 3.15 公里，栈道最高处离地面 200 余米，为广东省第一高空栈道。坐电瓶车穿过弯弯曲曲的山路就来到景区的起点，长型竹木结构的亭子坐满了游客。有的是等车回程的，有的是稍作休整挑战高空栈道的。他们懒洋洋地坐着，就像睡着的雄鹰一样，其实他们在韬光养晦，随时准备出击。

起点处有一块大石，直挺挺地矗立在栈道入口处，上刻着"天道"两个大字和"天道酬勤""平步青云"两行红色小字，显得特别引人注目。"天道"让我想起未来征程的艰险，"酬勤"让我想起此行可能的收获。开弓没有回头箭，一踏上这条潮湿清凉、峭壁横生的高空栈道，我们就知道没有退路，只能靠自己的意志支撑着一往无前。摆在我们前面的艰险是什么？收获又是什么？这些悬念令我兴奋不已。

半米多宽的栈道弯弯曲曲地悬挂在陡峭的石壁间，在丹霞地貌的悬崖峭壁间逶迤穿行确实是需要一点勇气的。头顶是峭壁，脚下是悬崖，生命像吊在半空中，头晕目眩是常事。我观察游客的种种表现，不禁乐不可支。此刻的五指石高空栈道就像一幅巨大的环形宣纸，供胆怯者写祈祷，供勇敢者写宣言。有些胆小的不敢往下看，直盯对面的山峰往前走；有的用伞挡住悬空那边，低着头往前走；有的用手扶住了护栏，亦步亦趋向前走，有时忍不住往下看两眼，又倒抽一口冷气，直叫"好怕""好晕"，那种想看又不敢看的神态让人忍俊不禁。胆大的昂首挺胸，左顾右盼，满不在乎。我偷偷往下看了几眼，感觉就像是悬空一样，有点飘，有点晕，我赶紧抓住护栏，深吸一口气定神。我对身边的同伴说："这地方连鸟和昆虫都不敢飞来，我们却在上面走，你可以想象那些架设高空栈道的工人悬空在峭壁上，是如何的惊心动魄了。"

沿途的风景很快让游客们忘却了脚下的悬崖。惟妙惟肖的孔子像、老子像，还有神龟献寿、雄狮起舞、马到成功、天下粮仓、五子登科……这些大自然鬼斧神工的杰作是如此的庄严、灵秀、安详，岁月、风雨把它们雕琢得如此恢宏、圆润，让游人感到震撼和慨叹。险境天道接踵而至显露出的秀丽迷人风光，气势磅礴，动人心魄。站在栈道上远眺可观粤、闽、赣三省的旖旎风光，近观可领略奇山奇石的奇秀风光。来到五指峰前，我忘记了脚下是悬崖峭壁，快步走上观景台，呆呆地驻足观望高高矗立的五指峰，再也不想走了。

仙人巨指幻化成的五指峰就呈现在眼前。她静静地俯视着苍茫的大地，像女神一样安详宁静，不显一点浮躁，不露一点愁容。如幻似真的圣灵五指峰呀，一个来自珠海的无名之辈，就这样站在你的对面，仰着头与你遥遥对望，他除了震撼，他除了呐喊，他除了神往，还能做什么?! 五指峰似有一片祥云在缠绕着，在峰顶飘来飘去，一会儿似万马奔腾，一会儿又似白莲现身，仿佛有一种如梦的仙韵，神秘莫测。我深深陶醉，轻轻叹息，默默无语，静静地享受此刻的宁静，我站在观景台上，大吐大纳，尽情地呼吸，在这个远离人烟的地方，我感到人生的倦意在消失，生命的倦意在消失，怀疑生活的理由也在消失，刚才的疲惫、惶恐都烟消云散。真是"仰望天穹细遐想，不愿一梦随云散。莫道红尘路难走，云海缥缈峰易攀"。想想大自然那种美好，想想心底的那份柔情，我心里明白，人生没有蹚不过的坎，没有攀不过的高峰。

我多想成为诗人，用最好的诗句赞美眼前雄奇的山峰；我多想成为画家，用画笔描绘眼前秀美的风景；我多想成为音乐家，让歌声穿越空灵的山谷，荡气回肠。但我不是诗人、不是画家，更不是歌唱家，我唯一能做的就是屏神静气，默默祈祷，祈求此景永存，让我还有机会再来欣赏，再来虔诚地顶礼膜拜。

经过一个多小时的行走，终于到达了终点，刚才惶恐的心情开始慢慢平复。回想刚才走过的路，感觉像腾云驾雾一般，远处的风景，秀丽雄奇，一直吸引着我向前走，希望有更好的风景在前面吸引自己，就这样走走停停，3.15公里的高空栈道也不感觉漫长。

乘电瓶车离开五指石风景区的那一刻，我再一次眺望入口处"天道"两个大字，不禁心潮起伏。这时候，我才真正意识到"天道酬勤"对于我生活的意义，正是有了"天道酬勤"的启示，让我懂得了人应该有自己的目标，也懂得了如何努力去争取成功，感到疲惫的时候，沿途秀美的风光就是我们奋斗的最好奖赏。

邂逅相思河

蓝蓝的天空，白云朵朵，莽莽群山，绵绵春色，南国红豆，相依你和我，迷人的小溪汇流成河；弯弯的小河，荡漾清波，茫茫竹海，轻轻诉说，鸟语花香，陶醉你和我，可爱的家乡，处处欢歌……

我是带着《相思河》这首歌的意境走近相思河的。登上游船，文友们都被眼前秀丽旖旎的风光所吸引，个个手舞足蹈，欢声笑语。有的文友自由组合，不停变换姿态拍照；有的凭栏静静地观景，尽情吸吮清新的空气；有的对着青山绿水、奇峰异石猛拍。我站在船头环顾四周，首先映入眼帘的是沿河两岸的山包，虽不高，却是满山苍翠，远近山头树木葱茏，一层层如绿云绵延，清清河水绿得天真而灵巧，像一条青绸绿带，群山倒映水中更生秀丽。导游说，相思河四季如春，山花野果四季可寻。突然间，我观察到有一片红叶坠入河中，它从上面向下落，水中的倒影却是由下边向上落，最后接触水面，二者合为一，像红色的小船在那里漂浮，"河叶对影落"这样的境界究竟有几人能参悟？忽然，一阵欢声笑语打断了我的思绪，原来是文友和船上美丽的村姑在对唱客家山歌呢。

在绮丽的相思河，我常常被一种感觉牵着走，总觉得这条河流是有灵性和生命的。它千百年来流淌在闽粤赣边的崇山峻岭之间，滋润着两岸的农田、森林和山野，蜿蜒曲折地汇入蕉岭石窟河，滋养着两岸的生命。

游船沿着曲折河湾、水巷缓缓前行，宽则百米、窄处十余米的河面水环山抱，船移景换，千姿百态，山如青龙伏水，水似碧毯浮游，相映成趣，恰似穿行在"小三峡"之中。

山间小瀑布，常年水流不断，水柱落入河中，溅起串串水花。眼前的风景好似一幅绚丽的油画多姿多彩，引得同伴们发出一阵又一阵的欢呼声：真漂亮、真好看！目力所及，随处可见的红豆林，婀娜多姿。面对着眼前的一切，看来，穷尽可赞之词，都不足以形容眼前的美景。

游船穿过松溪河古桥，该桥建于清乾隆41年（1776年），如今已失去往日的喧闹，行人寥落，而古时却是平远县城及江西经差干往淄溪到达福建武平县的唯一通道。当年"盐上江西、米下广东"，日夜马帮、挑夫队伍车水马龙，人声鼎沸，当时的挑工队伍通常四五百人，多时达千人，可想而知是多么壮观了，真是千年商贾如鱼鲫，川流不息为计忙。饱经沧桑的石拱桥横跨相思河上，仿佛在向游人诉说着这段繁盛的历史。桥身虽已斑驳，杂草丛生，却异常坚固，树木掩映中突然出现这样一座古桥，仍有一种慑人的气势。桥面两侧石柱上的葫芦顶已全部断毁，相传是清同治年间太平天国官兵经过此桥时，他们用大刀把桥柱葫芦顶劈断，以示军威和振兴天国的雄心壮志，可惜事与愿违，结局令人唏嘘不已。

游船再次启航，沿河航行一段时间后，停泊在红军标语石附近河段，我们登岸后，结伴走了一段红军路，这段路是1929年2月4日毛泽东、朱德率红军突围到古田参加著名"古田会议"经过的小道。小道周围散布奇峰异石，珍贵树木破岩而生，筑成一道绿色长廊。由于时间紧迫，为了尽量多看一点美景，我和蔡校长等几位文友沿着山间驿道一路小跑钻进树林。导游在后面不停地呼唤我们回去，我们都充耳不闻，希望走远点，多看点……

这段曲折的山路在20世纪20、30年代的时候，凹凸不平，荆棘丛生，行走困难，红军负重行军异常辛苦，特别夜间行军更是困难。在前有白兵挡路，后有民团追尾时，要边打边走，可想而知，是多么的艰险了。现在这段路已经修葺得齐整光洁，我们在上面行走并无多少障碍，只觉得心旷神怡，流连忘返。

相思河拥有南国最大的野生相思林，情侣恋人看到撒落草地上的红豆，都忍不住弯腰捡拾，然后互赠对方表达爱意。我走进相思林，走近红军路，更多的是触景生情，缅怀革命先辈的英雄业绩。

就要启船回航了，我望着眼前的奇峰、茂林、碧水、蓝天，一幅雄伟高峻、灵秀婀娜的巨型山水画就在眼前，一种庄严而又美好的情怀默然盈满心胸，我的心不禁荡漾起来，满怀激情地吟诵起毛主席的诗句：江山如此多娇，引无数英雄竞折腰……

爱的味道（外一首）

黄龙汉

走进一片青枣林

我摘了一个，吃了一口

味道有点苦涩

我递给你，让你尝尝

想看看你露出苦脸可爱的模样

你啃了一口

冲口而出，真甜

对着我津津有味吃了起来

我满脸疑惑望着你

始有所悟

原来那青枣经由我的手

有了爱的味道

一壶静心茶

光阴越来越薄
青绿的句子还未来得及出口
深秋便飘然而至
静坐一隅清幽之境
等待风吹叶落的声音
泡一壶静心茶
采一片云彩入杯
邀落叶共饮，与清风对语
心怀一抹温度
沉淀岁月的沧桑

独爱这静美的秋
品一口香茶
半口薄凉，半口温暖
与你牵手共采蒹葭
在枫叶铺就的红色通道中穿行
一只小鸟飞过秋林
你挣脱我的手，追逐而去
也许生活就是这样
在最美的时光遇见
又在下一个路口离散
我朝着你渐渐消失的背影
挥一挥手
愿你归来时安然无恙

黄龙汉，广东省作家协会会员、广东省散文诗学会会员、珠海市作家协会理事、珠海市诗歌协会理事、珠海市民俗文化研究会会员、珠海市斗门区文联兼职副主席、珠海市斗门区作家协会主席、高级讲师、斗门区公共文化人才库成员。发表短篇小说、散文、诗歌、报告文学、随笔 230 多篇，有 40 多篇获国家、省、市、区奖励，著有《雨沐莲心》散文集，获中国散文学会全国散文评比三等奖，被国家图书馆永久收藏。

踏歌莲江

梁冬霓

印象中，农村无非是沙石小路，老旧泥屋，杂草丛生，牲畜粪便随地可见……然而，当我来到莲江村时，却被一种光芒点亮了眼眸。如果说十多年前，莲江村还是一个平凡普通的小乡村，那么十多年后，它就是一种光芒，点亮了众多眼眸，点亮了珠海的村庄，点亮了"乡村"这个平凡朴素的词。

步入莲江，古榕葱郁，花木繁盛，庭院明净，鱼跃莲香……

从村委会到和谐路两旁的 75 间农房，外立面已统一砌上青砖灰瓦。含蓄的砖雕与景窗，把岭南建筑的元素展现在我们眼前。简练、朴素、淡雅的风格，诠释着与世无争和融入自然的文化内涵。屋顶上，蓝天下，全然不见昔日像凌乱的五线谱一样的线路。电力线、电视线和通信线都已"下地"，在安静的通道里传递着现代丰富的信息。古色古香的路灯沿路排开，沿着墙边，马齿苋、三角梅、鸡冠花等各种花卉随意点缀，偶有鹅卵石铺砌。其实，简单的设计暗藏玄机。据村干部介绍，这是莲江村"雨污分流"的艺术手法。按照"污水走管，雨水走渠"的策略，花卉土层下面是网格，网格下面则是雨水明渠。墙边随心随性的植物，不仅避免了明渠的直接裸露，还带来美的享受。

村庄美了，游客多了，村民找到了致富的路子。整洁的沥青路上，一些村民在屋前摆卖香蕉、南瓜等农作物。前行路上，我们看到了莲江的老字号——粤香饼家。墙上贴着一家人做月饼的温馨画面，还有一段温暖的文字："那口香甜不仅仅是一种味觉，更是一段甜蜜的回忆。莲溪豆沙月饼对于不少斗门人来说就是家的味道。"这间隐身在古村落里的老饼家，靠诚信与精致的做工和味道，在众多饼店中站稳脚跟。信步走去，只见店里的人已在忙碌地生产着各种月饼，脸上其乐融融。很多远道而来的顾客，证明着"饼香不怕巷子深"。

阵阵招徕声中，一间凉茶铺跳入我们的眼帘。老板见到我们，即刻热情招呼："来来来，我这里可是网红凉茶店！"他叫根旺叔，每天熬出新鲜凉茶，凉茶清热解毒、祛火祛湿，深受游客的喜爱，因而此店成了游人打卡点之一。竹凳竹桌，青壶白碗，与莲江村的古朴搭配得异常和谐。我们要了几碗凉茶，跟他闲聊。他告诉我们："我的儿女在城里买了房，想接我去住，可是我根本不想去，这里多好啊！"这时，一位大爷哼着粤曲信步而来，与根旺叔聊起家长里短。我静观四处，只见一条小路在竹摇清影中循山而去。根旺叔告诉我那是公厕。说起公厕，大爷说："以前的公厕满地粪便，一进去就吐，去公厕宁愿多走几公里到镇里。现在可好了，政府给补贴搞'厕所革命'，我们家的厕所都不臭不湿了，村里的公厕像城市高级宾馆一样洁净，还有香味……"阳光透过青绿的树枝，在他脸上留下一抹舒适的光辉。"获得感，幸福感，安全感"，在这清爽的风中，明媚地体现在他脸上。

风送荷香，雨打绿盖。近十年时间，莲江村打造的休闲农业旅游项目"十里莲江"，以田田莲叶，氤氲花海的旖旎风光，引来了纷至沓来的脚步和无数翩跹的心情。"十里莲江音乐节""十里莲江魅力旗袍节"等众多品牌文化纷纷登场，莲江村如一汪平湖突然荡起美丽的浪花，淋漓尽致地展现着原汁原味的生态农业。村集体用地租金如芝麻开花节节高，由原来每亩600元/年提升到每亩1700元/年起，村民收入翻了三番。

村干部指着绿树丛林告诉我们，种养殖业也是农民致富的产业。一垄垄的花木基地，一口口的鱼塘与虾塘，面积约达2473亩，让他们的日子在汗水中夹杂着无限温实。

一首悦耳的音乐突然传入耳际。一看，原来是一位村民开着一辆垃圾分类电动车，不辞劳苦走家串户地收集垃圾。那首歌叫《垃圾分类大家来》，在轻快的音乐中，村民纷纷提着厨余垃圾和其他垃圾出来投放，在源头上就做好分类。一个小孩拉着爷爷的手经过，小孩说："爷爷，你一定要学会垃圾分类！"爷爷频频点头，说："好！听你的，听你的！"说完，把手中的矿泉水瓶放进"可回收垃圾"桶内。遇到这一幕，我有种说不出的感动，在这美丽的村庄，垃圾分类的观念，竟如春风化雨，渗入到各代人的心中。

大量的厨余垃圾就近处理后，变废为宝沤成有机肥料，做成精美的生态手信。在村委会前的一个柜子里，那些黑色的颗粒安静地躺着，似乎说着它神秘的前世与今生。它们或供购买，或在景区供游客免费领取，成为种花的好帮手。

在垃圾分类促进中心，正确投放垃圾并积累到相应积分的户主，纷纷过来兑换牙膏、牙刷、毛巾等生活用品。村干部说："积分管理，有奖互动"的方式大大提高了村民的积极性，垃圾分类的良好习惯在自觉中形成，资源管理和环境保护的意识也在无形中扎根在村民心里。

保护环境，功利后代。一个村庄的美丽，并不仅仅是因为风景好看，更是因为人们心灵里的美好情怀。那些正确投放垃圾的村民，那位跟着小孩把一个矿泉水瓶放到可回收垃圾桶的爷爷，他们脸上的皱纹折射出的，是乡村美丽的诗和岁月的荣光。

村中的老榕树拂须而笑，似乎对村里的巨变心知肚明。风抚榕枝，穿屋绕巷，掠过花窗，我们一路走过，沉醉在莲江村灵动的气息中。环境的提升，物质的富足，以及精神的开阔，向我们展现着党的十九大之后乡村振兴的诗意华章。今日莲江，已获得"全国乡村治理示范村""广东省生态示范村""广东省文明村""珠海市垃圾分类示范村"等诸多荣誉称号，它像一颗明珠，安卧在青山绿水中。

踏歌莲江，远处的青山模糊成一幅水墨画，那里，有更多的明珠，蕴藏着盛世光辉。

黄杨河畔的缤纷之梦

梁冬霓

"我所无法企及的远方/是你/是雪幕后一点火光/被落日缓缓推近，成为/暖色的眼睛/满湖水波因此/笑意盈盈……"舒婷的《日落白藤湖》被我一路吟诵，而此刻的我，却站在黄杨河边。夕阳西下，春风吹拂，黄杨河的水波吟唱四季的歌，温柔，宁静，恰似诗中的景致。

这一路走过，河畔的花，令人目不暇接。矮牵牛吹起粉红的喇叭，凤仙洋溢着多彩笑容，海棠嫣红娇羞，美女樱闪着星星般的光芒……匍匐地上的花朵，在春天的画册上描出夺人眼目的色块，时刻提醒着行人：这是黄杨河畔美好的春天。而当你仰望，那些树木又撑起缤纷的云，在蓝色背景下彩墨淋漓：黄花风铃纯粹绝尘，宫粉紫荆绰约淡雅，红棉伟岸奔放……

漫步黄杨河畔，总有别样的诗情，伴着潮水的涨落而起伏；也有不一样的回忆，一瞬间将心中的感情充沛满盈。

二十年前大学毕业，我充满憧憬来到斗门。原以为这里属于特区，应该是座温婉如玉的美丽小城，没想到满城飞窜的摩托车、三轮车、拖拉机，一下子刺痛了我的想象。曾想过离开，然而，看着路边野生状态般弯弯曲曲的树木，随处可见的裸露黄土，转念一想：也许正因为绿化景观的单调与落后，才能促使我更多地发挥专业知识，实现更多的梦想与价值。

我就在园林部门待了下来。我住在七楼的宿舍，半夜三更常常被经过的大货车产生的震动感震醒，也常常在尖锐的汽车喇叭声中惊醒。尽管有太多的失落，当我第一次走到黄杨河畔的一刻，心却安静踏实起来。这里的河水，像极了家乡的母亲河，给我温柔宁静的抚慰。带状的西堤公园，一路郁郁葱葱，虽然缺少亮丽的颜色，然而因为处于河边，滨海风光凸显，又蕴藏着无限的发展生机。就这样，黄杨河的粼粼波光，西堤公园的绿影，让我一颗躁动不安的心就此安定下来。

日日与树木相对，我似乎懂得了树木的语言，知道了它们的生长需求。在财政资金不足的情况下，为了补植缺失的苗木，我们在苗圃育了一批又一批的小苗，而我，就是在苗圃挥洒汗水的那个人。青春是多么的炽热，却又是多么的寂寞。在希望与失落交织的日子，我与同事还是坚持学习，把周边城市绿化管养的宝贵经验引进斗门。

岁月的河水不断流淌，城市建设的脚步不断向前，被意志加持过的梦想因此而不断清晰可见。

从绿道建设开始，到"大绿化行动"，接着"建设美丽斗门"，继而把斗门打造成"绿城、花城、生态城"，到如今的"三化三城"（绿化、美化、净化，绿城、花城、公园之城），这一路，流过太多的汗水与泪水，也涌动着欢呼与喜悦。

近二十年已去，毕业之初，行道树弯曲、参差不齐，绿化景观单一的记忆已化为轻烟。多年来的绿色生态发展，已让这座城市脱胎换骨。如今斗门城区的绿量大幅增加，色彩纷呈，云蒸霞蔚，各种公园如雨后春笋，现在全区共有公园198座，极大满足了人民群众对生活环境提升的需求。单在黄杨河西岸，就有西堤、星河、黄杨河湿地、华发水郡湿地等多座公园，面积达60万平方米。公园里花香鸟语，翠波涌动，人流如织。

春天，黄杨河畔花团锦簇，色彩迷离。各种花儿打开一幅画，走进去，你便成为画中的风景。

夏天，浓荫覆盖，鸟鸣声声，荷花朵朵，风含幽香。紫薇花以淡紫的颜色，氤氲出酷热里的清凉。黄杨河畔是一首歌，唱着生命的热烈与不息。

秋天，黄杨河畔是一首诗。美人蕉尽情绽放，用鲜艳的鹅黄挡住萧瑟的风，以多少良辰美景重新诠释秋黄的含义。

冬天，黄杨河畔是一壶陈年佳酿。黄褐色的落羽杉层层叠叠，染过时间与空间，把岁月的厚重呈现，让人品之回味，余香延绵。

这就是我爱着的黄杨河畔。日夜走过，清风扬起水波，用一河温柔，润泽了五彩缤纷的梦，也润泽了我的人生之梦。

黄杨月作品集

每年台风到来，都给斗门带来大大小小的创伤，暴雨倾城、农田淹没、树木倒伏、交通阻断……但台风击不垮的是人的意志。2008年"黑格比"登陆，黄杨河边水漫西堤，大量的水浮莲涌上堤岸，我们夜以继日，在西堤公园清理了几百车的水浮莲，快速驱逐了台风的阴云。2017年"天鸽"降临，全城树木倒伏，损失巨大，交通严重阻塞，而斗门人民众志成城，与远方赶赴的军人一起抗击"天鸽"，在昼夜不息的血泪搏击中，斗门恢复了往日的宁静。一年的灾后重建，斗门又重新焕发出年轻的活力。2018年的"山竹"，2020年的"海高斯"……在一场又一场无情的台风中，树木倒下了，又站起来；小城流过泪，终又朝气蓬勃。

　　如今，西堤公园已有防护堤岸，水漫井城成为回忆。但见河边人影绰绰，欢声笑语，曲韵悠扬。散步、健身、跳舞、垂钓、下棋的人，占据河畔不同的功能区，轻松自如投入自己喜欢的活动，脸上写满了幸福。这座小城，经过多年的精心打造，已经成为人们生活休闲的理想之地。

　　黄杨河，牵起我淡远而悠长的回忆，也牵起我对这座城市深深的眷恋。斗门无处不飞花，在花香四溢、绿茵环绕的城区，一条条水泥路摇身变成沥青路，车辆由原来的鸣笛催促变成礼让行人。城市品质的提升，带动了人的精神文明的提升。春风化雨，润物无声。今日斗门，不但是花城、绿城、公园之城，还是一座文明之城。

　　而我在这座城市里，恪守一名普通园林人的职责，让梦想开花，让花缀斗门。

鲈游四海　梦寄水乡

梁冬霓

"江上往来人，但爱鲈鱼美。君看一叶舟，出没风波里。"一条自由自在的鱼，带着活泼的气息，从范仲淹的诗中游来，游在白蕉镇温柔的水乡中，双鳍扇动着水乡的歌谣，嘴里吐出的每一个泡泡，都是绮丽的梦想。它就是吐纳着日月与星辰之光的鱼——白蕉海鲈。

西江水系的滢滢碧波流经珠江口西岸的斗门白蕉，与湛蓝的海水交汇，海鲈鱼便有了天然的咸淡水温床。气候温暖、雨量充沛、水系发达无污染、饵料丰富……地理环境的独特，成就了鲈鱼的丰产。抵达舌尖的白蕉海鲈，肉质饱满、嫩滑清甜、营养丰富，它带着独特的风味与无穷的魅力，如春风般走进了千家万户。

白蕉海鲈，它是水乡人的梦想。水乡人摇着船橹，把欸乃声抛落在静静的时空，带着勤劳与智慧上了岸。他们曾在磨刀门水域撒网，捕获 54 公斤和 74 公斤的白花巨鲈，这，也许就是一种预示——鲈鱼是他们梦想的起点。他们唱着咸水歌，在太阳下闪烁着晶莹的汗珠，撒网收网的动作娴熟优美，脸上充满惊喜……如今，一块块纵横交错的鱼塘就是他们智慧的结晶。在白蕉昭信村，水塘星罗棋布，云影远淡，波光潋滟，行走在塘间，舒适而惬意。每一口塘的增氧机欢腾地转动，溅起水浪朵朵，悠然送出轻松愉悦的曲子，似传达着鲈鱼在水下穿梭畅游的心情。

黄杨月作品集

喂料、换水、疏苗、消毒、逡巡、维修……辛劳的汗水日复一日地流淌，农户们妥善管理，及时预防病害，保持着水源纯净、种苗健康、饵料丰富、密度合理，水层混养……养鱼经被化作满怀的深情与希望，寄托在鲈鱼身上。日出到黄昏，月明到破晓，或暴风急雨，或月朗星疏，他们的汗水与心血，都凝落在粼粼水波里。终究，鲈鱼没有辜负他们的期待，带他们走向致富的道路。他们有了小车，盖了漂亮的房子，瞳仁里闪烁着幸福的光。村民富裕了，产业兴旺了，乡村振兴的歌谣在这里谱写。看到活蹦乱跳的鲈鱼从塘里走出，聚满鲜美的味道涌向各地，他们感恩于家乡的水土，感恩于这条鱼的恩赐，那张古铜色的脸，就像咸淡水里摇曳的水草，快乐而满足。

白蕉海鲈，它是企业家追求的幸福生活。珠海多家海鲈加工企业，极力改良工艺，从撒盐不均的干腌，到鲜度保持更久的水腌，从需要蒸煮到开袋即食，变化多样，佐料独特，使鲈鱼成为味觉上的念想，回味无穷的美食。当这些企业的创始人第一次踏上白蕉这片土地，便爱上了这里的阳光、空气和水滴，更爱上了这里的鲈鱼。他们不在乎谁做强做大，他们共同的目标与情怀，就是把白蕉海鲈的产品做好，与农户建立"产供销"一条链的合作关系，把优质的海鲈鱼推向世界。在他们心中，白蕉海鲈，不再是一条鱼，而是价值与意义所在。

企业家们泛舟商海，却不仅仅把鲈鱼当成致富的鱼，而是一条有文化的鱼。祺海水产科技有限公司的"海鲈王子"，微笑的脸上洋溢着热忱，向我娓娓道来鲈鱼的鲜美味道、营养价值、生长环境以及鲈鱼在古代诗词中承载的历史文化和水乡的疍家文化。他打造了"好水""好鱼""好文化"的三好鱼品牌，赋予白蕉海鲈更多的文化价值。白蕉海鲈集万千宠爱于一身，在《致富经》与《食尚大转盘》的节目中闪亮登场，把企业家们的理想与热爱、信念与执着，融成大众餐桌上的佳肴，成为普通百姓味蕾上的一丝牵挂。

白蕉海鲈，它是斗门的荣誉与文化名片。从 20 世纪 80 年代到 2020 年，历经 30 多年的发展，白蕉镇的鲈鱼养殖面积已达 3.3 万亩，年总产量 12.64 万吨，约占全国产量的 50%。银色黑斑的海鲈，带着缕缕清亮的银光在水里腾跃着，让水乡缀满璀璨的光芒：2009 年，白蕉海鲈获评国家地理标志农产品；2011 年，白蕉镇获评"中国海鲈之乡"的称号；2017 年，白蕉海鲈获"中国百强农产品区域公用品牌"；2019 年，珠海获评"中国海鲈之都"……光辉中饱含汗水，前行中备尝艰辛。这些闪光的荣誉，离不开政府对白蕉海鲈的重视与偏爱。

政府部门一步一个脚印，建立了"鲈鱼高产养殖生态调控技术"养殖示范基地，送技术下乡、实现海鲈种苗的人工淡化培养，建立白蕉海鲈现代产业园……一批海鲈名牌产品，如雨后春笋般成长起来，并沐浴着利好政策的雨露，不断持续发展。为民惠民的实干、高瞻远瞩的谋划，使白蕉海鲈在电力设施强大，市政管网齐全，污水处理系统完备的条件下，游弋在各网络的交易平台，终于写就了扬名海内外的故事。

白蕉海鲈来了。它来到餐桌上，摇身变成黑椒鲈鱼扒、奇特鲈鱼盏、长寿鲈鱼面、金丝鲈鱼球……精致的美食文化像一朵奇葩在烟火尘世中绽放。它来到白蕉海鲈旅游文化节，穿着可爱的疍家服饰，展示着白蕉人的朴实与谦和。它在看水上婚嫁、听沙田民歌、观摩生动的虾舞……一幕幕水乡文化的表演，展现了浓郁的水乡风情。游人穿梭在文化节里，穿越古老的时光，品味着"白蕉海鲈"的各种美食，沉浸在文化盛宴带来的美好享受中。

暖风拂四季，水乡弄大潮。白蕉海鲈承载着梦想、智慧、情怀与魄力，年年岁岁，游向生活的深处，游向世界的海洋。

最初的庭院

梁冬霓

与它对视的瞬间，所谓的岁月静好就成为具体的物象。

白墙上面彩绘着金鱼、莲花，走进去，院子里似乎弥漫了水的呼吸声。墙边砌着石槽，石槽外围着高矮不一、错落有致的小木桩，石槽里种着三角梅、春羽、凤仙、孔雀草、风雨兰，这里一丛，那里一丛，慵懒地点缀着墙面。泥土表层疏落地铺着鹅卵石，呈现一种自然的野趣。院落不算大，却足以容纳恁多前来休憩的心灵；院落也不算小，却关不住青葱向阳的繁枝。因参与斗门区一次"创美庭院"评审活动，我邂逅了莲洲这样一个普通人家的庭院。

来到这里，我仿佛进入了一段不曾被岁月惊扰的时光。

一条石板路把院子一分为二，左边是贴着墙面的花槽，右边的小房子竹帘垂落，竹帘旁边有海棠微笑，肾蕨点头。小房子旁边是一块可以听风赏月的地方，一张简朴的木质方桌摆在那里，配上几张古色古香的鼓凳，坐上去喝茶，便是人间一大乐事。方桌原是一扇废弃的木门，板面有些开裂，但刷上原木色的漆，把它平放，配上四个脚，就重新有了灵魂。未拆掉的铜制门环以及裂开的木纹，显出沧桑及古雅，平添一些趣味，成为这院子里头最能挽人脚步的一道风景。这不得不让人佩服主人变废为宝的美学能力。桌子上面摆着灰黑色的瓦质条纹茶壶，往浅绿的小瓷杯倒上茶水，宁静而悠远的清香飘满院子。坐下来，抬头，看见方桌旁的鸡蛋花落光了叶子，枝条却舒张有序，呈拥抱蓝天之势。这一刻，托着腮帮子冥想、微笑、遥望蓝天，一些浮尘、一些往事，悄悄过来，又远走，便知生命的从容，乃来自内心的淡泊与安宁。

"宅中有园，园中有屋，屋中有院，院中有树，树上有天，天上有月，不亦快哉！"林语堂的庭院令人心生向往，而这不是乌托邦，我正步入这样的庭院中。在空旷的院子里头拐个弯，绕过几间外墙斑驳的屋子，疏疏篱落把我们引向一个更大的后方院子。令人耳目一新的是，所谓的院子就是竹篱里的菜园、花园、果园。主人在里面浇花，那一簇簇粉红的凤仙像怀春的少女。墙边的黄皮与南洋杉窥探着路人的行踪，青菜碧绿，蜂蝶飞舞，几只鸡悠闲地散步，偶见昆虫缓慢爬行。风与笑容相遇，所有的生命都保持着安然自在的状态。这里，我听到了细碎的鸟鸣；这里，我听到了花木的语言；这里，我的思绪飞回过去。

多年前，我曾在莲洲花木基地管理单位的一个苗圃工作。就是在那些日子里，我爱上了阳光与泥土，爱上了花木的清香。那里远离城市，我着实度过了充实与安静的岁月。泥土与阳光交换着我那些年的青春，在远离尘嚣中，我守着一间木屋的清净，几十亩花木的葱茏，学做一回农人，用汗水绘出一垄垄的雄态与娇姿。那个苗圃对我来说就是一个大的庭院，院子里有竹篱木屋，有垄间活水，有黄狗鸡鸭，有草木清香。虽然，劳动是辛苦的，但是一棵棵小苗在一个个土坑里汲取着肥料及水分，在阳光与雨露中日益见长，最后长成一棵大树，我的心就存留着诸多的喜悦与感动。培育一棵树，就是见证一个生命从弱小到强大的过程。

培育一棵树，就是把心血化作为世人遮风挡雨的爱与顶着霹雳闪电的坚强。有时遭遇台风，树木断了枝条或倒伏之后，重新扶植，它们又以顽强的毅力萌发着新枝，继续着笑傲天空的生命。它们似乎看淡生死，被砍头削枝后不喊疼，不哭泣，却在不经意中重新绿意盎然。

静心非易，不是看到一处山水，一棵花木就能让心沉静自如，唯倾听山水的声音，读懂花木的语言，才能悟出静心之道。整日与花木相看，我终于懂得，不管它们是在路边，还是在苗圃被呵护着生长，或在庭院中供人观赏，它们都不会改变自己的性情脾气，不会因用途的不同而改变自己的花开与叶落的时间。由此，我爱上了大院子里的黄槐、风铃木、美丽异木棉、大叶紫薇、小叶榄仁等摇曳多姿、芬芳美丽的树木。树木中有男人也有女人，有长者也有幼者。它们从苗圃走出去，带着人的温情，站在人的身边，用繁花或青枝装点各种梦想，消除着钢筋混凝土构筑的世界中林林总总的疲态。因而，我把汗水浇灌的梦想，挂在花木的枝头，与它们一起走向各种庭院，走向城市，走向每一颗柔软的内心。林无静树，川无停流，它们看似沉默，却在不断生长，我默默听着它们的语言，最终也养成了自己的性情脾气，从而有了日后对梦想的坚持。

经过多年的发展，几千亩的树木花卉种植业已成为莲洲的传统产业，是农民致富的来源之一。汽车飞驰的路上，苗圃基地蔚为壮观，大树林立，花卉嫣然，道路安静无尘。步入莲洲，如同步入一个巨大的庭院。往来间，花木遥相呼应，一如我在苗圃时所遇的最初的庭院。一棵棵树，像一个个熟悉的老朋友，在我视线掠过的地方一一跟我打招呼。这里不再局限于以前只种植高大乔木的状况，还种有大规模的小叶紫薇、鸡蛋花等开花小乔木，以及姹紫嫣红的各种草本花卉，开花时惊艳四方。伴着生态农业与乡村旅游的发展，花卉苗木种植基地自然而然也成了一道别开生面的风景。在这些花木的涵养下，莲洲也渐渐有了自己的性情脾气。它像一位温婉细腻的女子，身上散发出健康柔和的光，抚慰着前来休憩的人群。

莲江村的古旧村落依然完好地保留在这个巨大的庭院中，它们在绿树红花的掩映下像隐士一样隐于红尘。石龙村古朴而又精致的民宿更让游人耳目一新。民宿小院落里的地板由红砖铺成，石块砌起低矮的围墙，里面摆放木桌木椅几张，坐在这里，可以留住花木的清香，倾听天籁，还可以看斜阳渐落，月牙初升。你若急于拍照，面对它们的安宁时会为自己的浮躁而羞愧；你若匆匆而过，会为错失徜徉于绿水青山的感觉而后悔。

而我所在的农家庭院，就在莲洲这座巨大的大庭院里。农户穿着整洁的衣裳，微笑的脸映着阳光，他告诉我们：这些朴素、淡雅、干净的庭院，在莲洲的各条村已成为平常风景。他的语气平静，就如院子里安静的花草树木，也许在他的心中，生活就应该诗情画意地挥一挥衣袖。一撮泥土、一滴雨露、一缕花香，都是意料之中的恩赐；鲜花、小草、墙角精致的景观，是灵犀偶得的一念；朴素、安宁、回归最初的自我，是葡萄架留下的悠然寄傲的余韵。

庭院深深深几许？我在一个角落坐下来，我的心灵在一个熟悉的角落坐下来，那仿佛就是我找了许久的一个老地方。心中的禅乐并未停歇，钟情的植物就是最好的伴侣。在这里，我的目光与思绪一起飞扬，但终究散落在花木的清香中。

"淡淡熏风庭院，青青过雨园林。"莲洲，是一座饱含灵气的庭院，它的灵魂还是我初见的样子。它飘浮着微香，俊逸地招手，把花木的语言沁入到每一缕风、每一寸阳光、每一个眼神中。庭院如昔，就如牵情的旧手。诸多花木也从未改变自己的性情——今日相见，莲洲还是莲洲，花木还是花木，我，还是我。

遥忆松口中山路

梁冬霓

在那年日历里的大雪之日，父亲满心欢喜地迎接我来到这个世界。虽是大雪，却不寒冷，因为改革开放的春风开始吹拂大地。与我一起在春风中到来的，还有那条记载着我青葱时光的路——中山路。

中山路在梅县松口古镇——一个山清水秀，客家人聚集的地方。为纪念孙中山在松口留下的足迹及松口华侨为辛亥革命做出的贡献，1933 年，中山公园应名而立。改革开放后，连着中山公园的交通路又被重新命名为中山路。中山路没有繁华光鲜的外表，没有熙攘来往的人群，但是她就像一弯徐徐上升的新月，纯净、清澈，给松口这个小镇带来耀眼的光辉。

听镇里的长辈说，松口籍华侨谢逸桥、谢良牧等人，于 1905 年在日本东京积极协助孙中山筹组中国同盟会，并成为首批会员。此后，在南洋与粤东宣传革命思想，松口因此成了辛亥革命的摇篮之一。孙中山从华侨中募集到的革命经费，有四分之一来自松口籍华侨。当时处于松口闹市的"公裕源米店"就是华侨所建，革命期间，作为同盟会的秘密联络点，对革命志士做了很好的掩护。

就这样，松口与辛亥革命结下了不解之缘，孙中山的足迹亦踏响了沉睡的松口。1910年5月，孙中山在梅州大埔县的三河坝视察当地驻军后前往松口。到达后，孙中山驻驿位于铜琶村谢逸桥家的"爱春楼"。这次，他到松口公学（现松口中学）演讲，阐述革命道理，分析国内外形势，用激情唤起青年学子的革命意识。这个伟人，穿着中山装，用坚定的步履走遍松口的街道，留下了厚重的历史回音。他沿着潮平岸阔的梅江一路上行，到甘露亭、长岗岌，五月的清风徐徐，伟人在这里留下了殷切期望。

松口，从千年沧桑中走来，似一棵古老褪绿的榕树，在改革开放的春风中，逐渐披上新绿的衣裳。我记忆中的中山路就是这棵古榕树上的一枝新绿，葱茏、茂盛，在阳光下闪着温暖的光芒，热闹，却不喧嚣。

中山路分为两段，呈"T"字形。一段从港务所往东到关帝码头，一段从港务所与关帝码头之间的丁字路口往北，经过镇里的中心，直到中山公园。道路不足两公里，却载满客家人悠长的回忆与苦乐交融的时光。

从港务所到关帝码头这一段，依伴着款款深情的梅江，在水波里的呢喃中回味着悠悠岁月。孙中山先生曾在中山路往前的甘露亭，用手杖指着南北的丛山，寄松口予巨大的希望，说："革命成功后，可在此建工厂，也可开辟田园。"后来应了此言。1958年，松口在长岗岌东边建设了巨大的水泥厂——部队水泥厂（后改名为松口水泥厂、汕专水泥厂），产品除了满足本地建设用水泥之外，其他都运往潮汕，中山路旁则建了一间塑料厂，河岸也修了众多码头。

母亲年轻的时候，靠力气卖活，在港务所前的码头上推着板车把一袋袋水泥搬运到货船。那时陆地交通尚不发达，货物运输离不开水路。中山路上的码头，就是水路繁荣的历史见证。那时的岁月是艰辛的，母亲常常不能归家吃晚饭。这条路上，我给母亲送饭的脚印不计其数。纷飞的泥尘和着母亲的汗水，似一条浑浊的溪流在我幼时的记忆中流淌。母亲全身布满灰尘，心里却透亮无比，她坚信她的勤劳定能让我飞出这片贫穷孤绝的山区。通往码头的路上，一边是商住的骑楼，一边是居民的店面。骑楼的拱形楼面与镂空的石砌阳台，精致而典雅，融合着南洋的建筑风格，烙印着客家人下南洋的历史。楼下的商铺，多是国营的，经营的商品在印象中已模糊了，隐约记得有布店、针织店、百货店，但我知道我经过此处时的脚步是欢快的。尽管母亲在码头上的汗水湿透了日历，尽管道路凹凸不平，有些地方还横流着生活污水，然而中山路总像母亲一样透露出一股安详，让我感觉不到深藏在岁月深处的颠簸。

港务所旁的塑料厂，是当时镇里有名的企业，父亲就在里面上班。厂里生产的塑料鞋、显字香、水勺、编织袋、塑料瓶等，都是畅销产品。而我也经常到塑料厂找父亲，雀跃着，欢腾着，好奇着……短短的一段路，联结着父亲与母亲劳作的身影，聚满我们一家的辛勤与温馨。

中山路的另一段，从丁字路口开始，一直到中山公园。路旁的建筑还是以骑楼为主，这里是镇里的商业中心，也是我少时的乐园。新华书店的书香、珍容照相馆里的欢乐、电影院的热闹、公园里的紫荆花……似阳光下的露水，在我记忆中闪闪发光。在八十年代，虽然日子还较清贫，但我已经可以要求母亲给我买连环画，可以跟父母在电影院里看电影。那时家里并没有电视，小孩子们都是成群结队地在外面玩。中山公园里疯跑的身影，其中一个必是我。公园里并没有青绿的草地，裸露的黄土上栽植着一些白兰、紫荆、扶桑，掩映着一座六角亭，还有一汪不算清澈的湖水，湖上架起一座不到百米的洛阳桥。这些景致并非极美，却足以构成一个小孩快乐的天地。年幼的时候，中山公园的牌坊后面是一个工农兵的雕像，1986 年，为纪念孙中山诞辰 120 周年，这里的雕像变成了孙中山先生的汉白玉半身雕像。

这些记忆都沉淀成梅江边上的青石，任岁月的流水冲刷，却愈显得光滑清亮。

后来，在改革开放的浪潮中，母亲所在的单位搬运站与父亲所在的塑料厂都不存在了。照相馆、电影院也都沉寂在时代的变迁中。中山路犹如一根老旧的枝条，被一把利斧劈去病枯的部分，经过一番疼痛后，又在阳光中重新长出浓荫。我的父母，离开中山路上赖以生存的码头与工厂后，如千千万万的劳动者一样，几经艰辛与挫折，寻找新生活的路，把所有的勇气与力量，都投入到生活的变迁中。

一切都在吐故纳新。

生活在继续，时光流逝，不褪色的是祖辈父辈传承给我们的勤劳刻苦的客家精神。后来，我在父母的打拼与期盼中，完成了大学的学业。毕业后，我去了外地工作。每回一次家，见到家乡日新月异的面貌，我都难掩激动之情。

中山路上的码头在江风中静默微笑，把繁华与寂寥都付诸光阴。当我再一次踏上这片土地，灰尘与母亲肩上的水泥已经凝固成昨日的记忆。混凝土铺的道路平坦、整洁、敞亮，不见污水，更无垃圾。据居民说，松口很多条道路都旧貌焕新颜，其中对中山路的改造更是重中之重，给排水、消防、路灯等基础设施都重新建设。是的，江边的中山路并未随着岁月老去，虽然码头留下一声叹息，但中山路却因厚重的历史陈迹和新的建设面貌，引来了大量的游客，由此显得更加蓬勃年轻。

港务所前，不再是尘土飞扬的泥地。以黄锈石作地面的中国（梅州）移民纪念广场已在这里落成。广阔壮观，大气恢宏，傍着梅江婉转的清流连成追昔抚今的画卷。联合国教科文组织发起的旨在纪念海外华人的"印度洋之路"项目，已在国外建成多个，而在中国，就选择了古老梅州松口镇的中山路。是的，客家人下南洋的故事犹在，客家人与客家华侨秉承孙中山先生天下为公、开拓进取的精神犹在。矗立在广场中间的雕塑，形似一棵老榕树根托起地球，七只展翅的鸽子在地球的表面安详从容地散落。雕塑的基座上刻着浮雕，有挑担的人，拖车的马，高高耸立眺望梅江的松口元魁塔……时光荏苒，客家先民创业的艰辛、对家国的热爱及思念，都在这雕塑中历久弥新。

码头上的吊杆仰望着蓝天，唏嘘江流的寂寞。搬运工的身影不复出现，水泥的运输已不再依赖单一的水路。码头的清净，又反观了交通发展的巨变。松口不再是透不过崇山包围的角落了，发达的交通不但送走了一批一批闯荡世界的客家人，也迎来了一批一批访问历史文化的游人。

港务所旁的小食店、货物店都热闹非凡，而港务所、骑楼、民居还是保留着古旧的外墙，在络绎不绝的游人中存留一份古朴与安宁，把腾飞的时代所带来的喧嚣隔在一墙之外。阳光下，中山路显得既欢腾时尚，又安静典雅。

转入镇里的中心，骑楼里旧时的小百货店已经变成了家电家纺专卖店、土特产店、水果店、茶庄、蜂蜜专卖店……各式各样的经营，拉远了以往物质清贫的记忆。中山路后面新起了楼房，父母已从年年遭受洪灾的房子里搬出来，住进了中山路后面。那个带着儿时记忆的电影院已改建成镇里最大的超市。曾经看过的黄梅戏、越剧都随着浪花远去了，取而代之的，是超市里一应俱全的货物，与繁华城市无异。中山公园西边，原是果园与菜园，现在已建了一家大酒店和一间大的百货店。站在路边观望，行人带笑，如春花绽放。改革开放的春风，抚遍神州大地的每一个角落，包括这个曾经贫穷落后的小镇。

中山路的另一头，是中山公园。新砌的牌坊在几级石阶上庄正地挺立，正面是"中山公园"四字，背面是"天下为公"。牌坊两边是长长的画墙，青色的琉璃瓦下砌着古朴的青砖，中间拉开一幅"海上丝绸之路·松口"长卷。这幅长卷由三十多位著名岭南画家共同绘成，回望客家人从松口古码头开始远渡南洋的旧时光。依水而建的房屋、离别的码头、岸边的树、远处的山、波涛里的帆船与乌篷船……看一眼，恍惚间就走进了历史。厚重的文化气息，在这画墙上繁衍着，生长着，重新站在我少时的乐园，我仿佛听到了松口的心跳。

牌坊后面是一个广场，我又看见了熟悉的孙中山先生的半身雕像。与以往不同的是，雕像的左右两边多了石碑，上面刻着松口籍同盟会会员的简介。广场四周绿草如茵，树木扶疏，依然有我钟爱的白兰与紫荆。虽然经过改造，这些记载着岁月风雨的大树却保留下来。沿着园路往里，为纪念在辛亥革命中做出过杰出贡献的松口籍华人梁密庵而建起的密庵亭，掩映在绿树红花中。亭子旁边，多了体育健身器材。我信步走到漫步机上，风逍遥自在起来，一只松鼠从繁茂的树枝跳到树干，转而不知所踪。后面的湖水在风中荡漾，洛阳桥清澈的倒影也随之晃动……到了晚上，公园东边新建的戏台人潮涌动，辉煌灯火中，多年未闻的客家山歌又在这里飞扬夜空……

这头移民纪念广场，那头中山公园，中间是朴实无华的街。

它没有都市里那样巍峨的建筑，没有流光溢彩的霓虹，但它的一头一尾，却紧紧相连着一个时代的历程。岁月已经远去，家书曾经寄出。慰我欢忧、陪我长大的中山路，浸染了太多的感情，不是一个人的，也不是一个家的——有国才有家。几代人的歌声与汗水，在中山路交织成一枚徽章，别在客家人远行的梦中。而我的成长，中山路的变化，也见证着改革开放40年来时代巨大的变迁和发展。中山路虽短，却牵起我热爱的长情；松口虽然古老，却在新的日历里熠熠生辉。

梁冬霓，广东省珠海市作家协会会员，珠海市文艺评论家协会会员，珠海市斗门区作家协会副主席。作品见于《南方日报》《珠海特区报》《中山日报》《潮州日报》《珠海文学》《大湾》《斗门乡音》《儋州报》等刊物及各文学平台，获得省、市、区各级征文大赛奖项多个。

邝任生烈士和他的女儿

梁少华

斗门是一个有着光荣传统的革命老区，这里流传着许多可歌可泣的革命斗争故事。在开展"不忘初心、牢记使命"主题教育活动中，珠海市第一个党支部的创始人、珠三角和港澳地区优秀的党建工作者邝任生烈士和他的女儿邝冬英的感人事迹成了媒体报道的热点。

历史可以追溯到1927年，那一年的4月12日，蒋介石在上海发动"四一二"反革命政变，大批共产党员遭到了大屠杀，3天后的4月15日，广州的大批共产党员也遭到杀害。恰恰是在大革命失败的时候，谁也想不到我们斗门这个穷地方居然有四五十个青年学生到广州求学，追求革命真理，小濠涌籍的热血青年邝任生就是其中一个。

到小濠涌党史教育基地参观，邝任生的一副字联"追求真理，实践真理"引起了人们的关注。这副字联的落款时间是1927年2月10日。邝任生于1911年9月28日出生在小濠涌，也就是说，他写这副字联的时候仅有15岁多，说明邝任生在少年时代就受到先进革命思想的熏陶和教育。

据一些革命前辈的回忆，邝任生在广州读书期间，就经常到广州文德路的新华书店去阅读宣传马列和革命真理的书，尤其对毛泽东同志的《湖南农民运动考察报告》特别感兴趣。有一次，邝任生与几位同学相约到街上买皮鞋。付款时，邝任生突然改变主意说："还是先买书吧。"结果，他用买皮鞋的钱买了几本马列著作的翻译本偷偷地带回校舍学习，还把租回来的书与同住的邝仲海、陈特等同学一起学习讨论，探索革命真理，写下了很多读书心得。他的一举一动，引起了两位陌生人的注意，这两个陌生人就是中共地下党员陈杰和谢英。后来他们结成了志同道合的朋友，秘密组织青年学生开展反帝反封建、反剥削压迫的活动。

1931 年 7 月，学业超群的邝任生从广州培正中学毕业，他是同辈到广州求学人员中第一个领到毕业证的学子。按照他当时的家庭条件和他的学习成绩，他完全可以参加高考，但他放弃了，他带着组织交给他的任务回到自己的家乡当教师。他白天教书，晚上以家访形式逐家逐户向群众宣传革命真理。还特意把陈杰、谢英两位中共地下党员也介绍来斗门工作，以教师身份作掩护，分成几个秘密据点开展地下活动，播下革命火种，唤醒了斗门地区一大批的革命群众。

1937 年 9 月 20 日，以邝任生为书记的中山八区第一个党支部在"七·七"卢沟桥事变后的第 73 天宣告成立，它是在中华民族最危难的时刻、在以毛主席为首的党中央号召全国军民团结一致共同抗日的历史背景下冒着被杀头的危险成立的。

为了点燃斗门革命斗争的火种，邝任生走遍了斗门地区的每一个角落，一个人就介绍了 36 名进步青年入党。这些进步青年后来都成了各乡村党组织的领导人和中山八区对敌斗争的重要骨干力量。

1938年春，27岁的邝任生为了提高干部的政治素质和军事才能，专门选派了7名优秀青年到延安参加抗日军政大学的培训学习，其中包括自己身边两位得力助手邝淑明和邝健玲。由于当时对敌斗争任务相当艰巨，很多地方的领导都不愿意把身边的得力助手派去学习，但邝任生做到了，这体现了一个共产党的领导干部以大局为重、对党忠诚、心胸宽广的高贵品德。

同年5月，作为《八区青年》刊物的主编，邝任生因为积极撰稿揭露国民党反动势力压价收购稻谷到澳门牟取暴利的事实被警察所拘捕，邝任生据理力争，义正词严痛斥国民党的种种罪行。国民党中山县政府害怕事态败露，不得不下令释放邝任生。但警察所想捏造邝任生"畏罪越狱"的莫须有的罪名将其杀害，邝任生识破敌人的阴谋，巧妙地与敌人斗智斗勇，加上邝任生被捕以后，中共地下党马上组织当地群众游行示威，八区青年社全力组织营救，给国民党施加压力，邝任生终于在被捕后的第二天凌晨获得释放。

出狱后，邝任生更加积极努力地为党建工作。在他的领导下，斗门地区的抗日斗争风起云涌，先后有11个乡成立了抗日先锋队共1000多人，8个乡成立妇女协会共300多人，还有大刀会、后援会、锄奸队等抗日武装。人数之多、发动面之广，在当时的中山各区实属罕见，邝任生因此被敌人称为"最难对付的赤色分子"。

由于邝任生的突出表现，他先后担任过小濠涌党支部书记、中山八区区委书记、中山县委、顺德县委宣传部部长、顺德县工委书记、澳门工委书记、香港市委宣传部部长，还有南（海）、番（禺）、中（山）、顺（德）中心县委宣传部部长等党内重要职务。人们发现，邝任生每担任一个重要职务的时间都不长，有的仅仅几个月时间，很快又被调往新的工作岗位，说明他当时确实是一个难得的人才。

1939年冬，国民党顽固派掀起反共高潮，白色恐怖笼罩广东，邝任生受组织委派担任中共香港市委宣传部部长。其间，邝任生与之前调入香港大观电影公司的中共地下党人李枫紧密合作，秘密介绍杨康华、夏衍、周杨等文化界的中共知名人士到电影公司工作并成立党支部。当时，邝任生创作的以海外华侨积极支持祖国抗日为题材的小说《千金之子》引起很大反响，后来，他与李枫合作把《千金之子》改成了电影剧本，搬上银幕，受到广大观众的一致好评，大观电影公司也因此声誉倍增。

邝任生为党的事业呕心沥血，鞠躬尽瘁。他通过组织青年学生研读马列著作和进步刊物，建立起一支能说能干的理论队伍，为开展革命活动打下了理论基础；他通过组织农民开展反帝、反封建、反剥削压迫的斗争，唤醒了广大劳苦大众的觉悟；他通过创建中山八区第一个党支部，带动了全区党建工作的蓬勃发展，成为珠三角地区对敌斗争的一面鲜艳旗帜；他通过点燃抗日斗争的星星之火，谱写出中华儿女保家卫国一曲曲可歌可泣的动人赞歌。只可惜，1942年3月25日，邝任生在顺德林头乡一个地下交通员家里组织召开对敌斗争秘密会议时，由于汉奸的告密被日军杀害，年仅31岁，牺牲时她的女儿邝冬英才9个月大。

对于邝任生的死有很多版本，有的说日本鬼子来到林头乡剿共，见人就杀，邝任生从屋里出来，被日本鬼子一刀捅死。有的说他烧文件时来不及撤退，被日本鬼子抓获杀害。几十年来没有一个准确的答案。后来区委党史研究室的领导找到了邝任生烈士的女儿、国家航天部"两弹一星"的科学家邝冬英，才解开了这个谜。因为能够亲眼见到邝任生牺牲的、最有说服力、最有发言权的就是邝任生烈士的爱人冯平，邝冬英就是从母亲的口中知道父亲被害的真相的：那天凌晨，邝任生让妻子冯平抱着年幼的女儿在村头把风，突然传来一阵急促的狗叫声，冯平立即通知邝任生："日本鬼子来了，赶快撤!"邝任生考虑妻子带着女儿撤离不方便，于是当机立断做出安排："冯平你和英儿就躲在内房的绿麻蚊帐后面，千万别出来，其余的同志马上撤离，动作要快!"于是同志们很快撤离了现场。按照当时的情况分析，安排老婆和儿女躲在蚊帐后面是非常冒险的，但已经来不及了，再说，邝任生当时完全可以随同志们一起安全撤离，但他对老婆和女儿不放心，于是就选择了在离老婆和女儿最近的交通员家门口的干草堆里躲起来。日本兵见屋里"空无一人"，就用刺刀对着干草堆乱捅乱插，邝任生不幸被刺中，鲜血染红了刺刀，当场被捕。由于敌人并不知道他就是邝任生，加上邝任生对党的机密守口如瓶，坚贞不屈，恼羞成怒的日本兵见一无所获，于是，罪恶的刺刀再次捅进了邝任生的心窝，邝任生当场牺牲。这一切，冯平都看在眼里。她很想跟日本兵拼个你死我活，但在关键时刻她不能这样做，因为老公是她的入党介绍人，而且经常告诫她："要革命就会有牺牲，但要尽量避免不必要的牺牲!"就在丈夫被带走那一刻，冯平强忍泪水使劲地捂住女儿的嘴巴，这才躲过了一场劫难，也保住了邝家的革命后代。

也许，在中国的历史上，幼年丧父通常被认为是"苦命儿"，然而，在战争年代，有多少烈士的子女不是遭遇同样的命运呢？邝任生牺牲后，冯平为了继承丈夫的遗志，为了中国人民的解放事业，她忍痛把还未断奶的小冬英寄养在父母家中，然后跟随关山等珠江纵队的领导一起北上抗日。在以后的抗战生涯中，冯平无时无刻不在怀念着牺牲的丈夫、牵挂着年幼的女儿。那时，关山怀着对战友遗孀的同情和敬佩，在工作上、生活上给予冯平无微不至的关怀。几年之后，经党组织的批准，关山与冯平由革命战友结成了革命夫妻。

1949 年 10 月 14 日，广州全境解放。冯平与时任中共粤中地委副书记的丈夫关山和两位警卫员回顺德寻访女儿。然而，当母女相见那一刻，小冬英说什么也不相信眼前这位女人竟然是自己的亲生母亲。因为，小冬英从懂事之日起，周围的人一直都说自己是从路上"捡"回来收养的，非亲非故。现在，这位自称母亲的人居然还带来几个带枪的陌生人，小冬英非常害怕，她担心这是一场骗局，担心一旦离开这个家就会永远回不来。

外孙女执意不走，令冯平的父亲左右为难，他语重心长地向小冬英透露了事实的真相："其实我是你的外公，外公外婆之所以一直瞒着你，是因为你是革命烈士的后代，而且你妈妈和你姨妈都是地下党员。日本鬼子和汉奸走狗到处都在抓人、杀人，一旦走漏风声有个意外，我怎么对得住你牺牲了的爸爸？又怎样去向你妈妈交代啊！好孩子，现在解放了，跟妈妈走吧，那边条件好，以后好好读书，外公外婆等着你长大成人的好消息！"

小冬英哭了，妈妈哭了，外公外婆哭了，左邻右舍的父老乡亲也哭了。

次日，小冬英依依不舍地告别了外公外婆，跟随母亲和继父准备返回粤中地委。本来，事情到此应该有一个好的开端，有谁想到，一路沉默、性格倔强的小冬英并不"领情"，就在广州上船那一瞬间，小冬英趁母亲不留意，飞快地逃跑了。要不是两个警卫员左拦右截把她"抓"回来，还不知道会有什么故事发生。

也许，每个孩子到了新的环境都要有一个适应过程，小冬英也不例外。她把这次逃跑被"抓"的事看成是自己的一大"耻辱"，甚至半年不叫一声妈妈。到后来，还是妈妈经常给她讲爸爸的革命斗争故事和妈妈南征北战的军旅故事才使小冬英慢慢地安定下来。

"女儿的性格和才智很像她爸爸邝任生！"这是冯平经常在战友面前提起的话。邝冬英三四岁时，外公就教她唐诗宋词，经常是外公出上句，小冬英对下句，每次都能对答如流。以后，只要外公念出第一句，她就能一口气背完整首诗词，甚至连六十句的长诗《木兰辞》她也能倒背如流。外公因此曾经预言，小冬英将来一定是共和国的优秀英才！

外公的预言没有错，母亲的观察没有错。小冬英入学之后，学习相当勤奋、相当刻苦。回到家里做作业时，她聚精会神，从来不受外界干扰，经常是母亲催几次才肯吃饭，也经常是母亲强行关灯才肯休息。她那认真的态度和执着的性格使她的学业不断攀升，成绩连年排全年级第一。她无法统计获得过多少次奖励，更无法统计受过多少次表扬。

作为一个革命烈士的后代，邝冬英倍受学校老师的珍惜和爱护。1959 年她在广东第一名校——广州广雅中学毕业时，她的班主任孔昭炯送给她一份 18 岁的生日礼物——《革命烈士诗抄》。60 多年过去了，但邝冬英仍可以一字不漏地熟背孔校长在书中的赠言："十八不是一个简单的数字，而是标志着对中华民族的责任感。这部书不仅有你父亲的声，还有你父亲的形。先烈们牺牲了，换来了新中国。你是无产阶级的女儿，要把共产主义的旗帜高高举起，直到最终胜利。十八年的岁月过去，对你来讲可以得出这样一个结论：你是不能离开党的，而党十分爱你！"当时，邝冬英手捧这份珍贵的礼物，心情久久无法平静。她立志像父亲一样，为振兴中华而读书、为祖国强盛贡献一切。当年，邝冬英经过刻苦努力，在广州全市高考中以名列前茅的优异成绩考入了北京大学。

邝冬英考入北京大学，母亲高兴，继父高兴，全家人高兴。然而，天有不测之风云。时任广东省民政厅厅长的继父关山一夜之间被打成是搞地方主义的右派分子，而在省工业厅工作的妈妈也因此受到了牵连，不久，同母异父的弟妹也随之下乡接受"再教育"，一个好端端的革命家庭就这样各奔东西。

突而其来的家庭变故令邝冬英百思不得其解：继父是在1927年白色恐怖的年代冒着被杀头的危险加入中国共产党的啊！爸爸牺牲后，他和妈妈南征北战，同甘共苦，为党、为人民立下过不少功劳，怎会一下子变成反革命"右派"呢！邝冬英在这个残酷现实面前，身心备受打击，甚至得了一场大病，不得不休学。

正当邝冬英感到无助之时，国务院一位副部级的领导来到北大，一个系一个系地寻访邝冬英的下落。这位领导正是先父邝任生的同乡。当年邝任生牺牲后，邝明一直记挂着烈士的女儿，并把邝冬英当成亲侄女一样到处打听，希望能尽到一个叔父的责任。当得知邝冬英的近况后，邝明第一时间赶到了北大。

从未见过面的两代人，此刻比久别重逢的亲人还要亲。邝明紧握着邝冬英的手，激动而又深情地对她说："孩子，你受苦了。你爸爸是我参加革命的引路人，是我们党的优秀党员、优秀干部，可惜他走得太早了。今后我就是你的亲叔叔，我的家就是你的家。至于你继父的问题，要相信党，总有一天会搞清楚的。"（注：关山同志问题后来得到了平反昭雪。）邝明还特别告诉邝冬英："总理很关心烈士的后代，希望你继承先烈的遗志，出色完成你的学业，国家急需你们这样的人才！"邝冬英听罢，扑在邝明叔叔的怀里失声痛哭……

北京大学作为中国近代史上唯一以最高学府身份建立的国立大学，以其"勤奋、严谨、求实、创新"的学风和"爱国、进步、民主、科学"的校风而享誉全球，这里培养造就了千千万万个对国家有重要贡献的科学家，邝冬英就是其中的一员。

邝冬英考入"北大"，选学的正是国家专门为培养航天技术人才而开设的数力系力学专业。为了继承父亲的遗志，振兴民族大业，邝冬英以顽强的拼搏精神刻苦学习。毕业时，她又以优异的成绩被分配到国家航天工业部第五研究院，在"两弹一星"团队里，与钱学森为首的留美归国学者、留苏归国学者和北京大学、清华大学的精英并肩战斗。在一些老科学家的指导下，谦逊好学、聪颖过人的邝冬英浑身上下有使不完的劲儿。面对当时美国的技术封锁和苏联撤走专家留下的一个个技术难关，她从最基础的电工原理、晶体管、半导体电路、大规模集成电路、计算机原理到钱学森的"空间控制论"，一步一步、由浅入深地刻苦钻研，并用在北大读书时运用过的"一题多解""举一反三"的方法，从不同的角度去开阔思路，找出创新的技术关键。她先后承担和顺利完成了"曙光一号"宇宙飞船平台计算机系统的硬件和软件设计、"实践二号"姿态测量编码器和姿态控制的设计、"实践三号"卫星计算机系统的软件设计等多项重大任务。在多年的科研工作中，她先后获得过国家科技进步三等奖、二等奖，以及国防科委（部委级）科技进步一等奖和航天部的嘉奖，曾代表航天部受到中央首长的接见，被誉为航天英雄杨利伟背后不平凡的航天人。

邝冬英为祖国的航天事业倾注了心血，做出了无私的奉献。她清楚地记得，当年为了去基地执行卫星发射任务，她毅然忍痛将未满五个月的小儿子断了奶，牵肠挂肚地奔赴国境边界线。其间，她发现右脚趾上长了一个毒瘤，疼痛难眠，医生和同志们多次劝她去检查治疗，她就是不听，连续几个月忍痛坚持战斗在发射现场第一线，直至圆满完成任务才返回北京接受手术。由于拖延了治疗时间，小小的瘤子已发展成为半恶性的巨细胞瘤，趾骨被严重蚕食。为了防止扩散，为了保住整条腿，她被迫把整只脚趾切除。为此事，医生曾狠狠地批评她："你为了工作连性命都豁出去了，如果再拖下去，你想再为党工作的机会也没有了！"

脚趾被切除，但邝冬英并不后悔。她说："国家利益高于一切。卫星发射成功我感到非常幸福和自豪，觉得自己所付出的一切都是值得的，而且，比起我父辈作出的牺牲还差得远呢！"

"为共产主义奋斗终身，随时准备为党和人民牺牲一切！"这不仅是两句铿锵有力的入党誓词，同时也是邝冬英和丈夫容文杰共同为党工作的最高承诺。如果说父母亲是抗战时期无私无畏的革命夫妻，那么，邝冬英和容文杰同样是和平年代为祖国科技事业奋斗不息的革命伴侣。

1970 年，二十九岁的邝冬英与北大的同窗好友、同样在国防科委从事"两弹一星"技术工作的容文杰喜结良缘。邝冬英知道，嫁给科学家实际是选择寂寞，但她是心甘情愿的。因为，他们目标一致、志趣相投、志同道合。邝冬英清楚地记得，结婚后，他们夫妻一个在北京，一个在新疆的罗布泊，连续十多年两地分居，一年只能见一次面。有一次，组织安排邝冬英去罗布泊看望丈夫，她带去二十多斤的瓜子和糖果，结果被战友们嘻嘻哈哈一下子"抢"个精光。看到丈夫和战友们在这样艰苦的环境下默默无闻地为国争光，邝冬英被感动得热泪盈眶。她还清楚地记得，那时的交通不方便，寄一封信，回一封信，一来一回至少要一个多月时间，要是超过一个多月看不到回信，双方就会牵肠挂肚，坐立不安，度日如年，"不祥之感"油然而生。这种最难熬的相思之苦他们足足熬了十多个春秋。直至20世纪90年代初，他们才结束长期两地分居的历史。后来，在组织的安排下，夫妻俩被调到广州市政府，为广州大都市的现代化、信息化建设再创新的业绩……

是金子总会发光

——与小学生谈《我的文学之路》

梁少华

我是地地道道的水上人，祖祖辈辈以种田为生。

我4岁那一年，父亲病逝，留下我母亲，还有我姐姐、哥哥和我共三姐弟。听我妈说，我爸临终前最牵挂的就是我，说我很精乖，很聪明，将来会有出息，遗憾的是不能看着我成长。所以把我以后的成长教育任务托付给他最信赖的五弟，也就是我的五叔。是我五叔做出承诺之后，我爸才放心地走的。后来我五叔为了兑现他的承诺，专门把我领养。但是小时候我很贪玩，经常深更半夜才回家，成绩也不理想。有一天五叔对我说："阿华，今晚放学以后你早点回家，五叔给你买最好的菜。"我想一定是有猪肉吃了，那个年代很穷，一年吃不上几次猪肉。于是我放学以后飞快地跑回家，一看，什么好菜也没有，连米饭也是和红薯混在一起煮的。我虽然心里有气，但嘴里不敢说。正当我拿起碗筷准备吃饭的时候，我五叔拿着一根绳子把我五花大绑吊到门口的龙眼树上，我爷爷奶奶不忍心，几次想给我松绑，王叔就是不让，说："我今天就要绑死他，吊死他，饿死他。"但我好像很坚强，一滴眼泪也没有。直到全家人都吃完饭以后，五叔亲自给我松绑了，当他看到我幼嫩的双手被绑出血、黑一块紫一块的时候，我那还未结婚的五叔，大滴大滴的眼泪往下掉。他心疼地问我："侄儿你痛不痛？不是五叔有心为难你，而是我要对你死去的爸爸负责啊！"听五叔这么一说，我抱着五叔大哭："五叔我错了，以后我一定好好读书，不让五叔担心！"随后，我爷爷从厨房里拿出了饭菜，其中就有他们舍不得吃的猪肉，很小的一碟，还有我最喜欢吃的荷包蛋。

从此以后，我一直勤奋读书，从小学到高中，我的语文，特别是作文成绩都相当好。出来工作以后，我不管被调到哪个地方工作都很争气，拿过了包括省、市、县里的很多先进个人奖，我主政的单位还被评为全省的先进集体。1999 年，我的第一部著作《迟开的桃花》由中国戏剧出版社出版发行，其中就写了这段难忘的经历。出版后我第一时间送一本给我五叔。他看了以后沉默了很久，然后愧疚地问我："你还记得这件事啊？还生五叔的气吗？"我说："怎么会忘记？怎么会生气呢？当年如果不是你把我绑起来，吊起来，我哪有今天啊！"直到前几年我五叔去世，我看见他的枕头边还放着我的那本书。这就是我人生中一段难忘的插曲。

我走上文学之路，准确地说应该是1973 年我在白蕉五七中学高中快毕业的时候，学校组织写作组参加社会实践活动，我的班主任李浩老师带我们到农村、到白藤湖去采访。当我的文章第一次被公社广播站播出的时候，我非常激动。好像就是从这一天开始，我发现自己与写作结下了不解的缘。高中毕业后，村委会特意派我到公社参加三个月的写作培训，跟潘庆洪老师学习写新闻报道，我学习很认真。培训结束后，无论是公社广播站还是县广播站，经常播出我的新闻稿。1976年我当兵入伍，我的写作潜能很快被团政治处的领导发现，把我调到政治处宣传股，组成4个人的新闻报道组，负责全团的新闻报道工作，经常坐首长的吉普车到各个连队采访，找干部战士开座谈会，我的胆量就是从那个时候练出来的，当时的山西人民广播电台、铁道兵报经常发表我的文章。

1980年我退伍回到白蕉农村，没工作安排，在灯笼沙的供销社当了一个临时工、售货员。有一天，白蕉供销社总社的林副主任来找我，核对了我在部队的情况，看了我发表的文章剪贴后，对我说，你先休息两天，然后收拾行李到供销社总社报到，准备接任总社文书的职务。我当时非常高兴，但做了不到一个月，白蕉公社广播站的李站长又找上门来，说公社党委准备调我去白蕉广播站当采编，当时供销社领导说什么也不肯放。李站长回去立即向管组织人事的谭副书记汇报，谭副书记对李站长说："我不管那么多，你再去一次，说这是公社党委的决定，必须服从！另外要告诉他，不放的人我才要，一问就放的人，送给我也不要！"就这样，我被强行"抢"去了公社广播站。

那个时候斗门县很重视宣传报道工作，每个月都有来稿用稿进度表，我看了看白蕉的进度，上一年才83篇，其他的公社组稿300多篇，我经过请示党委，组织了全公社30多人的庞大的通信员队伍，急起直追，我来后第一年就创造1179篇的全县公社级组稿历史最高纪录，翻了十几倍，连续三年拿全县第一名。公社党委非常开心，1985年公社改镇的时候，我被调去当镇政府文书、党委办副主任，在还未当过副股级的情况下，破格提升为正股级。

那个年代很重文凭，有一天我从人民日报上看到一条广告，中国逻辑与语言函授大学在全国招生，学制三年，但国家不承认学历。我不管那么多，报了再说。刚学了两年，发现中山大学中文系自学考试招生，由广东省高等教育自学考试委员会组织考试，国家承认学历，我高兴极了，马上放弃读了两年的中国逻辑与语言函授大学，改读中山大学。再过了半年，暨南大学新闻系自学考试又招生，同样国家承认学历，而且，中山大学的两门公共课《哲学》和《中共党史》的考试成绩可以转到暨南大学新闻系。我并非多心，因为我高中毕业以后，从地方到部队再回地方，一直与新闻打交道，最对口的还是新闻专业，所以五年时间我先后读过三所大学。

自学考试是国际公认最辛苦的，国际上很多国家都承认学历。那个年代，自学考试既没有老师授课，也没有电视教学，全部要靠自己自学领悟，学校里考什么我们就考什么，全部闭卷考试。连上洗手间，监考人员都要跟着去。我毕竟是军人出身，能吃苦，做事雷厉风行。那个年代的考试，每考一科，合格后就给你发一个单科合格证，新闻系如果拿到 13 门单科合格证，就给你换一张毕业证书。为了志在必得拿到毕业证书，我每天都能腾出 8 到 10 个小时自学，在时间分配上，晚上 7 点强令老婆背着小孩去她哥家看电视，不到 11 点不准回来干扰我学习，回来后我还坚持到 12 点。中午洗菜做饭没时间看书怎么办？我就把考试大纲和答案用录音机录起来，一边洗菜做饭一边听录音，一点时间也不肯放过。还专门买了一个闹钟，早上 5 点闹钟一响，我就当作是部队的紧急集合号，马上起床学习，有时候我小孩夜里不停地哭哭闹闹，我一整夜睡不了两个小时，但只要闹钟一响，我绝不会找借口推迟起床。就这样坚持了几年，在珠海大西区 63

名考生最终只有 3 人毕业的情况下，我终于拿到了暨南大学新闻系的毕业证书。回忆起这段历史，我老婆经常对人说，我参加考试这几年跟没结婚没什么两样，但是现在看来还是值得的。

新闻系毕业以后，我写稿更加积极了，有一年，报刊上平均每三天就发表我一篇文章，南方日报有一个月发表了我 6 篇文章。这几十年我先后调过好几个单位工作，没有一天停止过手中的笔。我的采访和观察问题是非常细心的，写作上有一句话叫"七分采访三分写作"。有一次我应邀参加一个旅游公司组织的斗门海上游活动，他们同时也邀请了中央人民广播电台和好几家报社的记者去采访，但我发现这些记者一上船就打牌喝啤酒。回来时我问一个记者打算怎么写，他瞪了我一眼回答说："没什么可写的，你有兴趣你就写呗！"结果我当天下午动笔，晚上发传真，第二天南方日报就刊登了。

我曾经写过两篇弹无虚发的稿件，一篇是《斗门出现螃蟹大出海奇观》，另一篇是《一条白花鲈，价值六千六》，写的是一位渔民捕获一条 140 多斤重的白花巨鲈，卖得 6660 元的经过。发稿后第二天，我到县城的报摊买报纸，凡是我发过这两份稿件的报纸都全买下来再说，结果打开一看，八家报纸全部刊登，弹无虚发。还有一件很可笑的事，当年我到上横采访，写了一篇《百舸争流捕蚬忙》的报道，南方日报、羊城晚报、澳门日报几家大报都刊登了。有一家大报不服气，派了两个记者和电视台的几个人来到上横采访，怎么看也看不到我写的这种情况。他们到斗门区委办公室找到当时的新闻秘书曹希平，叫他马上约我见面。新闻秘书打电话告诉我这件事，说我可能闯祸了。我一点也不紧张，带上几张照片马上就去，他们核对了我的身份后对我说："你的报道很有轰动效应，连我们的大报记者也哄来了，但是我们连一条船、一粒黄沙蚬也看不到，何来百舸争流捕蚬忙呢？你如何解释？"我问他们什么时候来到上横，他们说下午两点多，我说："捕蚬是在退潮和流急的时候操作的，而你们来时正值涨潮，是没有人去捕捞黄沙蚬的。你们几个记者几张嘴巴，到农民中间多问几个'为什么'很难吗？"他们无话可说。接着我拿出几张我上船采访、亲自操作的照片，他们心服口服并道了歉。后来他们与我合作，做了更加详细的报道。

我当区委党史研究室主任这几年，曾经写过几篇影响力很大的调研报告，如《揭开日军黄杨山坠机事件五大疑团》，推翻了过去几十年不真实的版本，被很多家媒体转载；为了调查斗门的来历，我还根据区领导的要求专门去过浙江、陕西两个省调研，因为全国有3个斗门镇、40多个斗门村，回来后我写出了《斗门地名新考》的调研报告，被南方日报评为最受欢迎来稿二等奖。最近我又写了斗门镇下洲村一位搞地下情报工作的抗战老英雄陈连厚鲜为人知的历史故事，题目是《一把军刀引出的重要线索》，这篇文章由区委组织部向全区党员推介，引起了很大的反响。

到45岁以后，我就很少写新闻了。由于我对人物采访比较细心，后来也写了不少的报告文学，还有游记、散文、诗歌、随笔感悟等。除了主编过《斗门县志》《斗门党史》《斗门年鉴》和几部画册、几部报告文学集之外，还出版了《迟开的桃花》《神州风情》《霜催枫叶红》《我的摄影我的诗》《侠道文情》五部个人著作，全国有60多家报刊和新闻单位录取过我的文章1200多篇。

我觉得，从事写作的人都是比较辛苦的，但这种写作人才社会上也很缺乏，在哪个部门哪个单位，"笔杆子"都很抢手，都会被重用。我始终相信那么一句话：是金子总会发光的。

围垦英雄

梁少华

【历史镜头影像：黄河、浪潮、堤坝】

解说：4000 多年以前，位于中原地带的黄河流域洪水泛滥，无数村庄桑田被淹，民不聊生。大禹奉君王之命，带领乡民沐雨栉风，与洪水搏斗整整 13 年，取得了官民治水的重大胜利，由此形成了以民族至上、民为邦本、科学创新为内涵的大禹治水精神。

那时的大禹能做到的惊天大事，60 年前的斗门人民同样能够做到。如果说，大禹治水为中华民族留下了千古美名，那么，斗门的围垦事业同样创造了斗门人民战天斗地改造大自然的千古奇迹。

【弹出片名"围垦英雄"四个大字】

【航拍：斗门河流、桑田】

解说：斗门，位于珠江三角洲西南部。除了黄杨山和周围散布的丘陵之外，这里 62%的平原面积原来都是浅海。由于珠江水系原有崖门、磨刀门、鸡啼门、虎跳门、坭湾门"五大门"的水道流经斗门境内，曾有"珠江八大门，五道过斗门"之说。

这里水资源丰富，滩涂辽阔，水急流猛，潮起潮落，有利于潮排潮灌，客观上为斗门的围垦造田创造了得天独厚的优越条件。斗门人充分利用这个资源优势，组织庞大的围垦大军大战海滩，创造了一个又一个改造大自然的新奇迹，谱写了一曲又一曲人定胜天的新乐章!

斗门的围垦历史源远流长,曾先后出现过"慢、快、慢、快"四种格局。唐、宋、元时期,斗门的滩涂成陆速度缓慢,围垦速度也相对较慢。清代中末期,史称"康乾盛世"阶段,清王朝对中国的统治相对稳定,经济逐步复苏【影像:斗门古街,配清中末期繁华景象】,当地官僚和豪绅都看到滩涂围垦有利可图,纷纷用尽各种手段"抢滩霸地",而清朝的统治者也把滩涂作为赏赐给有功大臣的礼物,去刺激他们为朝廷效劳。荔山乡的清末官僚黄槐森就是清皇帝授权组织斗门乡民围垦的功臣之一【插入黄槐森像】。

民国时期,斗门的围垦进程放缓,主要是国民党政府腐败无能,连年战争不断,经济萧条,加上日本帝国主义的侵略,严重阻碍和制约了斗门地区滩涂围垦的发展【插入内战历史影像】。新中国成立后,在中国共产党的领导下,斗门的围垦事业呈现了快速发展的态势。

【影像:航拍白藤湖、白藤大闸内外,今昔图片对比】

解说:这里曾经是沧海。过去的斗门,每年咸潮一到,便有万顷良田受害。1958 年 4 月,中山县与珠江水利委员会联合成立中珠白藤堵海防咸工程指挥部,共组织 10000 名青壮年民工,3894 艘农船,全面拉开了一场规模宏大的白藤堵海防咸工程战役。1959 年,朱德委员长在广东省省长陈郁的陪同下视察了白藤堵海防咸工程,给民工们带来极大的鼓舞。同年 12 月,东西两堤全长 5725 米的白藤大堤全面合拢,1961 年 5 月全面完工,从此,斗门地区和珠海县 13.63 万亩农田因大堤截咸而获益【插入白藤大堤影像】。

但是,由于"大跃进"年代修筑的白藤大堤并没有经过专家的科学论证，因而形成筑堤截流后大堤内外泥沙淤积，内湖滩涂快速增高，迫使原流经白藤的坭湾门水道的来水全部改由鸡啼门出海，延长了16公里的流程。不仅减弱了农田的自然排灌能力，还扩大了堤内农田的涝积范围。为彻底消除白藤堵海的遗留问题，1971年2月，斗门县人民政府成立白藤湖治理工程指挥部，对白藤湖进行综合治理，实行破堤建闸、河湖分家与湖内围垦同时进行的办法。1974年9月，担负着92.8平方公里灌溉任务、全长151米的大型浮运大闸——白藤大闸正式建成。1974年3月，3万多亩的白藤湖围垦工程全面完工，之后建成了全国第一个农民度假村和旅游城。【插入相关图片、影像】

从某种意义上来说，斗门的历史就是围垦的历史，没有围垦就没有斗门。为了充分发挥斗门滩涂辽阔的资源优势，斗门人乘改革开放的东风，在改革开放初期的1980年就成立了斗门县围垦公司，统领斗门的围垦工作。接着，雷蛛垦区、鹤洲北垦区、南虎垦区"三大垦区"相继成立。

1984年3月，磨刀门围垦工程正式动工，鹤洲北垦区成为磨刀门整顿工程的先行点，不到一年半时间，18550亩的围垦工程全部完成；雷蛛垦区一号围、四号围、三号围、二号围也分别于1986年10月、1987年2月、1988年3月、1988年12月相继竣工，围垦总面积26180亩。曾经因为资金不足而两次下马的南虎垦区，1991年再度上马，仅仅一年时间就围垦17000亩。

据《斗门县志》记载，新中国成立后的1955年至1992年这37年时间里，斗门境内（含原来的平沙、红旗农场）就先后投入4.2亿元用于围垦造田，围垦总面积达315055亩，平均每年围垦面积就达到8515亩。而围垦公司从成立后的仅仅10多年时间，就围垦造田13万多亩。

黄杨月作品集

斗门人没有忘记，在整个围垦进程中，当时的县委县政府和各级领导为围垦工作操碎了心。

【历史照片】

这是斗门县领导班子在研究向海滩要粮的规划；

县领导乘船到海滩调研视察；

县政府组织专家现场论证；

垦区领导陪同上级领导视察垦区，商议解决资金问题；

上级财政部门领导在船上调研，听取围垦工作意见；

各级政府和领导对斗门围垦工作的大力支持，极大地鼓励了斗门人民改造大自然的信心和勇气；

围垦工人把一捆捆竹围垒在工场上；

把一根根木桩送到工地上；

把一车车泥土运到堤线上；

把一船船石头搬到海基上；

把一个个沉箱拉到闸口上；

他们经历过多少风风雨雨，度过了多少严寒酷热。

下面这组镜头更是向我们提出发人深思的疑问：【歌曲"为了谁"轻声而起】

解说：

光着膀子顶着烈日连续奋战的围垦工人，你们在想什么？

天天泡在咸水中战斗不息的围垦战士，你们在图什么？

冒着生命危险在急流中抛石的斗门儿女，你们享受过什么？

天天赤脚走在泥泞围堤上的垦区领导啊，你们得到过什么？

这一连串的问号，我们的围垦工人总是含笑不语。但是，他们心里都明白，斗门人民在党的领导下战天斗地改造大自然，向沧海要财富，为后人谋福祉的无私奉献精神就是我们所说的斗门精神、围垦精神!

斗门人没有忘记,在漫长的围垦岁月中,遭遇过多少狂风暴雨、自然灾害!【插入台风、海潮呼啸影像】"巨爵"台风、"黑格比"台风、"天鸽"台风,一个比一个强。

【插入历史照片】

雷蛛二号围水闸被冲垮了;

二号围南堤崩溃了;

四号围西南堤严重受创;

好好的雷蛛婆庙闸"体无完肤";

绿油油的庄稼全部被淹;

美丽的村庄伤痕累累。

在与台风海潮的搏斗中,围垦工人一呼百应上堤抢险;

抗洪大军扛沙包背泥土全力保家园;

我们的人民子弟兵始终战斗在抗洪救灾第一线;

手扶拖拉机一辆接一辆地从临时搭建的简易桥上通过;

多么惊险的动作,多么感人的场面。

斗门人没有忘记,在斗门的围垦过程中,既有围垦工人、人民子弟兵的积极参与,也有上山下乡知识青年的无私奉献。

在那个火红的年代,一批又一批的知识青年从城里来到垦区安营扎寨,经受了锻炼和磨难。他们把青春无怨无悔地献给了围垦事业,把福祉留给了第二故乡。

1972 年第 20 号强台风和大海潮,冲垮了垦区一道道大决口,人民生命财产受到严重威胁,数百名知青不顾个人安危奔赴抗灾第一线,手挽手地筑起一道道人墙,与狂风巨浪英勇搏斗至筋疲力尽,有 36 位知青不幸殉职。

他们与堵海献身的民工、解放军战士一道长眠在这块土地上。

斗门的围垦不仅为珠海和斗门扩充了土地，创造了财富，增加了效益，也大大提高了斗门的知名度【插入垦区新貌、富山工业园区、珠海发电厂等影像】。全国人大原常委会委员长朱德、副委员长陈慕华、李铁映，国家副主席王震，国务院副总理姜春云、田纪云、吴学谦，全国政协副主席钱伟长、叶选平等中央领导和国家相关部门领导也先后来过斗门的垦区参观视察，对斗门的围垦所做出的贡献给予了充分的肯定。

如今，垦区工人和全体斗门人民一道，把围垦精神作为二次创业的动力，不忘初心，牢记使命，决心在区委区政府的坚强领导下，承前启后，继往开来，为加快大湾区的建设，为实现中华民族伟大复兴的中国梦而努力奋斗。

梁少华，笔名方茂，网名天涯文侠，原中共斗门区委党史研究室主任兼地方志办公室主任，原《斗门县志》《中国共产党斗门历史》《斗门年鉴》主编。系广东省作家协会会员、广东省优秀基层宣传干部、广东省党史宣讲二团宣讲员；珠海市民俗文化研究会副会长、斗门区作家协会名誉主席、感动斗门最美退役军人；已出版五部个人著作，被60多家报刊和新闻单位录取文章1200多篇。其第一篇影视作品是《濠涌火种》。

模范父亲

陈国齐

父亲节那天，动物界开展一年一度的评选模范父亲活动。这次评选活动与往年不同的地方就是，候选人的事迹都是由他的子女介绍，然后由大家直接投票选出。小白兔被邀请担任大会的主持人。

小白兔宣布大会开始后，并接着说："刺鱼生长在北半球，是有特殊生殖本领的鱼类。雄刺鱼的独特的本领是能在水下建筑形似某些鸟窝的巢，让雌刺鱼把卵产在巢里，然后他在巢中射精。先请刺鱼先生的大公子介绍！"

刺鱼先生的儿子向大家深深地一鞠躬后，满怀深情地说："我的父亲是一位伟大而可敬的父亲！我们出生前，父亲为了增加溶解在水中的氧气，以保证我们在孵化时对水中的氧气的需要，在巢边不停地摇动着尾巴扇动水流，做增氧劳动。随着孵化时间的增加，他更加频繁、更加拼命地扇动水流，来满足未出生的孩子们的需求，艰苦劳动一个多月，直到我们顺利地孵化出来。我们出生后，父亲不但单独在巢中陪我们兄弟姐妹一起玩，而且为我们的日常吃喝等生活事儿，细心操劳着。为了我们的安全，还不知疲倦地日夜守卫在旁边。我们稍微长大些，有时因顽皮而游得远了，父亲不放心，把游远的孩子衔进嘴里，往回游到巢边，吐入巢中。经过他呕心沥血的培育，等我们能独立生活了，父亲才完全放心离开这个巢。在此，敬祝父亲健康长寿，节日快乐！"

掌声如潮！

小白兔说："第二位，由雄海马先生的二小姐介绍。怀胎生孩子一般是雌性的天职，然而雄海马却破天荒地不怕苦、不怕累，勇敢挑起怀胎生孩子的重担，既做父亲又做母亲，精神可嘉！"

雄海马的女儿有点羞怯地说："我父亲有一个像袋鼠伯伯那样的育儿袋孵卵囊。他在向母亲求爱的过程中，不时地向孵卵囊充水，使之膨胀，并打开裂口。母亲将输卵管插入父亲的孵卵囊中排卵。父亲则慢条斯理地给育儿袋中的卵子受精，使它们成为受精卵。在这条透明的袋子的内皮层中，有很多枝状的血管，连着胚胎血管网，给胚胎提供营养和氧气。在此后的一个半月左右的时间里，他已经成为一位标准'母亲'了，时时处处小心谨慎地对待'肚子'里的'孩子'。孕育期大约有 20 天，对父亲而言，这个'月子'过得不大舒服，太劳累了。在我们出生之日，父亲将长长的尾巴紧紧地卷在海藻上，靠腹肌的收缩力量使身体一仰一伏，痛苦地将'小宝宝'一尾一尾地产出来。母亲生孩子的痛苦和快乐，父亲都尝试了！总而言之，父亲把自己一生的有限时间和有限精力都用在孩子的生存上，这种牺牲自我、保持后代的父爱太令我感动了！"

掌声雷鸣！

小白兔在掌声中又宣布说："第三位，请帝企鹅先生的大公子介绍。企鹅是唯一在南极大陆沿岸一带过冬的鸟类，并在冬季繁殖。"

"各位听众，我为有这样的一位父亲感到自豪！"帝企鹅先生的大儿子清了清嗓子说，"我们企鹅类每次只产一枚卵，由父母轮流将其放在两脚的蹼上并用肚皮盖住孵化。一般企鹅产卵后，雌鸟常常离群到海洋觅食，10~20天后回来替换雄鸟，以后便以一两周为期互相轮换。我的父亲叫帝企鹅，特别能吃得苦，是企鹅中出类拔萃的另类。他特别深爱和关切母亲，不像一般的企鹅那样夫妻轮流孵，而单独由自己担负起孵化责任，这是企鹅中唯一的。雌性帝企鹅从离开鸟群到海洋需要走80~160千米，一直到64天孵卵期之末才能返回；此时正值南极严冬，冰天雪地，父亲将卵置于足上孵化，停止进食，饥渴难当，完全靠体内储存的脂肪维持生命，直到幼企鹅孵出，这时其体重可减轻三分之一。为了后代，我的父亲做出了多么大的牺牲呵！"

掌声不断！

紧接着，公狼的大女儿也介绍父亲的感人事迹。她说，母亲产下弟弟和妹妹时，因寸步不离地伴着孩子，父亲就担负起猎取食物养全家老少的责任。父亲觅到食物后，即使自己饥肠辘辘，也只是将猎物暂时咽下，回到窝里就将食物吐出喂养幼狼。小狼吃奶时期有五六个月之久，但一个半月后也可以吃些碎肉，父亲仍忠实地履行作为父亲的职责，继续喂食幼狼，直至幼狼自立。

犀鸟的儿子也说自己的父亲如何为孩子的成长而辛勤劳动，致使自己憔悴不堪。

还有狮子鱼……

一连10多位动物子女带着崇敬的心情，介绍自己父亲的先进事迹，赢得了阵阵热烈的掌声。

"最后，请鸸鹋先生的子女发言！请……"小白兔一连叫了几次。

"到！到！……"一只年轻鸵鸟从远处奔跑过来，气喘喘地应着到，并把一封信交给小白兔。

小白兔读了信后，大声地说："鸸鹋先生病了，恰遇孩子们也忙得很，有的服侍他，有的外出经商，都无暇参加，特委托远房亲戚鸵鸟代发言。鸸鹋是澳洲的特产，是世界上第二大的鸟类，仅次于非洲鸵鸟，因此也被称作澳洲鸵鸟，翅膀比非洲鸵鸟和美洲鸵鸟更加退化，足三趾，是世界上最古老的鸟种之一。为澳大利亚的国鸟。"

"各位，我因事迟到，万分抱歉！请原谅！"鸵鸟先作检讨，然后说，"本先祖和鸸鹋先祖同属鹤鸵目，算起来咱们是宗亲，鸸鹋是我的宗叔。受他的委托，我代他介绍三点：一是力担家庭建巢重任。天凉之后，雄鸸鹋体内激素变动，食欲下降，开始在地上用树枝、树叶、树皮和草为家庭建巢。二是孵卵的责任完全由他独自来承担。在整个孵化期间，在长达两个半月的时间里他几乎不吃不喝，每天只喝一点晨露，完全靠消耗自身体内的脂肪来维持生命，直到小鸸鹋脱壳而出。每天只因需要翻转蛋的时候才会站起来 10 次左右。每次孵化后，他的体重会降低许多。雏鸟出壳后，作为父亲的他表现出极强的'父爱'，仍日夜照料孩子近 2 个月，直至用 6 个月时间把孩子抚养大。雏鸟因有如此优秀的慈父，自出生后就一直跟随父亲生活两年，恋恋不舍。三是有博爱之心。他常常会收养别的鸸鹋流浪的雏鸟，只要这些小鸟不会大于自己的孩子。"

又是如雷的掌声。

小白兔正要宣布投票的时候，突然一只狐狸小伙子边号啕大哭边跳上主席台。大家给吓住了。

小白兔边安慰，边问是怎么一回事。

狐狸小伙子哽咽着说："家父为了救我们兄弟姐妹，勇敢献身，壮烈牺牲……"又哇哇大哭！

小伙子擤了把鼻涕后，继续说："今晨起床，我们听到洞外有人的脚步声，越来越近。父亲立即对母亲说，我跑出去用计引去来人，你趁机带孩子们逃走吧。父亲明知这是极危险的一着棋，但为了一家老少，他做好牺牲自己的准备！我们从窗口往外瞧，父亲从洞内往外箭一般飞跑到约 50 米远的地方，突然像被藤蔓绊住了脚一样，重重地跌一跤，在地上连打了好几个滚后才停下来。他面朝那个人，嘴歪咧着，做出起身想逃的样子，刚走了一步便大声哀号起来，东倒西歪站立不稳。听那人说，狐狸都是狡猾的，不要理他，洞里一定有狐狸。那人向洞走来，我们慌作一团。在这关键时刻，也许父亲急于救我们，在无计可施中只好选择用牺牲自己这一招了。只见他声嘶力竭地尖叫了一声，纵身一跃，朝一棵树上猛力撞去，顿时脑浆四射，倒地昏死过去，我们吓呆了！那人听见声响，转身赶快朝父亲处跑去！母亲流着泪，趁此机会，带领全家老少一齐逃往森林深处。"

听众个个唏嘘不已，既同情又盛赞！

最后经过现场投票，得票最多的五位是：狐狸、鸸鹋、海马、刺鱼、帝企鹅。

小白兔带头鼓掌祝贺优胜者！组委会主任大象伯伯向狐狸、鸸鹋、海马、刺鱼、帝企鹅分别颁发了模范父亲金匾和奖金。

坐在台下的小灰兔发现身旁的杜鹃叔叔低头不语，似有满腹心事，就问："叔叔，不舒服吗？"

杜鹃长长地叹了一口气，低头小声地说："太惭愧了！我们夫妇自己从来不养育后代，趁云雀或黄莺主人不在时，悄悄地把蛋生在人家的巢里，临走时再把人家的蛋衔走……就这样把自己的孩子'委托'别人抚养大了。我是一个极度自私、残忍的败类，也是个极不负责任的父亲！万分对不住别人，对不住自己的孩子！……"

杜鹃边说边偷偷地往外溜走了。

　　陈国齐，笔名东玉文，男，原籍珠海市斗门区，中共党员，国家公务员退休。广东省作家协会会员、斗门区作家协会名誉主席、《黄杨月》副主编。著作《镇南楼的钟声》（散文、小说、寓言童话文集），由《羊城晚报》出版社出版。

"南天一斗" 乡村颂

——斗门区新农村建设采风录

刘细学

引 言

　　吾邑斗门，古称黄梁都，千百年来乃偏僻贫困落后之地。党的光辉照亮斗门。日转星移，斗门巨变：站起来、富起来、强起来、美起来。今日斗门，山水相依，生机蓬勃，风光如画，气象万千。迈步斗门城乡，一路风光无限，一个个别具一格的村庄，一条条平整通畅的大道，一处处牧歌式的田园风光，令人流连忘返，恰如《清明上河图》的盛世风华画卷。这里，有一串串难以忘怀的乡愁，一首首温馨和谐的乡村小夜曲，一阵阵扑面而来的美丽风景线。这就是善雅黄杨，美丽斗门，一个创业斗门，一个创新斗门，一个创富斗门，一个创美斗门。这也是斗门区委政府实施乡村振兴战略以来，拼搏进取，艰苦奋斗取得的丰硕成果。早在 20 世纪 90 年代初，中国作协王蒙、李国文、从维熙、钱钢等作家曾亲临斗门访问，著名作家李国文情不自禁写下《南天一斗》的文章赞颂斗门，由此斗门名驰全国。现在，让我们沿着斗门的乡间小道，徜徉在这乡村的美丽风景线中，再来欣赏"南天一斗"新农村建设谱写出的辉煌历史篇章吧。

绿色生态乡村美

白蕉镇六乡竹洲头，珠中江三市交会处，斗门北大门。粼粼碧水间，就像镶嵌了一块翠绿的碧玉，与蓝天白云交相辉映，美得令人陶醉。这就是斗门竹洲水松林。被誉为植物活化石的水松林面积达 400 亩，是亚洲最大的连片野生水松林。登高眺望，磨刀门烟水苍茫，竹银水库碧波荡漾，连绵山岭青翠欲滴，好一幅绿色生态的美丽大自然画卷。

在这片绿色大地上，有樱花盛开的南澳，有洋溢红色革命精神的月坑，还有四季如春的虾山，欢声笑语饮咸茶的小托。而涌口村，更是鸟语蛙鸣，稻香鱼肥，农田保护区一派丰收景象，新农村建设如诗似画。

飞架磨刀门两岸的斗门大桥，沐浴灿烂朝阳，霞光万丈。从充满神话色彩的灯笼沙到下沙岛，再到鹤洲北，满眼碧绿，花果飘香。一方方鱼塘星罗棋布，就似碧波中串起的一颗颗闪烁的明珠，鱼跃虾欢。这广袤大沙田上的灯笼、昭信、新环等村，是名副其实的中国海鲈之乡。锦绣大沙田，河涌纵横，真是山水田园，生态宝地。新农村建设把美丽水乡绘成了人间仙境。

鹤洲北，独占地理位置优势，与珠海大桥毗邻，是斗门的南大门。这里有七纵八横的交通网络，使斗门全区四通八达，交通顺畅。水陆空立体交通，城乡绿道串联，助推城镇化建设如火如荼。一河三埠，生机盎然，美不胜收。正是"海上云天誉珠海，绿色生态美斗门"。如今，绿色生态斗门让海内外游客恋上乡村的味道，斗门新农村建设花开芬芳，万紫千红。南国水乡，青山绿水，灯影桨声，姹紫嫣红，恰似蓬莱仙境下人间。斗门乡村华丽蝶变，成为城里人向往的旅游热点。正是：十里莲江满眼春，水上婚嫁倍怡人，乾务飘色堪奇观，接霞庄里乡情真。斗门乡村美，对歌诉乡情，和谐乡风绿遍野，旖旎风光泛春潮。村口古榕传笑语，夹岸洋楼粤韵传，新农村建设歌如泉……

宜居宜业环境美

珠江八大门，几道过斗门。斗门有 30 多万亩肥沃的耕地，有 101 个行政村，28 个社区居委会，是珠海新农村建设的主战场和后花园。斗门区委区政府全力推进新农村建设，立足现实，创新发展，实现"产业更优质，环境更宜居，保障更有力，文化更繁荣，社会更和谐，党建更扎实"的目标，在创建宜居宜业环境工作中突出"四整治一美化"，城乡上下实施净化、亮化、绿化、美化工程，保护乡村原生态。今日斗门乡村，山更绿、水更清、天更蓝、空气更清新，所到之处绿韵盎然。游客们进入斗门便见满眼碧绿，叶茂花红。山村有鸟语花香，水乡见清波辉映。到 2020 年，全区新农村建设共投入近 10 亿元，打造污水处理站 47 个，大型垃圾转运站 50 座，垃圾收集站 80 多个，有乡村保洁员 750 多人。在全省首创"户收集、村集中、镇转运、区处理"的有效处理模式，一举破解乡村困惑长久的治污难题，成为向全省推广的"斗门模式"。

看今日斗门新农村，花团锦簇，绿意怡人，道路是花海长廊，田野是风景园林，村庄是休闲公园，有诗人慕名来访斗门乡村，触景生情吟诗一首："山清水秀红花，小艇碧波飞霞，竹掩新楼秀雅。田园如画，斗门今日农家。"这也是斗门乡村宜居宜业优雅环境的生动写照。

特色产业发展美

阳春三月，百卉绽放。这些年来，每到春和景明的季节，莲洲镇石龙村就格外繁忙起来。来自省内和云、贵、川、浙、闽等地的商客们，云集石龙村，他们慕名而来，就是为一睹全国驰名的花卉村石龙的风貌，汲取石龙村创业致富的真经，并要购买大批特色花卉苗木回去发展种植赚钱，真是"村不在大，创富则名，业不在多，特色就灵"。石龙村就是靠特色花卉产业，做大做强，成行成市，财源不尽，一举脱贫，实现了祖辈梦寐以求的富裕、文明、和谐、幸福的愿景，成为全国先进模范村。

一人一户富不是真富，千家万户富才是真富。斗门区全力打造特色镇特色村，以特色产业带动村民致富。斗门镇突出打造省级文化名镇，充分展示旅游名镇风貌，全面建成 11 个城居文化中心，形成"一山一寺一温泉，一皇一将一家庄"的独特旅游风景线，并辅以大赤坎香叉烧、八甲虾米糍、汉坑煮咸菜、艾饼等当地名牌美食。斗门旧街、接霞庄、御温泉等景点游人络绎不绝，带动各种产业消费。目前占地数百亩的国家级旅游景点"宋城"正动工兴建，必将使斗门镇旅游产业更上一层楼。

白蕉镇总面积 178 平方公里，可耕地 9.39 万亩。其中鱼塘养殖面积 6.37 万亩，为村民劳动致富第一产业。北部为水源保护区和农田种植区。为此，白蕉镇着力打造特色鲜明的新农村建设标杆，以南澳村为试点，引进企业投资，全力推进"南澳樱花园"

"虾山村特色美食风情"和"月坑村红色革命旅游"等精品项目，种养产业和文化产业风生水起，带动全镇经济发展，农田增效，农民增收，其乐融融。白蕉镇先后获评为国家生态镇、省双提升示范镇、省卫生镇、省休闲农业与乡村旅游示范镇，并荣获"中国海鲈之乡"称号。

莲洲镇新农村建设与产业发展并肩同进，以产业为抓手，以特色产业带动乡村旅游业发展。莲江、石龙、红星、东湾等村先后引入"十里莲江""岭南大地""逸丰生态园""东湾桃花源""先圣汉方"等一批实力旅游项目，打造乡村游示范镇，大幅提高村民的经济收入。今日莲洲镇，看莲江龙腾、东湾燕舞、石龙花木、红星生态，十里莲江景如画，五村共乐展宏图。今年五一长假，春临莲洲，繁花似锦，游人如织，生态乡村，魅力无穷，真是四季如春，风光旖旎，锦绣水乡，富美农村。

综合治理和谐美

十年奋斗，统筹发展，高端谋划，协调推进"六大工程"，实施乡村综合治理，这是斗门区新农村建设取得辉煌成就的主要经验。

统筹全区产业发展，五年拼搏，开拓耕耘，斗门区从低端农业生产格局，一跃成为高端产业集聚，新型城镇化生态城区、交通网络四通八达的现代化新农村。三年美化、净化、绿化、亮化斗门行动，取得瞩目成效，全区新植各类花卉苗木250万株，增加绿地30多万平方米，完成1万多亩森林碳汇工程，30多公里生态园林景观及绿道网络建设。综合整治"三边"，如今水边、山边、路边，已成为斗门城乡最多姿多彩的亮丽风景线。

统筹推进教育，民生保障，卫生服务等一系列建设，进一步点燃村民综合改革热情。斗门区委、区政府清晰的改革思路、缜密的改革布局、有力的改革措施，使新农村建设有力、有序、有效深入持久开展。

统筹推进综合治理，必须有破有立。破的是"牢笼"，立的是"活力"。为村民服务不出村门。区行政中心整合23个区级审核职能部门，纳入一个部门，所有的区级审批事项都能一站搞定。这叫作"把麻烦留给我们，把方便送给村民"。这样，真正解决了过去村民办事"门难进、脸难看、事难办"的弊端，极大地焕发了广大群众建设新农村的干劲和信心。

统筹推进综合治理，斗门区民生服务亮点闪烁。南澳村，"星光服务"送医入户，为村里患重病、慢性病及中风康复期老人提供义诊服务。医务人员还手把手教会家属各种护理知识。这样，南澳村34名患病老人得到心灵慰藉、卫生清洁和文娱康乐等服务，体现了人间的大爱。

在横山中心小学，49户困难家庭的学生获得"互助互勉，共建和谐"的扶贫助学救助，由当地政府和市红十字会携手企业家，为这些困难家庭学生送温暖。新农村建设，让所有村民都能获得幸福感，一户不能少，一个不能少。这也是我们党的初心与使命，也更是区委区政府的担当和责任。

后　记

踏足斗门城乡，宽敞平整的沥青大小公路连接到每一个村庄。繁花似锦的绿化带，辉映蓝天白云，让人心旷神怡。在这片大地上，既有层峦叠嶂、山水相依的天然之美，又有烟雨楼台、曲廊幽榭古今交融的深厚人文之韵。更有稻浪翻滚、鱼跃虾欢的沃秀田园，又有舒展宁静、高效生产的现代生活节奏。这片大地，是人们创业、居住、休闲、旅游、养生的人间桃源。这是斗门区人民谱写的新农村建设的辉煌历史篇章。这在当今城市绿化率超过80%的珠三角，如此完好保存有如桃花源美境般的自然生态，堪称奇迹。

斗门，就像珠江边一颗闪烁翠绿光彩的明珠，如诗如画，万种风姿，吸引世人的目光。难怪，珠三角地区社会主义新农村建设现场会、全国休闲农业与美丽乡村建设系列活动等大型会议，都选择了斗门。斗门区也先后荣获了广东省推进现代化教育强区、中国曲艺之乡、中国历史文化名街、中国民间艺术之乡、中国历史文化名镇、中国海鲈之乡、全国文明村镇、全国科技进步先进区、全国首个国家级河口渔业示范区等荣誉称号。这一切，都是斗门人民沿着习近平新时代中国特色社会主义康庄大道努力奋进、拼搏创业结出的甜美果实，是伟大的中国共产党光辉照耀绽开的美丽、幸福之花。

放眼未来，斗门，这"南天一斗"，已是珠三角的产业高地，是大湾区闪烁光彩的明珠，是风光无限、前景灿烂的宜居宜业宜游宜乐的人间福地。

百年砥砺耀千秋
——庆祝中国共产党百年华诞

刘细学

南湖红船，犁开了华夏大地的苍茫黑暗，铁锤镰刀迸发的火花，点燃了中国历史上最耀眼的火炬。从此，奋斗的足迹，一步一个辉煌，闪亮了 100 个春秋，神州大地的每一寸土地，返老还童，经历了脱胎换骨的阵痛，挺直了脊梁，广袤的华夏大地，逐渐丰润起来，伟岸起来。那红船铸成的坚强信念，化为了普天的彩霞，凝聚成中华民族精气神的不朽图腾。

于是，百年征程波澜壮阔，百年初心历久弥坚。从上海望志路 106 号（兴业路 76 号）石库门巷屋到嘉兴南湖，一艘小小红船承载着华夏儿女的重托，炎黄子孙的希望，越过急流险滩，穿过惊涛骇浪，成为领航中国驶向光明彼岸的巍峨巨轮。胸怀千秋伟业，恰是百年风华。中国共产党秉持以人民为中心的宗旨，永葆初心，牢记使命，勇往直前。啊，日月不老，丰碑永恒，中国共产党百年奋斗的历史，是载入华夏五千年文明史册最辉煌壮丽的篇章。

南湖红船劈波斩浪不断向前，带起的潮声激励着亿万炎黄子孙的心扉；南昌城头的响亮枪声和号角，冲破了黑暗大地的浓雾，响彻长城内外大江南北；铁流二万五千里，草地回春，雪山耀眼；延安宝塔，延河浪花，向世界诉说着那惊天地、泣鬼神的伟大壮举。韶山冲那穷壤中诞生的世纪巨人，用他那双踏遍千山万水的草鞋，谱写无与伦比的锦绣华章。马克思列宁主义真理，在古老的神州大地上得到最完美的升华。

实践证明，党与人民风雨同舟、生死与共，始终保持血肉联系，是战胜一切困难和风险的根本保证。十四年抗战，驱除日寇，百万雄师，直捣黄龙，党领导人民取得了民主主义革命的胜利。天安门广场上灿烂的礼花，是中国共产党那富有哲理的思想在璀璨闪耀；戈壁滩升起的美丽蘑菇云，是党的民族气节化为的迷人梦境。从此，炎黄子孙扫涤了"东亚病夫"的阴影，古老的中华大地，描绘出地球东方最美丽壮阔的风景线。我们伟大的党，始终与人民心连心，同呼吸，共命运，永葆初心，牢记使命。这个初心，是为人民谋幸福；这个使命，是为民族谋复兴。

旌旗，拓展在蔚蓝的碧天；风采，镌刻在人民的心中。中国共产党的英雄儿女，为这百年春秋史册，平添无限风流，增谱壮丽华章。杨靖宇的热血、赵一曼的精神、夏明翰的胸襟、刘胡兰的义气，彰显出共产党人的崇高品格，在血与火的洗礼中获得永恒。雷锋的亲切微笑、焦裕禄的坚毅顽强、王进喜的豪言壮语、孔繁森的匆忙身影，在为人民服务的漫长征途中，树起了一座又一座丰碑，见证了中国共产党人的赤子之心。

百年奋斗，跋涉山高水长；征途万里，肩负民族希望。回首百年，中国共产党走过漫漫长路，栉风沐雨，披荆斩棘，因初心不改而朝气蓬勃，因牢记使命而矢志不渝，一往无前。改革开放，神州大地处处传颂"春天的故事"，变得生机盎然，多姿多彩。抗击非典，抗击新冠，疫情无情党有情，多少英雄儿女舍生忘死，逆向而行，谱写了人间的大爱无疆，让全世界人民感受到中国的力量、中国的奇迹。全世界人民，对崛起的中国无比向往。

治国有常，以利民为本。以人民为中心，是新时代坚持和发展中国特色社会主义的根本立场，也是中国共产党立党的宗旨。历史将记住这一天。2021年2月25日，北京人民大会堂。习近平总书记庄严宣告："在迎来中国共产党成立一百周年的重要时刻，我国脱贫攻坚战取得了全面胜利。在现行标准下，全国9899万农村贫困人口全部脱贫，832个贫困县全部摘帽，128万个贫困村全部出列，区域性整体贫困得到解决，完成了消除绝对贫困的艰巨任务。"这是彪炳史册的人间奇迹。中国共产党领导伟大的中国人民，创造了这无与伦比的世界奇迹。回顾历史深处，我们更能读懂今日伟大成就的来之不易。"长太息以掩涕兮，哀民生之多艰""安得广厦千万间，大庇天下寒士俱欢颜"，为摆脱贫困，华夏数千年的历史长河里，多少憧憬、多少夙愿。千年梦想，百年奋斗，一朝梦圆。秀水泱泱，红船依旧；征途漫漫，唯有奋斗。幸福是奋斗出来的。

百年回望，百年峥嵘，百年风雨，百年奋斗。中国共产党百年依旧年轻，依旧风华盎然。人民对美好幸福生活的向往，就是我们党的奋斗目标。前行不忘来时路，初心不改梦归处。百年漫漫长路，党依旧保持了那伟大的"红船精神"。开天辟地，敢为人先；坚定信念，百折不回；立党为公，忠诚为民。这种首创精神、奋斗精神、奉献精神，就是我党永葆年轻，永远不败的力量源泉。

百年回眸，我们清楚自己走了多久多远，知道自己走的是人间正道。高峰眺望，更看清了历史前进的方向，美好的明天就在我们的脚下。方向决定前途，道路决定命运，我们找到了中国特色社会主义道路，也是人民幸福之路，民族复兴之路。百年波澜壮阔奋斗前行，我们党初心不改，勇于担当，团结带领人民，攻克了一个又一个艰难险关，创造了一个又一个彪炳史册的人间奇迹，把贫穷落后的旧中国变成日益富起来、强起来、雄起来的新中国。

风雨多经心不老，关山初度路犹长。党的百年华诞，也正是风华正茂。人到半山，船到中流，尤须我们与时间赛跑，与时代同进。路漫漫其修远兮，吾将上下而求索。我们伟大的中国共产党，将永远保持谦虚、谨慎、不骄、不躁的作风，永远保持艰苦奋斗的作风，与广大人民群众一起，凝聚起同心共筑中国梦的磅礴力量，为实现中华民族"两个一百年"的伟大远景而奋斗。
正是：

　　百年奋斗，丰碑巍峨耀华夏；
　　两个梦圆，民族复兴展宏图。

　　刘细学，高级教师。世界华文文学家协会、中国散文诗研究会、广东省民间文学家协会、珠海市作家协会会员。曾任《斗门县志》《中国共产党斗门历史》《斗门年鉴》副主编，《斗门乡音》《斗门教育》编辑，珠海市《浪漫金秋》杂志主编。在《人民日报》《南方日报》《羊城晚报》《师道》《广东史志》《澳门日报》等报刊发表各类文章数百篇。出版个人小说、散文集《斗门玫瑰》一书。

弘扬新思想，点亮半边天

——记领导斗门区妇女运动的杰出干部邝健玲

江从芳

公元 1918 年，时局动荡，国运维艰，苍茫大地风雨飘摇。就在这一年，今珠海市斗门区（原中山八区）斗门镇小濠涌村，有一位名叫邝健玲（又名亚玲，曾用名郑芳）的女子降生了。不幸的是，这女子出生数月后父亲便去世了，仅由母亲靠几亩土地和经营小商维持家计。

邝健玲在家排行第三，上有大哥邝寿乔和二哥邝仲海，兄妹三人与母亲相依为命，艰苦度日。同时，受八区（今斗门区）地下党员领导人邝任生的影响，三兄妹一边忙于生计，一边忙于学习，积极投身到伟大的革命事业。大哥邝寿乔开了一间"松竹梅"文具店，并将该店的后院腾出来，成为邝任生组织"读书会"的地方；二哥邝仲海以教师为职业，协助邝任生在斗门圩办弘毅小学及开展工人运动。1937 年 9 月，邝任生介绍邝仲海与邝健玲加入中国共产党。1938 年 2 月，邝健玲被地方党组织选派到革命圣地延安——陕北公学学习，后逐步成长为领导妇女运动的优秀干部。

据熟知邝健玲的老乡回忆，该女子自幼聪明好学，性格倔强。在乡校健民小学读书时，受到斗门区党组织创始人邝任生的影响，在心中播下革命的种子，思想也日趋成熟。继而，在积极参加邝任生组织的"读书会"时，她秘密阅读了很多马列著作，逐步认识到反帝反封建是群众翻身求解放的必由之路。由此，在日常生活中，邝健玲除了帮助母亲做家务之外，便主动深入妇女群众，向她们宣传反帝反封建的道理。

1936年，邝健玲18周岁，已从学校毕业。那时，省城广州正掀起学潮，一波接一波风起云涌。一次偶然的机会，邝健玲与大嫂去广州，目睹了如火如荼的青年运动情景，对此，姑嫂俩又惊又喜。她们惊的是，大城市里真是热闹，一帮学生青年能组织如此声势浩大的活动；喜的是依此之见，我们农村姑娘或许也能弄个什么潮！

和嫂子商量后，邝健玲决定：是时候走出反封建的第一步，回乡组织一场动员妇女剪髻、剪辫的运动。于是，在她的宣传鼓动下，小濠涌妇女的剪髻、剪辫风潮很快高涨起来。但不难想象，这股风潮毕竟太新鲜了，史无前例，必定会遇到阻力。果不其然，见到这一闻所未闻的另类事件，一部分乡绅族老忍不住了，视此举为大逆不道，什么"男女不分""不守妇道"等咒骂声四起。见此，健玲母亲也着急了，但邝健玲却更加坚定不移，直接跑到妇女较集中、闲言闲语较多的地方去，向姐妹婶姆们解释说："我们表面剪掉的是二三尺的辫子，但实质上是破除封建制度的一部分，大家不必动摇，要坚信陈旧的封建枷锁一定可以打破！"于是，在邝健玲勇敢而又智慧的坚持下，冷言冷语渐渐少了，别有用心的人也有所收敛，剪髻、剪辫运动便很快传到全区的各个乡村。

1937 年，在震惊中外的卢沟桥事变发生之后，日军开始大举入侵中国。在这危难关头，邝健玲带着对敌人的满腔愤怒，和对革命的满腔热忱，更加积极地向妇女宣传"国家兴亡，匹夫有责"的道理。在这过程中，由于邝健玲表现出色，信念坚定，于该年 10 月被邝任生推荐加入中国共产党，成为斗门区第一个女共产党员。接着，在八区区委成立之时，邝健玲又担任妇女委员，此后更是严于律己，埋头苦干，长期坚持在地方党组织的领导下开展妇女运动工作。

在邝健玲身上，那一股追求进步、勤奋好学的精神似乎与生俱来，这种精神人民看到了，党组织也看到了。1938 年春，区委动员邝健玲到延安学习。她接到通知时欣喜若狂，奔跑着去告诉母亲。母亲知此消息，因不忍离别流下了热泪……但是，想到健玲是去学习，是去追求进步思想，母亲还是倾囊相助，给足了求学的费用，让健玲奔赴革命圣地延安。在延安学习期间，邝健玲如饥似渴，刻苦地学习革命理论，学军事知识，专心聆听中央首长的讲话，并做好各项记录。半年过去，她的思想和理论水平都有了显著的提高。

在延安学习结业后，邝健玲回到八区。那时，残暴的日军已经在三灶岛建立了侵华的海空军基地，日机向八区的村庄频频轰炸，滥杀无辜。得知这般情形，邝健玲带着胸中那束正在燃烧的延安抗日的烈火，奋力投入到抢救伤员的行列。至此，邝健玲已成为一名奔跑在最前线的救死扶伤的战士，她夜以继日地奔走，从南至北，从东到西，一边抢救伤员，一边发动广大妇女，迅速行动起来组织救护队。

当时，乾务乡是被轰炸的重灾区，邝健玲深入其中并以此为定点，与梁俊帼、梁焕婵（又名梁群）等妇女骨干一起，在漫天烟雾中奋力抢救被炸伤的乡民。由此，乾务乡的妇女救护队因奋勇当先而饮誉全区。接着，网山乡、马山乡、南山乡、斗门乡、南门乡等地的妇女救护队也纷纷模仿乾务乡的做法，为艰巨的救死扶伤工作贡献力量。

1939 年 1 月，中山县成立战时妇女协会，邝健玲被选为妇委。会上，她畅谈了自己在陕北公学学习时的情景，展现出当时追求进步的新女性形象，深得众人的一致好评。2 月，妇女协会八区分会成立，邝健玲兼任分会会长，分管会员 300 余人。同月，区委在南门乡新围村举办第一期游击训练班，邝健玲与进步党员邝叔明一起，负责讲授军事知识和游击战术课。在讲课过程中，邝健玲深入浅出，用最通俗易懂的方法辅导学员学习。面对这位年仅 20 岁的年轻女教师，大家都竖起大拇指啧啧称赞，说邝老师讲课贴近生活、观点鲜明，不但听得懂，而且记得住。

没错，邝健玲做工作，都是从生活中来，从人民群众中来。在那个年代，封建婚姻制度坑害了不少青年，邝健玲一直看在眼里，想在心里。终于，在区委的统一布置下，她决心带领妇女骨干行动起来，坚决反对包办婚姻。当时，正逢南山乡妇女协会会长陈秀球被母亲强迫嫁给一个大财主的儿子，不但彼此素不相识，而且听说对方不务正业、花天酒地。区和乡的妇女协会多次出面干预，但是无济于事。对此，邝健玲便安排陈秀球暂时离家，避免纠缠，到了约定婚期的前几天，再由党组织介绍到中山县宣传服务队去工作，从而彻底告别这一场包办婚姻。陈秀球的抗婚斗争轰动了全区，继而，网山乡的黄佩瑜，马山乡的林凤、林若冰，乾务乡的梁俊帼等妇女协会骨干都行动起来，与包办婚姻抗争到底，使长此以来的封建婚姻制度受到沉重的打击。

1940 年，中共中山县委书记陈翔南、部长郑迪伟，来八区了

　　　　　　　黄杨月作品集

解情况、检查妇女运动工作，邝健玲负责详细汇报。当上级领导问到"低潮到来作如何打算"时，邝健玲满怀信心地谈起了自己的设想：一是利用八区尚未沦陷的有利条件，继续做好抗日救亡的宣传发动工作；二是当革命低潮到来之时，立即转入分散隐蔽，改变组织形式。比如，可以通过"女仔屋""姐妹会""互助组""识字班"等方式，继续团结和教育妇女，坚持抗日救亡工作。领导称她"有魄力、有作为、是一名优秀的女干部"。同时，又将八区的妇女运动经验介绍到周边各区，为革命的成功传播正能量。

不久，一股逆流从暗处袭来，国民党反动当局掀起反共高潮。在区委的领导下，各乡的"姐妹会""识字班""互助组"等群众组织如雨后春笋般发展起来。中山妇女协会执行委员程志坚非常重视这一创举，亲自来到八区了解和总结经验。邝健玲与她一起先到马山乡，总结了该乡妇女协会的工作经验，即利用"女仔屋"和"识字班"，做通了原来消极抗日的国民党八区区长张有志的女儿、马山乡乡长张华解的妻子的思想工作，并让其专心投入抗日救亡活动。

邝健玲平易近人、艰苦朴素的工作作风，使八区的妇女运动工作成为中山妇女运动的一面旗帜。同年秋，白色恐怖笼罩着整个广东，党组织决定把已暴露身份的骨干进行调整，以便保存有生力量。于是，邝健玲被调到顺德九区的江尾（今顺德均安），负责九区的妇女运动工作。当时，组织上安排她到一间丝厂担任党小组组长，与在该厂工作的郑雪琼（中共党员）一起，并以姑嫂相称。由于邝健玲没有缫丝手艺，只能在家里操持家务，但靠郑雪琼的微薄收入又维持不了两个人的生活，于是不得不变卖家里的首饰勉强度日，并以此继续开展妇女运动工作。在那期间，邝健玲不但团结了全厂的女工，还团结了邻里的妇女群众，经常帮助邻居收割和腌制头菜、裁剪衣服等，大家都叫她"契女"（义女、干女儿）。每天晚上，总有不少妇女来听邝健玲讲故事，从她耐心细致的叙述中了解到阶级苦、民族恨，从而提高自己对反帝反封建的认识。有时候，邝健玲还把工厂的积极女工请到家里过夜，详细讲解自己在延安时的见闻和学习情况，开阔大家的视野。丝厂是季节性的，到了冬季要停工，不少工人便失业了。于是，邝健玲和郑雪琼一块儿合计，带领部分女工到中山三区海洲乡糖厂去做工，把丝厂和糖厂工作衔接起来。这样，不但解决了工人的生活来源，而且有利于集中传播革命真理。

1944 年，邝健玲被调到中山九区石军沙，接替谭本基同志的妇委工作。当时，那里的斗争环境非常恶劣，生活更是艰苦，邝健玲经常食不果腹，健康状况大不如前。但是，这位坚强的共产主义战士一直保持乐观的态度，在工作中未有半点马虎，尽职尽责，尽心尽力。后来，终因积劳成疾，在一次急性霍乱病流行时染病去世，年仅 26 岁。

于此，年轻的共产党员邝健玲，从一个普通的农村姑娘磨炼成杰出的妇女运动工作者，是在党的阳光雨露哺育下成长起来的，她把宝贵的青春献给了人民的革命事业，为八区的妇运工作谱写了光辉的篇章。后人歌颂她"北上身披霜与雪，南归心发光和热。挽狂澜，巾帼气昂扬，坚如铁"。她，不愧为中华民族的优秀女儿。

附斗门作家邝金鼻词一首：

满江红
——悼健玲大姐

豕突芦沟，

狼烟起、神州喋血。
凭眺处、延安秉烛，
中宵明澈。
北上身披霜与雪，
南归心发光和热。
挽狂澜，
巾帼气昂扬，
坚如铁。

救亡曲，
冲霄阙。
妇运史，
开新页。
正英姿飒爽，
彩云追月。
河汉星沉人痛别，
江天泪洒风悲咽。
望黄杨，
日出现红霞，
怀先烈。

遥想那时年味

江从芳

几番冬去春来，几许尘世况味。跟随年月的奔腾流转，茫茫然行走在四季的环线，总有那样一个时刻，或忧伤或欣喜，或阴郁或明媚，思绪若游走的云，一个恍惚便飘到了遥远的那时。

那时，有繁多的苦愁，也有极简的快乐。只不过，在时间的河流中一遍遍冲刷淘洗之后，苦愁清淡如薄雾，而快乐却日渐明晰，让人不经意侧目回顾，笑影跳跃，笑声如昨。

于是，临窗远眺间，望见最初期的年少时光，和年少时最真切的乐事。直接莫过于一颗糖果的甜香，简单莫过于一缕炊烟的升起，而这一类直接和简单，出现得最频繁、最集中的时刻，莫过于美妙的农历新年。

细说年的美妙，第一是妙在憧憬。儿时的记忆中，有句俗语叫"大人盼种田，小孩盼过年"。由"目"和"分"组成的一个"盼"，隐含了心之所牵，眼目流转。无论多少年过去，透过岁月的后视镜，孩提时对于过年的顾盼和巴望，都让人为之动容。

那是在 20 世纪 70、80 年代，就农村老家，只能说刚刚摆脱饥寒交迫的困顿。所以，即便是五六岁的娃娃，一顿饱饭也是值得期待的。而且，农忙时候还要随大人出集体工，赶群鸭牵头牛什么的，为家里头添点工分。

接着，等到农村全面实行家庭联产承包责任制，即每家每户各干各的，小娃娃才很少出工了。在新政策的鼓舞下，乡亲们铆足了干劲，春种秋收冬藏，从年头忙到年尾。于此，因为好势头，日子有奔头，过年过节也有了盼头。

记忆中，那时的年关是忙碌的，更是幸福的。且别说爸爸妈妈请裁缝进门，为一家人量身定做新的衣裳；也别说家家户户磨刀霍霍、杀猪宰羊的隆重场景，单是跟着三五个乡亲去逛集市，就有无限的喜悦和乐趣。

年关的集市上，不但有门类丰富、琳琅满目的生活用品，更有飘散出各种香味儿的本土美食。要在平常，不论用的吃的，普通人家要缩紧开支，都只能买点必需的。但是过年了，就算手头再紧，也总想着奢侈一回。于是，秉承国人的传统，红彤彤的春联是一定要的，同时也少不了鲜亮、喜庆的年画，比如花开富贵的牡丹，抱着鲤鱼的娃娃，那色彩、那模样，让人一看就心生欢喜。还有，红红火火的鞭炮也要买一些，祭祀祖先的时候用得着。另外，还有桌椅板凳、锅碗瓢盆等物件，平常旧一点、破一点也罢了，自家人可以将就。但在过年的时候，会有来往往的亲戚朋友，总不能递给人家一把瘸了腿的椅子，或是端上缺口的碗或茶杯。最后，也是最要紧的，得归于中国饮食文化最早的理论基础——"民以食为天"，首要问题还是一个"吃"字，只有把"吃"解决好，才更有底气谈及其他。再说了，在年关储备食物，不仅仅是犒劳自己，还有上门拜年的客人。招待客人的讲究可多了去了，不只是饭桌上的七大荤八大素，还有清晨的早茶、饭后的点心，以及娃娃们喜欢的各种零嘴儿。客人来到后吃了多少，吃的什么，不仅仅是户主本人的脸面，更是一个家庭的门面。

可是，话虽如此，真要过一个幸福年，一个体面的年，绝不只是去一趟集市那么简单。农村的庄户人家，最突出的特点就是自给自足，与商品经济隔着距离。比如粮食蔬菜、粗布衣服，以及简陋的土坯房子，百分之八九十都靠自己的双手。如果要出门的话，也是直接迈开腿就行了。由此，即便到了年关，不论吃的用的，只要自己能做就自己做，决不掏钱去购买。况且，钱从哪儿来呢？一年到头风吹日晒的，也就只能挣一点点。就那么一点点，除了紧着娃要上学，还有不得不置办的锄头铁锹、农药化肥，这都是大头。至于食盐、煤油、洗衣粉之类的小物件，大都用鸡蛋换取。对此,那时常听母亲说得最多的一句,就是"好久好久没见着钱了,都快忘记钱长什么模样……"

所以该如何呢?年关了,谁能不想起集市上的花花绿绿,琳琅满目,到底是要去一趟的。尤其是大姑娘小媳妇,总忍不住在漂亮的布匹或饰物前逗留,可最终还是放下,顶多要一面小镜子,一瓶雪花膏,外加一枚漂亮的发卡就非常奢侈了。对于吃的东西,心里早盘算过,鸡鸭鱼肉家里有一些存留,等实在不够了再说吧。至于零食糕点,自己能做一部分,比如红薯片、芝麻糖、炒花生之类,只要添一点糖果或瓜子就差不多了。还有,桌椅板凳和杯盘碗碟,能修补的尽量修补,只有严重破损到合不拢了才买几件。

于此,关于年关逛集市一事,似乎也只是说起来热闹,因为最后拎回家的,远不及脑子里预想的丰富,那些可买可不买的物件,限于钞票大都没买。

但是——

新年将至,逛集市仍是乐事,怎会因买多买少影响了兴致?所以,在腊月的末梢,无论村头村尾,还是小镇小街,最不难见到的除了追逐嬉戏的孩童,还有大声说笑的男女:

"猪杀了吧,年货备齐没?"

"杀了杀了,年货也买了。还准备炸点麻花,打两板豆腐……"

"哦哦!好啊好啊,缺人手就吱一声,帮活也帮吃啊!"

"哈哈!要得要得!"

这一串串招呼声,或粗犷豪放,或清脆响亮,同一个话题,不同的语调,为乡村年关的主题曲增添了活泼、明快的节奏。跟随这节奏翩翩起舞的,是每一颗屈指倒数、切切等待过年的心。直到腌肉晾干了,糍粑打好了,所有该预备的都预备齐了,连屋子的每个角落也收拾得亮亮堂堂。接着，只等除夕的一声炮响，火堆燃起来，春联贴起来，新年便宛如一位羞答答的娘子，半遮半掩地姗姗来迟……

过年了！过年了！

在大人熬夜守岁的困倦里，在孩童晨起欢呼的雀跃中，终于迎来正月初一的第一缕曙光。继而，新春的大地像一只憨憨的大熊猫，慢吞吞、懒洋洋地揉开了惺忪的睡眼，但仍然带着几分迷糊，傻傻地、笨拙地打量这个世界。稍后，天色大亮，鞭炮声再度响起，地上的人们便跟着热闹起来。一样的喜气，一样的笑容，互相说着"恭喜恭喜"，或者"拜年啦！新年好！"之类。

春回大地，辞旧迎新。年，确实是已经来到了！

"初一不出门，初二拜丈人……"这是若干年来，在老家流传的关于拜年的习俗。于是，在年初一那天，父母会安排后辈们全都聚集在爷爷奶奶身边，全体给爷爷奶奶拜年，让老人家感受到满堂儿孙的福气。由此，年初一的热闹都在同姓家族，若是父辈有好几个弟兄，则要看爷爷奶奶住在哪家，后辈们便去到哪家。少则五六人，多则十几，甚至几十人，宛如浩浩荡荡的大部队。

记着，在迈进爷爷奶奶的门槛之前，必须要先去祭拜祖先。于是，在又一串鞭炮响起的同时，子子孙孙排成长龙，到祖坟跟前焚香叩头，一并祈求祖宗显灵，保佑此生心想事成、平安顺遂。继而，才能回到爷爷奶奶跟前，成年人作揖，小娃娃叩头。这不仅仅是一个简单的动作，与此同时，更要细心聆听老人的教诲与嘱托，可以有一番诚恳的交流，也可以诺诺连声地应对。总之，在大年初一这天，重在认真完成对祖上的全部礼节，然后才是同姓家族的快乐团圆。

可以很负责任地说：这个只出现在大年初一的团聚，累坏了负责饭菜的伯母、婶娘和妈妈们，也累趴了负责玩闹的一群孩子。

接下来是年初二，看过了爷爷奶奶，这一天轮到外公外婆了。老话说"娘亲有舅，爷亲有叔"，到了母亲的娘家，仍然要遵从辈分——最先拜见外祖父和外祖母，然后大舅、二舅挨个问候。一样的热闹非凡，一样的嘘寒问暖。只不过，遇上舅舅较多、时间较紧的话，挨家吃饭是吃不过来了，只能拎着礼品，登门喝杯茶、尝尝点心，随后就道别了，当时俗称"跑跑年"。反过来，要是只有大舅二舅，时间相对充足，住上一两晚也是有的。尤其对于好不容易回趟娘家的妈妈，一年到头劳心劳力，好多言语欲说还留。而这会儿能倚着父母，傍着兄长，心头的情绪早就堆积了一箩筐，哪能不想好好坐下来，掏心掏肝、家长里短，唠一个泪洒衣襟、长夜无眠。

没错，正月过新年，每个人嘴里都是吉祥话，脸上也难掩美好的期许。但对于那时尚且困难的家庭，对于操心无期限、无止境的妈妈们，吉祥和美好都是飘浮的，像天边的云朵，只能仰视它的美，却怎么也够不着。

等到以祖辈为中心转完一圈，便是初三初四以后了。相对前两日，这时的拜年少了份仪式感，多了些随性和自由。大都依个人意愿，或由家长派遣，去到姑姑或姨妈家探望。路途上，因不用关心时间，可以和同伴嬉哈玩闹，也可尾随各类民间杂耍，看他们敲锣打鼓走家串户。如此跑着玩着，也总能抵达姑姑或姨妈面前，将一份礼品双手奉送，说着过年好，大家乐呵呵。

至此，过年的兴味由浓转淡，初十左右，便的确是开始慢慢消减了。那些夹裹着食物香味儿、几乎整天都在肆意飘绕的炊烟；那些伴随着鞭炮响起，家人和亲人们长长短短的嘱托或呼唤；以及因为过年而变得颇不宁静的村庄、田塍，全都随着年味的散去而归于往日的平定。只不过，数载风雨后，几度岁月暖，而今回想起当年的乡村，以及腊月底、正月初时，在乡村里飘散的浓浓的年味儿，会再次将自己拉入那时的画面，远山，田野，耕夫，晚霞，孩童在山坡上奔跑，一群飞鸟追着夕阳……

一年又一年，一年胜一年。环顾眼前新春，遥想那时年味。如若穿越成真的话，多么希望能唤回那时尚且困苦的人们，邀请他们来到现在，不说别的，当年最喜欢、最留恋的、琳琅满目的集市，大概可以想去就去，应买尽买了。

江从芳，女，生于1974年2月，籍贯湖南常德，现居珠海斗门区。2008年出版个人文集《趟过岁月的河》，作品散见于《语文月刊》《散文百家》《作品》《东方风情》《长沙晚报》《珠江晚报》《浏阳日报》等。

坚如磐石抗日心

——记抗日游击战中的革命兄妹

钟育娴

1931 年 9 月 18 日，"九一八"事变爆发。日本悍然发动侵华战争。14 年间，大片国土沦陷，3500 多万同胞伤亡。14 年间，中国人民进行了艰苦而又漫长悲壮的抗日战争。可以说，抗日战争所取得的胜利离不开全国人民的顽强斗争，他们浴血奋战，用自己的鲜血和生命谱写了一首首可歌可泣的英雄赞歌，这篇文章介绍的抗日游击战中的革命兄妹，就是斗门人民抗日战争的一个缩影。

林兴华，原名林槐兴，曾用名林兴、赵仕庄，斗门区乾务镇马山村人，1919 年 8 月出生，11 岁时死了父亲，靠母亲帮地主打散工，有时翻禾草、拾禾穗，帮人挑担度日。为了维持生活，林兴华五六岁就上山拾柴、挖野菜。10 岁时，由于家境贫穷无法上学，林兴华只得跟随母亲在家耕田，农闲时就去当泥水学徒。林兴华的姐姐早年出嫁南山乡，生活贫困，流浪他乡，死于荒野中。贫苦的家境在林兴华幼小的心灵刻上了阶级的烙印，萌发了憎恨地主、旧社会，为穷人求解放、谋幸福的思想，也培养了吃苦耐劳的坚强意志。

林兴华性格豪爽，富于正义感和爱国心，他好学武艺，崇拜文天祥、杨家将等民族英雄，好打抱不平，有侠肝义胆。1937年8月，日军先遣舰队侵占和控制了担杆岛、荷包岛，继而侵占三灶、高栏、万山等岛。他们沿途占城掠地，肆意烧杀抢掠。其中，日军从台湾开来的4艘运输舰，运来各种军事物质，还有被俘充当劳工的东北同胞400余人及三灶岛壮丁300余人，在三灶岛田心乡后山修建机场。1938年2月，三灶岛沦陷后，林兴华进入了民众夜校读书。在夜校里，林兴华经常受到先进青年的教育和影响，进步很快，懂得了很多抗日救国的道理，又目睹家乡惨遭蹂躏，百姓惶惶不安，为避战祸颠沛流离，心中倍感抗日救国，匹夫有责。在国家、民族危亡之际，不愿当亡国奴的人们，在中国共产党的领导下，燃起一片一片抗日烽火。在抗日救亡热潮的推动下，林兴华矢志抗日，毅然参加了广东青年抗日先锋队。他认真学习军事知识，很快便成了一名积极分子。并在林科同志的教育和帮助下，于1939年1月光荣地加入了中国共产党。

　　1939年7月，党为了培养干部，调他到中山游击干训班学习。由于当时国民党的抗日决心不够坚定，广东青年抗日先锋队被迫解散了。党根据形势的需要，把干训班的同学派回原地继续发动群众，组织群众进行抗日活动。

　　1940年春，干训班结业后，党安排他当区委会交通员。在执行任务时，他亲眼见到日本兵用机关枪向着逃难的群众扫射，打死了数以百计的无辜老百姓；又亲眼见到了月坑村被日本兵放火烧毁了无数房屋的暴行。他看在眼里，痛在心里，打倒日寇，救我中华的信念愈加坚定，工作愈加积极，每次都出色地完成了党交给的任务，受到领导的赞扬。

　　1941年，党为了领导中山县人民保卫家乡，组织游击武装，林兴华即被调到广东游击第二支队第二大队陈中坚部，开始了武装斗争生活。中山八区沦陷后，党向人民提出"开展游击战争，打击敌人，保卫家乡"的战斗任务，林兴华和黄杰奉命率领一排30多人开进了八区乾务乡，截击"挺三"支队梁渭祥勾结汪伪偷运粮食往澳门的船队，取得胜利。不久，由于工作需要，上级又调他去顺德西海乡学习。那时，环境很恶劣，物资供应极端匮乏，人民抗日武装经常靠吃杂粮、野菜和蕉树头充饥，既缺医又缺药，生病的人越来越多。林兴华经常和队友们共勉，坚决不要做"半截子"革命派，不做可耻的逃兵。如此，游击队员们克服种种困难，在革命的熔炉里磨炼自己。

1943年，林兴华在陈中坚的率领下，利用本地人熟悉地形的优势，分散成若干小分队，时而埋伏在堤围、鱼塘、稻田处，时而又伏击在蔗林、蕉林里，时而出没于街头巷尾，如同麻雀啄食般，避实就虚，声东击西，相机而动。4月和9月的某天夜晚，林兴华和陈中坚的队伍，趁敌人夜间防范疏忽，夜袭盘踞在西坑、霞山的国民党军。刹那间，枪声响遍天，枪林弹雨满天飞，子弹"啪啪"地打来打去，这两场战斗均获胜利。等敌人醒过神来，发起猛烈的反击时，陈中坚和林兴华早指挥队友们有序撤离，隐蔽得无影无踪。敌人打又打不着，追又追不上，甩也甩不掉，气得吃不好，睡不着，陷入心神不宁、狼狈不堪的境地。1944年5月18日（农历四月廿六日），在黄杨山反击敌人围攻的战斗中，林兴华奋不顾身，独当一面。为了救治负伤的陈中坚，他令其胞妹林乔妹冒险夜赴八甲乡取药。谁知，翌日噩耗传来，其妹被捕。林兴华心如刀割，泪如泉涌，却向部队政委表示："决不受事件影响，要加倍勇敢杀敌。"

1944年，为了开展八区的游击战争，他在李进阶、陈中坚带领的中新边境抗日大队担任中队长，并调到南山乡领导抗日工作。6月7日，联防大队长赖少华勾结乾务的梁渭祥、涩涌的吴全部，串通日寇，联合围剿我游击队，爆发了黄杨山战斗，林兴华奉命到南山侦察敌情。由于有人告密，日伪军连夜发兵1000余人，机枪30多挺，采用撒网式战术，从天地人、贵头、西坑径和大黄杨四路围攻，妄图把游击队一网打尽。战斗打响后，在敌众我寡，力量悬殊的情况下，陈中坚同志即下令分两路突围，林兴华和戴耀带领20多位同志向贵头方向突围，火速开进坑边，和敌人发生了遭遇战。当时要打还是要撤，是有不同意见的。但是林兴华坚持要打，他认为游击队员的士气很高，也熟悉地理环境，完全可以打场胜仗。于是，他英雄果敢、机智灵活地带领战友打死、打伤一些敌人后，趁机跨过深坑，登上了贵头山。此一战，极大地牵制、消耗了敌人的实力，给南山乡一带之敌军带来沉重的精神打击。第二天，党委李进阶派员前来接应，部队便很快转移回到据点。

黄杨山战斗后，1944年9月，林兴华同志随李进阶、赵彬同志奉命带队挺进台山，领导台山一带人民进行抗日游击战争和解放战争，先后担任台山第三区抗日联防大队和台山人民抗日游击队第四大队中队长，多次重创该区的伪军与国民党顽军，屡受上级褒奖。1945年，部队发展整编为广东人民抗日解放军第四团，林兴华当连长。

1946年，游击队北撤，林兴华奉命留在滨海地区坚持武装斗争。当时，部队力量单薄，在政治、军事、经济上都遇到极大困难，形势十分险恶。为提高部队战斗力，林兴华对部队进行了整顿，制定了各种规章制度，加强了思想政治工作，并紧紧依靠群众的支持，不断壮大队伍，提高战斗力，使部队面貌焕然一新，屡次挫败国民党军的围攻，使台、开、恩边境游击区能够生存和发展。1948年6月，成立台、开、赤总队，林兴华任总队长。1949年7月18日，部队改编，林兴华任人民解放军粤中纵队滨海总队队长、中共滨海地工委委员。

新中国成立后，1949年10月至1961年，林兴华历任广东省军区粤中军分区21团团长、台山县军管会副主任、粤中行署公安处副处长、南鹏钨矿矿长等职。1961年11月25日，他在反"右倾"运动中被错误路线迫害致死。1980年，他的冤案得到平反昭雪，恢复了党籍和名誉。他生前曾撰写近6万字的革命回忆录，为中山八区和台、恩、新地区留下了珍贵的革命斗争史料。

谁说战争让女人们走开？为了民族的解放，为了抗战的胜利，总有巾帼不让须眉。腥风血雨的险境中，她们一样义无反顾。可以说，在这场伟大的民族解放战争中，女同胞是起着先锋桥梁作用的。

林兴华的妹妹林乔妹，受其哥哥影响，在18岁那年不顾患有哮喘病和生活忙碌，毅然参加妇女协会和抗日先锋队的技术训练和各项抗日宣传活动，表示誓死抗战到底，保卫祖国。

抗日战争爆发后，救亡工作如火如荼。1939年初，中山八区各乡"青年抗日先锋队"和"妇女协会"相继成立，马山乡妇女70多人参加妇协会。林乔妹经常参加技术训练和各项抗日宣传活动。她和妇协、抗先队员一起，斩生鸡头、砸青碗、饮生鸡血等发誓，表示誓死抗战到底，保卫祖国。她在村民中秘密宣传抗日救国的道理，利用"女仔屋""姐妹会""互助组""识字班"，团结教育妇女，发动女同胞起来革命，投身救国行列。她言行一致，经常到村民家，热心地帮助村民喂牛、打水、扫地等，有时还到田头，帮助村民做一些农活。一边干活，一边聊天，一起哼唱"放下你的鞭子"等抗日歌曲，通过宣传抗日救国的道理，把农民的爱国抗日热情逐步激发起来。在抗日队伍里，她好像全身有使不完的劲儿，不怕苦，不怕累。她时常说："日本仔焚毁我们的房屋，使我们家破人亡，这些血泪史我们必须牢牢记住，不反抗，就只有死路一条！"她鼓舞村民们拿起扁担、棍棒、锄头、柴刀等武器加入抗日救国的行列；她动员民众一起破坏公路，不让日伪军车辆通行。

1940年初，林乔妹的哥哥林兴华参加了游击队。1943年，林乔妹的母亲因积劳成疾，饥寒缺医病逝。林乔妹极度悲伤，把母亲草草埋葬后，于1944年2月，经当地党支部介绍，到游击队老糠堆据点做后勤服务工作。当时物资短缺，林乔妹充分利用自己熟悉本地情况的优势，除参与为游击队购买、运送防寒用品、食物及药品等物资的组织运送等工作外，她还悉心护理伤员，舂米煮饭，缝补衣服，不辞劳苦，为部队的发展，贡献自己的力量。

1944年5月18日（农历四月廿六日），日、伪、顽三方面纠集一千多人，围剿我驻龙西乡游击队。陈中坚同志临危不惧，率队浴血奋战。因敌众我寡，许多同志在此次战斗中负了伤，陈中坚同志也负了重伤。为及时解决缺医少药的问题，林兴华同志派林乔妹冒险前往八甲乡寻找药物。林乔妹翌日回来，路经黄杨山西迳口时，遇上伪军拉路检查，她见状即当机立断，把带着的纸条吞下肚里，镇定自若地接受敌人检查。伪军没有搜到可疑之物。正放她走时，不料伪军中有个叫陈荣（绰号鬼仔荣）的人，认出她是林兴华的妹妹，示意将她逮捕。伪军但凡是抓到女性，就会通过威逼利诱等各种方式，想从这些女人嘴里得到一些重要情报。故此，当天伪军把她押回伪警局后，立即逼迫其供出我部队的情况，并要她带路去搜捕林兴华。林乔妹同志虽身陷囹圄，但她坚定、沉着，不畏强暴。敌人严加拷打、刑辱，用大香火烧她手脚，厉声威胁："讲出来就赦罪回家，否则枪毙。"林乔妹双手交叉地抱在胸前，轻蔑地说："我什么也不知道，要杀就杀!"敌人无计可施，就更凶狠地下刑，死命鞭打，并且拳打脚踢。林乔妹被鞭打得皮开肉绽，疼得嘴唇都咬烂了，几次昏倒在地，敌人用冷水把她泼醒，再继续审问，而她每次醒来都是这句话："你们随便来，想怎样都可以，我死也不会说!"伪军无计可施，只好将她推入一个潮湿阴暗的牢房中。

黄杨山战斗，敌军死伤多人，被我军打败，我部的伤员邝昔富、何斗耀两同志被俘。伪军赖少华为报其兄被我部处决之仇，把在黄杨山战斗负伤而被捕的游击队战士邝昔富、何斗耀以及林乔妹3人押到斗门圩牛头岗设坛生祭其兄赖一鸣。邝昔富、何斗耀被施酷刑后杀害，惨不忍睹。群众见之，掩面而泣，天地为之暗淡无光。

林乔妹眼看身旁的几位亲密战友纷纷倒在血泊中，更激发起了她的心中怒火。此时，敌人压她的头舔烈士的鲜血。她紧闭嘴唇，咬紧牙关，握紧了拳头，怒目而视，决不低头。敌人大叫大嚷，却无可奈何，于是把她踢倒，又再押回牢房。敌人以为这样可以慑她屈服，获取情报。岂料每次审讯她还是说："我不知道。"出狱后她对战友说：那时她随时准备枪下死，也不愿意当亡国奴。所以咬紧牙关决不泄露半点情报，决不出卖战友，决不危害部队的安全。铿铿誓言，何等感人!

乔妹同志被捕，部队领导和地方党的同志极为关心，曾经设法营救，但因情况复杂，营救未果。为此马山地下党的同志曾三次派党员林珠顺和进步群众陈如意等人到监狱探问，借此了解情况，通报讯息。林乔妹同志得到极大的安慰和鼓舞，她坚持斗争，保持革命气质，一直坐牢半年。在狱中她结识了本地有正义感的狱警，叫梁明（原黄明，斗门镇人）。林乔妹经常向他宣传抗日救国的道理，晓以大义，指明附敌当走狗绝无出路，以各种方法争取他的认同。在林乔妹的引导下，梁明提高了认识，尤其是得知她是林兴华的妹妹，更加决心向我游击队靠拢，寻找出路，弃暗投明。

1944 年 11 月上旬，一天深夜，梁明乘值班之机，打开监牢门锁，把林乔妹背了出来，由于她坐牢已久，遍体残伤，两脚瘫痪不能走动，梁明便趁黑夜摸小路背着她走了二十多华里，才送到马山乡她家中。地下党林伟明同志把他们安排隐蔽好后，与我挺进粤中的陈中坚部队取得联系，即介绍他们到部队。梁明入伍后编入林兴华中队任班长，表现积极，作战勇敢，成为一位抗日的革命战士。林乔妹同志身受摧残，不能随军行动，由部队安排到地方治疗。

1945 年 10 月 22 日朗底战斗后，国民党反动派蓄意打内战，我部队斗争环境恶劣，经济十分困难，决定暂时将部分同志分散隐蔽。梁明被安排回到斗门镇，后与林乔妹结婚。林乔妹生下一男一女，梁明以补鞋为业，乔妹有时做散工，生活甚为困难。至1952 和 1954 年，梁明、林乔妹先后病逝。

战争硝烟虽已散去，但历史不能忘却。抗日战争的历史不仅仅是一部抵抗外来侵略的历史，更是一部可歌可泣的民族英雄的历史。林兴华、林乔妹的一生，是艰苦战斗的一生、光辉的一生。许许多多的革命前辈像他们一样为祖国、为人民的解放事业鞠躬尽瘁！在喜迎中国共产党百年华诞的重要时刻，在"两个一百年"奋斗目标历史交汇的关键节点，我们深切地怀念这些革命前辈。他们为国家之存、民族之续、人民之安做出了卓越的贡献，他们对和平、对民族独立的执着信念，将永远鼓舞着我们去奋斗，去建设我们伟大的国家。他们的崇高精神万古长青！我们将永远铭记他们！

桥北公园

钟育娴

井岸城区的繁华喧闹里，有这样一处僻静的地方——桥北公园。公园始建于 20 世纪 80 年代，占地面积约 1 万 6000 平方米。公园里栽种着各种树木，一年四季，常绿不衰。在公园一侧的白色廊架下，还栽种了生动灵趣的禾雀花。阳春三月，串串禾雀花竞相绽放，每朵花都像一只小小的麻雀，头、嘴、翼、尾俱全，远远看去，花朵垂挂在树上藤下，如雀鸟栖息，虽然没有百花齐放的惊艳，却也点亮了游人的双眸和孩子们兴奋的笑脸。

除了常见的花卉，公园里还散生着一些乡间的植物，如开着黄花的蒲公英、井着细小白花的蛇舌草、匍匐生长的马齿苋，偶尔还能见到几棵绿油油的艾草，颇有一番野趣。

水是公园之魂。有了池塘的公园就更富灵气。桥北公园里的池塘虽不及霞山公园大，但胜在蜿蜒曲折，而且位于公园的正中心。莲叶田田，绿油油的一片，间中有几朵亭亭玉立的荷花随风摇曳生姿。几条不知名的鱼儿在水草中畅快地流弋，荡起丝丝涟漪。人们要是走累了，多会站在池塘边，吹吹风，发发呆，听听小曲。小巧精致的木制拱桥上，几个小孩探下腰，将揉碎了的饼干往下洒，鱼儿急速地游过来，探头探脑，水花四溅，一张张小嘴直接都凑到水面上了。这些机警又贪吃的小精灵着实令人乐在其中。而身边陪伴的大人们，看看无忧无虑的孩儿，再低头瞅着可爱的鱼儿争相抢食，即便有些生活的烦恼与压力，也会烟消云散。

"树老根多，人老话多。"住在附近的一些老人家也喜欢三五成群地在公园里悠闲地聊天纳凉，或楚河汉界，或谈天论地，说古道今。说到会心处，前仰后合笑个痛块。额头纹都绽开了，真是开心写意。

因为住所靠近此公园，得地利之便，清晨，我总是沿着公园慢跑几圈再去上班。此时，太阳刚刚透出几道曙光，雾气还没有完全散去，树叶和花草上的露珠还盈盈欲滴，我呼吸着清新的空气，听着清脆各异的鸟叫声，感觉精神特别爽利。小道旁边的空地上，十几个阿姨排成两排，听着录音机的音乐和口令，认真地扭着手腕和膝弯，又扭了脖子和屁股，再高举双手大力拍掌。我受其感染，也甩开双臂跨开步伐，做几个健身动作，再来个满满的深呼吸，感觉自己也锻炼了一番。及至桥头附近，又见一位老伯伯有板有眼地打着太极拳，淡定安然，进入物我两忘的境界。我会心一笑，等退休了，我大概也这般悠闲自在。就这么一边向往着，一边疾步穿过马路，向着单位的方向走去。

盛夏时分，烈日炎炎，晒得脸颊微微发烫。为获取片刻清凉，我会沿着公园的林荫小道，从井岸大桥脚穿过马路，再回单位上班。此时，公园里并没有什么人，只有知了声声。在小道的一侧，有几棵种植多年的大树，树荫甚是浓密，巨大的华冠遮天蔽日，微风吹过，树枝摇曳起来，洒下了些微阴凉，倒也令人稍减暑意。

黄昏时分，结束了一天忙碌的工作，我又一次穿过井岸大桥，沿着公园里的小道，悠哉游哉地向家走去。如果天色还不是很晚，我会找一处坐下，犹自享受片刻的清幽。此时，桥北公园被一层金黄色的夕阳薄纱笼罩，光线透明而柔和。几个娃娃在爷爷奶奶的陪伴下兴致勃勃地溜滑梯，笑声比其他地方都响亮。我微笑看着，没有工作的压力，也没有琐事的烦扰，就这样默默地坐一会儿，享受时光的静谧，倍感轻松愉悦。

双休日的清晨时分，我也会到公园里走上个三五圈。靠近桥底乒乓球场有一小段鹅卵石步道，很多时候我会脱掉鞋子，赤足行于其上，享受近似脚底按摩的酸爽，也享受一下童年时光脚走路的趣味。脚走疼了，就挑一棵双人环抱的大树，盘腿坐在它裸露的树根上，揪揪小草，拈片树叶，揉揉脚板，再顺势往树干一偎，就像儿时依偎在慈祥的外婆怀中。

我更喜欢的是夜晚的桥北公园，这是公园一天中最怡人的时刻。这边，广场上歌声悠扬，一群群人跟着音乐翩翩起舞；那边，柔和的霓虹闪烁，与皎洁的月光一起，把周边的景物都镀上一层微微的金黄色。我慢悠悠地走着，看一对对时尚男女并肩走过，看老年人打乒乓球，观一个身姿绝妙的女子优美的舞姿，听一位中年人拉着悠扬的二胡，嗅花草夜晚独有的清香，听绿叶沙沙作响，和迎面跑来的阿姨伯伯打声招呼，顿时颇感温馨亲切。

此时，月光丝丝缕缕地洒向地面，洒向池塘，或明或暗，更有一种恬淡的美。微风拂面，树枝摇曳起来，互相碰动的叶子发出数不清的碎语，窸窸窣窣地震颤着。朦胧的月色下，周围的一切显得格外温馨迷人，意境着实恰到好处。我感觉自己也清澈如水，而且富有诗意。于是，我便坐在石凳上遥望星空，回忆往事。尤其是初冬的夜晚，风大，树叶哗啦啦地响，挟带着一丝微微的寒意，我嗅着草木特有的芳香，我的心境蓦然变得悠远、空

　　　　　黄杨月作品集

旷、澄明、透彻。

　　是的，我很感恩家的附近有这么一个公园。谁不喜欢安逸的生活呢？我倾心于公园里草木繁盛的林荫小路，我喜欢走在落叶稀松的树荫下，沐浴树间洒落的阳光和轻风，享受一个人独处思考的时光；喜欢坐在冰凉的石凳一角，沉浸在树影垂落的光线里，看鸟儿在树枝间轻巧跳跃，扑棱棱地从这棵树飞到那棵树，唧唧啾啾；我喜欢有着明月或者星子的夜晚，看水塘边的石椅上，一对对情侣相互依偎，甜蜜私语。"月光浸水水浸天，一派空明互回荡。"虽然年近中年，我仍然秉持着诗意的心灵，去欣赏植物与植物的差别，享受那物与物所能给予的妙不可言。

　　而且，许多时候，当我独坐一隅，看着轻灵追逐的孩子们，总能在不经意间想起远在潮州乡下的老家，那里有熟悉的草木、山冈，以及温润的土地散发的馨香，那里有我童年的苦楝树，开着一簇簇白中带紫、淡淡清香的小花。而桥北公园，满足了我对家乡和童年的念想。当明亮的月光温柔地透过树梢轻轻地洒到我的身上，给我的手臂镀上一层微微的橙黄时，我会轻轻地抚摸着自己的手臂，鼻头微酸，细腻地觉得公园虽小天地宽，却能安放我偶有愁绪的心灵。尤其是有一段时间，当得知我非常信任，甚至自以为志趣相投的一位朋友在背后多次放我冷枪，陷害我时，我极其烦恼和忧伤。我实在想不明白为什么表面甚是清高的人会做出这样难以理喻的行为？为什么要罔顾事实，去伤害自己的朋友？或许他认为自己这样很高明，却看不见别人眼里的不屑。唉！唉！平时虚伪的小嗑唠得有模有样，谁知转身之间就坏了心肠！可怜自己与世无争，却莫名令人觉得是可以揉捏的面团。是看准我不会反抗么？还是欺凌我过于善良宽容？一次一次原谅，一次一次的抛储脑后，类似事件一次次，一遭遭，我难免郁结难舒。于是，我就在公园里一圈一圈地走着，想着；想着，走着，循环听着我最喜欢的《半壶纱》：

倘若我心中的山水，你眼中都看到，我便一步一莲花祈祷，怎知那浮生一片草，岁月催人老，风月花鸟，一笑尘缘了。

如此走了几圈，循环听了几遍歌曲之后，我就会豁然开朗。留给他人一分暖，少添别人一分寒。他给我一份寒，但我自己可以去寻找明亮和温暖呀，为什么要纠结这些事儿呢？也许，心态平和，方能致远，就如这公园的参天大树一般，磅礴大气，超然坚毅。

桥北公园提升了我的生活品质，随着时光的流逝，我想，我会更深地喜欢上它的。

写作贵在真性情

钟育娴

我从开始涉足文学创作至今也有十几年时间了。回首这些年的写作历程，我的内心是充满喜悦和感动的。其实，对于文学创作，我谈不上有多大的体会。在某种意义上，我们斗门区作家协会的许多前辈都是我的老师。故此，我仅谈谈自己对写作的一些肤浅的认识与理解，与文友们共同探讨。

我觉得，文学作品，贵在"真心"。也就是说，要倾注自己对生活的情感。既要多情，亦须善感。多情就是情感要丰富，善感，就是要在善于观察的同时善于思考。当然，仅仅是善于思考还不够，还必须要有正确的人生观和价值观。作协的刘君续老师说过："世间事，离不开一个'理'字，文学作品同样如此。最基本的是三个方面的'理'，就是情理、事理、文理。"文友陈信老师则认为："所谓人性，就是真与伪，善与恶，美与丑。文学就是要探寻这些东西，不管你用什么体裁方式，用感情抒发出来展现在你的文字上，这便是文学。"刘细学老师也说过："文学，即人学，写人性之美！作为作家，应深入普通群众中生活，写鸡毛蒜皮，写柴米油盐，写喜怒哀乐，写成败得失！即写真写实，方为接地气！"我很赞同这三位老师的见地。如果大家有看过我的作品，就会知道，我一般写的都是身边的人和事，也就是芸芸众生的现实生活。我喜欢用自己的笔触来描述处于社会最底层、最平凡却又一直奋力拼搏的普通老百姓，通过对社会现象的表达与书写，在文学创作中体现自己的责任感和担当。在我的眼里，很多人物、事物，都是有情感的。无论什么样的文学作品，都少不了一个情字。总有不同的细节打动不同的人，我们都是在别人的故事里流自己的泪，也总在别人的喜悦里会心一笑。友情、爱情、亲情，种种温润而真实的情感，是人们珍藏于心，并且在漫漫人生旅途中依旧坚信爱和希望的力量的源泉。与其高谈物我两忘的玄远，不如置身其中产生强烈的共鸣。唯有情感充沛，才能下笔有情。因此，我始终以敏锐的眼和温热的心去感受周遭的世界，通过用心感受生活的冷暖，从而激发自己创作的热情。而且我发觉，只要带着感情去写，下笔就特别流畅。

　　好的作品，既是大度的，也是包容的，更是坚韧与有温度的。要写好文章，除了经常读书看报，从别人的文章里吸取经验，还必须认真地感知平凡的每一天，从平淡的事物中找出美好，找出当今社会弘扬的正能量，如善良、诚信、吃苦耐劳、坚强、热爱家乡、热爱祖国等等。再去思考怎么表达，怎么去深入，怎么去实现思想的穿透力。毕竟，文学的最大功能，就是温润心灵、净化心灵。我觉得我们每一位写作者，都不要忽视身边发生的最细微的事情。事实是，越是细微的，越是渺小的，就越能触动人心，就越能显现人间真情的美好。如果你能抓住平凡生活的不平凡，并将这样的情景再现，必然令人流连沉醉，品读不尽。

要写好文章，平时的积累也很重要。每一个文学爱好者都会有自己的文学梦想，但是，在文学梦想与文学创作之间，往往隔着一条河。很多时候，你想到的，很想表述出来的，却因为水平所限或者其他种种原因，怎么也写不出来。好在，我们的内心世界都很丰富，也很有诗意。因此，除了平常多读书丰富自己的语言能力、写作能力，还必须多记。譬如记下书中的精妙之处，记下自己的读书感悟，记下自己的灵感和诗意。灵感是稍纵即逝的，你不马上记下它，说不定几个小时后你就忘记了。说到这里，相信大家都有个苦恼，那就是灵感多是突然萌发，甚至于深更半夜碰撞出火花，那怎么办呢？如果想自己写的文章既生动又有灵气，建议大家还是随时记下来。

此外，我觉得，写文章，必须在有激情的时候写，而不是强迫自己在没有任何灵感的时候写，如果勉强动笔，写出来的东西必然味同嚼蜡，连自己都感动不了，又何谈感动别人？等满腹的心事攒到一起了，再拿起笔来，思绪就会滔滔不绝地狂奔，那时你再看看自己的文字，保准会热泪盈眶。而且，写文章，也无须贪多求全，而是要惜墨如金，哪怕写少一点，也要写精一点，要让自己每一篇文章的亮相，都能给人留下深刻的印象，如此这般，你的创作才能走向更高的境界。

这些年来，我在编辑《黄杨月》稿件的过程中，一旦看到以情感来打动人的文章，就会深陷其中，心潮澎湃。如在黄龙汉老师撰写的《母爱深深》：

　　早晨的太阳像一位悲天悯人的诗人一样俯视着大地，暖暖的秋风慰平了我额上久久打不开的褶皱。母亲坚持要送我到县城坐车。来到车站，等车的人很多，一路怕误点的母亲，来不及擦一把脸上的汗，挤上车替我占据一个座位，然后将头、手伸出窗外，大声呼唤着，让我把行李递给她放好，然后牢牢地帮我看好位子，直等我来到座位前坐下，母亲这才松了口气。我说母亲你回吧。

　　母亲在杂乱无章的车上，任由人们挤来挤去，可眼睛一直没离开我，似乎还有什么没为我想周到，还不能放心。我又说了一句，母亲你回吧。母亲说你还少钱吗？我说够了，你回吧，母亲这才默默地走下车。走下车的母亲，并不急着返回，而是伺立在车一侧，怅惘地望着我，说："你要保重身体，不要省钱。"

　　母亲还有话说，那车却加大油门，母亲的身影不见了，被山挡住了，被河挡住了，被树木挡住了，茫茫无尽的远方路途撂在了后面。我望着车窗出神，默默无言。

　　看了这篇文章，相信许多读者的眼眶都会不知不觉地湿润。儿行千里母担忧，天下的母亲尽是如此啊！黄龙汉老师巧妙地将"叙事"转化为"叙述"（也就是说，本来他是在写一件事情的，可是就给我们一种感觉，仿佛当时我们就在现场），他的文字看似平淡无奇，文笔也是那么的放松、沉着、从容，但是那种恰如其分的笔触，却给我们带来了带来视觉与感官上的强烈冲击，情感瞬间迸发，那就是我们的母亲，那就是天下母亲的缩影啊！

第 39 期《黄杨月》，赵卫英在她的文章《岁月黄杨》中写道：

> 印象中的斗门，有葱茏的沙田，有娇媚的水乡，有苍峦的黄杨山，有荡漾的黄杨河，有庄严的金台寺，有恢宏的菉猗堂……

她的内涵使她始终如明月一样，安静而执着地守护在黄杨河畔。

这就是美丽的斗门，我的家乡。我在这里成长，我要把这些在斗门成长的片段，分解成一幅一幅照片，记录斗门的年年岁岁，岁岁年年。

无独有偶，那一期的《黄杨月》，李静老师也写了一篇《当时明月在，照我还故乡》。

文中如是说：

> 酒席散去，月亮上来了，又到了告别的时刻，不少人拉着手还在说个不停，"保重身体，慢走""留个电话，常联系"这两句不停在身边响起，姐妹们依依不舍，相约再聚。只要故乡的明月还在，浓浓的乡情就在，母亲的牵挂就在，我们这些外嫁的姐妹们还是要回乡欢聚的。
>
> ……

在这里，我们不难看出，李静和赵卫英的文章都有一个共同点，那就是她们对家乡都有着无尽的爱与亲近。故此，她们用饱含深情的笔触，一点一滴地述说着对故土的深深依恋之情。笔端所到，缕缕乡思，寄托了不尽的家乡情怀。

乡愁是什么？在她们看来，乡愁就是童年的一抹明月，是地里等待收割的庄稼，是年少时的摸爬滚打，是满怀期盼的父老乡亲，是全村人有如一家人的邻里情谊。正是因为这纵使走到天涯海角也解不开的乡情和乡愁，才让漂泊的人们得以慰藉，让流浪的心不再孤寂。

总有一句话，在看到瞬间，心被触动了；总有一首歌，在听到的刹那，心情久久不能平复；总有一篇文章，产生一个心灵呼唤另一个心灵的结果。下面，我再来谈谈我被《黄杨月》感动到的一些句子。

在《黄杨月》第45期梁冬霓的作品《老薇茶铺》中，她写了这么一句：远处的航灯亮了。此刻，一条鱼构思了自己的江湖，转身游入了柔软的夏天。又如黄仕韬《农场里的趣事》：泥土的一番话使水果们幡然醒悟，它们一直在为谁的本事大而争论不休，恰恰忘记那些一直在默默奉献的才是最伟大的，水果们惭愧地低下高昂的头，再也不敢标榜自己有多能耐了。赵卫英的《谁知天下有雪》：四百年前，同好有几。如今，月光留白，已经听不到雪落的声音。人生尚苟且，得知遇都何其难？于茫茫人海，依旧期待，世间所有的相遇，都因缘。

……

在这些作者的笔下，一切的风光景物不再是修饰言说的无根之水，故此，她们的文字，有的贴近生活、富含感悟；有的借物抒情，澄澈清明；有的朴实无华，却又引人深思，可谓寥寥几笔，意味全出。在这些平凡如泥土、如尘埃的文字里，我触碰到的是文友们心底最深处的那一抹柔软，感受到的是万丈红尘中的那一抹温情！

作家格非曾经说过："普通人的心中，会有很高妙的东西。

你看一个农民工，或一个耕地的老农，看起来没有什么文化，你怎么知道他们内心的世界呢？他只是不会说而已。"那么，我们写作的责任是什么呢？那就是挖掘人性中的闪光点啊！我深知：好的文章是妙不可言的，一百个人的心中，有一百种好的文章，心灵上的共鸣使我们备感事物的美好、写作的美妙。期待我们都可以在《黄杨月》里找到最好的文章。

钟育娴，女，毕业于华南师范大学汉语言文学专业。爱好文学，勤于笔耕，2003 年起在《中国妇女报》《南方日报》《羊城晚报》《南方都市报》《广州日报》《新民晚报》《珠海特区报》《珠江晚报》《广东史志》《红广角》《当代党史》等报刊发表文章 300 余篇，有多篇文章获市级征文一等奖。现为珠海市作家协会会员，任职于斗门区委党史研究室。写作理念：愿以我笔写我心。

红色斗门，初心印记

赵卫英

在斗门这片红色热土上，曾有许多爱国志士和进步青年，为了人民的解放事业前仆后继，英勇斗争。这块土地上所发生的每一个红色事件，将永远镌刻在人们的心中！

曾经上演这些可歌可泣的动人事迹的革命遗址，见证了斗门地区红色革命的历史时刻，是斗门地区传承革命精神的一笔财富。

八卦山上的红色土壤

沿着盘山公路蜿蜒而上，俗称"月坑村后山"的八卦山上，树木葱茏。于山腰处有座纪念亭，亭子的正面写着"月坑老区纪念亭"七个红色大字，在庄严肃穆的亭中格外醒目。纪念亭外围建六边形围墙，正面设九级台阶，左侧镶嵌大理石阴刻纪念碑文。纪念亭后筑有陈中坚墓。

在抗日战争和解放战争时期，陈中坚是我区地下党武装部队的队长。他用一辈子的奋斗来说明他对党的忠诚、对人民的热爱和对敌人的仇恨。他的功绩，他的英名，永垂青史。

来到英雄的墓前，石碑无声，却唤起人们对几十年前英雄所经历的峥嵘岁月而怀有的敬仰之情。登上纪念亭，环山而望，青山寂寂，英雄已逝。忽而惊现纪念亭的上方有一架飞机，耳边传来隆隆的响声，有如当年壮烈的战争场面。不同的时空，传递同一种情怀。我在想，长眠于这片红色土壤之下的英魂，无论是几十年前还是和平安稳的现在，都在默默地守护着他时刻惦记着的家乡。

1940年2月，中共中山县八区为了抗日的需要，选择了有农民运动基础，地理位置也较好的月坑村作为抗日根据地。建立了以陈中坚为首的十人武装小组，且队伍不断发展扩大，并在1941年改称"中山八区抗日游击大队"。同时不断发动妇女参与到革命队伍中来，通过做好妇女宣传教育工作，使得她们也纷纷支持自己的丈夫和儿子进行抗战。

1940年8月，日军约200人从东北卡登陆，先把涩涌、涌口村部分民房烧毁，然后攻打月坑，妄图消灭抗日游击队。陈中坚率领游击队员10人，在村前东闸和八卦山布防，凭借八卦山山陡林密、地形复杂、易守难攻的优势，与多于20倍的日军周旋近半小时，为八区人民打响了抗日第一枪。

当时日军摸不清游击队的实力，不敢贸然上山。而游击队由于兵力悬殊，在掩护乡民转移后，立即撤至新会沙湾村。下午，日军得知游击队已秘密撤离八卦山，于是进入八卦山下的月坑村奸淫抢掠，烧毁民房70多间，然后溜回三灶。

同年12月20日凌晨，日军纠合日、伪军400多人，从涩涌东北卡登陆，经猪肚山、北松山两地攻向月坑。日军又派一个分队从拱耳围来击过来，游击队三面受敌。为保存实力，游击队在确认村民已转移上山后，及时撤出八卦山。

日军感到颜面尽丢，又进村放火烧毁民房一百多间，抢掠了一批财物。下午溜回三灶途经湴涌村深坑时，发现村民在躲避，便架起机枪猛烈扫射，杀害村民 31 人，制造了一起骇人听闻的“深坑惨案”。

陈中坚带领的这支抗日武装队伍，刚刚成立便已经经历两次死里逃生，仅凭土枪土炮，面对多于自己 20 倍和 40 倍兵力的日、伪军，依然兵将无损，堪称斗门历史上的战斗奇迹！也许，八卦山上的地形隐含阴阳八卦之妙，日军闻之丧胆也说不定。又或许，真如当地人说，慈悲的五圣宫神灵会护佑善良勤劳的月坑村民。归根到底，抗日英雄能拼的，除了命，还有对这片土地和家乡人民的热爱！

月坑村在斗门地区的抗日战争中有着重要的意义，是斗门区革命系列遗址组成部分。1957 年广东省人民政府授予月坑村“抗日根据地”的称号，2009 年 2 月月坑村被斗门区人民政府公布为斗门区首批爱国主义教育基地，并吸引大批慕名而来的参观者在这片红色圣地上探访革命遗迹、追忆峥嵘岁月。

五圣宫里萌芽的革命种子

五圣宫原是一座庙宇，是当地村民祭祀五圣神祇的场所，建于清嘉庆十七年（1812 年），1919 年重修。坐北向南，两进三间，通面阔 10.8 米，通进深 17.2 米，占地面积 185.7 平方米；硬山顶，博古脊，石脚青砖墙，砖墙承梁，绿釉瓦当、滴水，墙内外饰石雕、木雕、灰塑等。

1940 年，陈中坚抗日游击大队曾在这里驻扎和成立了指挥部。如今这个祭祀神祇的场所已成为群众敬仰革命先烈的地方。

当地政府为了挖掘整理这段历史，2011年重修了五圣宫，作为斗门区对外展示抗日革命斗争的一个纪念馆，陈列斗门革命斗争时期的史料和实物，以精简的文字和易懂的图画，对群众展示"打响斗门抗日第一枪"的场景复原模型。

展厅的前厅，我们看到的是中山八区游击队挺进粤东的地图、当年游击大队活动的示意图。还有当年游击大队的总指挥陈中坚的一个仿铜塑像，一眼看去，瘦削骨感，棱角分明的脸，浓眉剑眼，这个铜像把他性格里的坚毅和不屈都表现得活灵活现，难怪当年一提起这位声名赫赫的抗日英雄，敌人闻风丧胆，群众则赞叹不已。

在铜像的背后，是当年最早成立的十人武装的浮雕场景，这个十人小组在1939年9月28日由陈中坚创立，他说服了当时的陈世典乡长，对外挂民生公司潘幼龄特务中队第二小队番号，驻守在新会粉州合盛围。后来，民生公司解散，十人武装小组又回到了月坑，并且逐渐壮大起来。

在浮雕场景和铜像的中间有一个沙盘，这个沙盘就是以月坑为地理中心全面展示了中山八区也就是今天的斗门，在抗日战争和解放战争时期党组织成立以及党组织成立以后，领导八区人民参加抗日战争和解放战争的一些地理标识。

另外五圣宫左右两间柴房，一间复原当时作战指挥部的场景，另一间复原了枪械库的场景。在指挥部与枪弹器械房之间穿梭行走，犹如切身感受当年的战斗经历，脑海里不停地上映着一部战争黑白电影，没有音频，只有闪烁的炮弹刀枪在横飞。

所有这些，都为人们了解那段历史发挥了很好的作用，同时使人们巩固和加深了这份难得的缅怀抗战先烈的情感。

崇基祠——中山县八区游击队训练班遗址

崇基祠位于斗门区斗门镇南门村接霞庄内，走进这个古朴的庄园，到处是一派生机勃勃的绿树和争先怒放的鲜花，一条百年的石板街贯穿整个庄园。庄园里的"赵氏家塾"，就是崇基祠。早在 20 世纪 50 年代已拆除，现在只剩牌坊，略显萧条。清光绪年间庄主赵维茂与时任广西巡抚的黄槐森是亲家。

这个占地 1000 平方米，72 个门口，一连三座的书塾，由佛山人按照佛山祖庙的设计建造而成。砖雕、基石都是从当时的佛山运来的。

走进曾经恢宏的书塾遗址，此时阳光正好，绿树摇曳，花草飘香，随处可见画意。在中座位置有一块行楷阴刻"梧轩赵氏家塾"花岗岩石匾，还能看出昔日学子那满腹的诗情。是的，所有过去的或繁华或萧条的瞬间，已变成此刻的叹息。

赵氏家塾，这个文人雅士展示诗情的地方，在抗日战争时期，还凸显了它武力的一面。八十年前，中山县八区（今属珠海市斗门区）区委在这里举办第一期游击队训练班。

邝叔明亲任教导主任，组织中共党员和进步青年 60 多人，以"抗大"校风精神为班风，学习《中国共产党在抗日战争时期的任务》《论持久战》等革命理论著作，积极宣传抗日救国知识，讲述军事基本知识，开展武装训练，发展党员等。并先后选派党员和进步青年到各级培训班受训和赴延安学习。在训练班上发展 10 多人入党，为八区武装抗日的开展打下基础。中山八区抗日游击队在这里秘密发展中共党员、进步青年和妇女干部，全区各乡村共有 40 多人培训后成为对敌斗争的骨干。

显然，在这里举办的短期学习班，环境和条件都比较差，但这些乡里的学员们学习认真，精力高度集中，讨论发言热烈。通过学习，党员骨干的政治思想水平、党的纪律性和革命素质都得到很大提高，增强了党性观念，树立了持久抗战的思想。通过学习，不但在政治上、军事上、思想上为八区党组织培养了一批党性觉悟高的游击队员和革命干部，而且为八区抗日游击队的建立和武装斗争的开展夯实了基础。

南逸陈公祠——中山县八区游击队驻地旧址

　　南逸陈氏百年公祠位于斗门区乾务镇三里村禾丰里，它静静坐落在村口狭窄古朴的巷道中，东西两侧为民居，北为后山树林，前是公路和稻田。

　　禾丰里南逸陈公祠原为南山村陈氏宗祠，建于清代，三间两进，占地面积 414 平方米。硬山顶，石脚青砖墙，石匾额阳刻"南逸陈公祠"。梁底、屏风、封檐板均雕刻精美。

　　宗祠在全国抗战时期为中山县八区（今属珠海市斗门区）游击大队驻地及指挥部。

　　1944 年 1 月，陈中坚游击队打击汉奸及日军后，先在六乡马墩休整，后将部队转移到乾务镇南山禾丰里（即老糠堆）一带活动。他们以祠堂为驻地，冒着生命危险，在村内积极开展抗日锄奸救亡活动。他们秘密鼓舞和激励村里的热血男儿，对他们进行演说，提高他们的抗日豪情，动员他们或参加军队或组织武装，或隐蔽或公开，共同对抗日军，与敌人展开了不屈不挠的斗争。秘密派出精挑的武装人员夜间张贴革命标语，精选人员以快准的速度，一夜间在全村都贴上了红色的革命标语。深入乡村发动群众参加游击队，针对某些群众，还特意到他们的家里去进行深入浅出的理论劝说和思想政治工作。还发动部分群众，扰乱敌方的宣传标语，破坏敌人建好的基础设施，等等。

中华人民共和国成立后，破旧的祠堂才修缮完整，作为学校教室之用。祠堂每天都浸润在琅琅书声中，此时此刻，就有了书卷的味道。我有些感慨，只有静好的岁月，才会有温柔以待的一切。革命先辈用生命来守护的家乡，我们一定要珍惜。

我也相信，只有重温那些光荣岁月，亲自踏上当年革命者走过的路，亲眼看看革命的遗址，亲耳听听革命的故事，才能真切感受到今天幸福生活的来之不易。

当年战争的幸存者，没有忘记曾经在斗门战斗过的每一处地方，用参观或者拜祭的方式来祭奠他们的青春和曾经走过的红色岁月。这些地方，成了他们不断回望的人生轨迹，并让后来者跟上。

被忽略的心相

赵卫英

心相，建立在真相之上。什么是真相？真相是挖出掩埋在地下的黑暗。那黑暗甚至千疮百孔，如张爱玲笔下那件长满了蛆的袍。

芸芸众生，真相不易得，心相就更难体现了。

小时候看包拯断案，挖出的事实，确实让人拍手为快，背后的隐忍却让人更加无奈。就如遇见一盗贼，抢是事实的真相，然而盗贼却是为了家里奄奄一息的老母亲，迫不得已铤而走险。我觉得事实背后的隐忍就是心相。

孔子曾在异国讲学，七天来粒米未进。他的爱徒颜回讨来一些米煮饭，快要熟了的时候，孔子看见颜回用手抓锅里的饭吃。吃饭的时候，孔子故意说梦见了先父，并且要用饭来祭祀。颜回知道老师误会了，不得已说出真相："刚才煮饭的时候，炭灰掉进了锅里，弄脏了米饭，丢掉不好，我就抓起来吃掉了。"

要是以眼见定事实，颜回确实吃了脏的米，孔子所看的确是事实的真相。可是，孔子也差点冤枉了徒弟。他完全相信了眼睛所看的事实，没有用心去体会颜回的心。

后来，孔子先师也发出感慨："人应该相信自己的眼睛，但即便是眼睛看到的仍不一定可信，人依靠的是心，可是自己的心有时也依靠不住。"

两千年前被忽略的心相，幸有圣人先师的玲珑心，才探得个究竟。

当然，要心相昭然，不能全靠眼睛，它的背后是人性与品德的较量，可也不是所有的心都能看出心相，须拥有玲珑心的人才能透过这个事实去看到藏匿于真相背后的人性与品德。我把这个过程理解成心相。

还记得小时候看西游记，悟空火眼金睛，轻易看穿了白骨精的诡计，为护师父周全，三打白骨精，却受到被师父逐出师门的惩罚。我为悟空抱过不平，唐僧他不辨是非，让忠诚的悟空受了委屈。

经年不易，人到中年，终于读得懂悟空的火眼金睛，所看的是事实的真相。他的眼里，妖就是妖，为了除之后快，一抡金箍棒，似乎就完成了天职。然而他是一块没有心窍的石头，缺少一颗与人共情的心，无法看到众生的心相。大慈大悲的唐僧是凡胎肉眼，看不见妖魔的真身，却心明了然众生的苦，看到的妖与魔都是一股放不下的执念幻化而成，唐僧不止看到了众生的心相，还不惜用生命来度化这些有执念的生灵。

显然，悟空所看的真相与唐僧所看的心相之间，大有不同。慈悲之心恰恰就是那一面可以照见世间所有心相的镜子。唐僧正是用他的慈悲之心看出了白骨精的心相。很多时候，心相的体现不再是单纯的对错，而是一种"懂得"比"不懂"更无奈的悲哀。这也是心相常常被忽略的原因之一。

世人能够越过事物的表象看清本质真相，已属可贵。在喧嚣尘世，守得住真相已经不易，而心相要具备玲珑心和慈悲心，需要懂得用心去看另一颗心，用这种共情之心的包容和理解，去了然事物的本质。这样难得的"心"，导致心相往往会被忽略。

我也常常把心相忽略了。还记得自己曾经也纠缠着一个结。究其深远，也不知具体什么时候结下的梁子。直到一个梵音渺渺的清晨，我惊讶于在脑海中居然清晰地看到结中人过往无尘的笑。那一脸的笑，让我震惊至极，那是一抹天底下最美最纯的笑意，无人能及。它如同一根羽毛，直接触动了我最底的柔软。我更诧异于自己肆意于两颊的泪水，实在不知，眼泪是为谁而来。生活，到底不易。而我，在顷刻间原谅了她所有的不易。由过往一步一步忐忑走来的她，用最纯真最无邪的笑换来了今天的一切。得失之间，就如是与非一样，没有对错。我也终于明白，原来心相只有在平等的对待中，它才会存在。也只有认清了自己心中的黑暗，才能同理别人的暗黑。当然，在这个过程里，不能缺少心与心之间的交流。因为面对紧闭的心门，纵有七窍的玲珑心，也无法看清别人的心相。

被我忽略了的别人的心相，最终以这种方式，来让我释怀。

熙攘尘世尚未得玲珑慈悲心，未具备看清心相的能力，不能辨它是雌雄实属平常。自己都没能看清别人的心相，生活中回馈我的也只有误解。加之并不善于言，所以心相被误解是常有的事。年轻时，被误解了，还会辩解一番。经历多了，懂得人与人之间的差别，更无须辩解。当然，我希望在茫茫人海里遇见的都是智者，能用慈悲包容之心读懂别人的心相，也更希望自己能成为这样的智者，并且不倦于寻找这样一种能读得懂心相的工具，或者是让自己具备看清心相的能力，让心镜常明。自然，在寻找的过程中唯有内心澄澈、静心修身，这样，没有尘埃的心才会让心相常见。

赵卫英，珠海斗门人，大专学历。珠海市作家协会会员，斗门区作家协会理事，地方刊物《黄杨月》编辑。热爱文字，90年代末起开始创作，散文、小说散见于《桂林日报》《潮州日报》《大湾》《珠海史志》《珠海青年报》《江门文艺》等报纸杂志。多篇作品获征文奖项。

时光深处的健民小学

陈艺韶

走在斗门镇小濠涌村方石铺成的古街上，仿佛阅读一部红色近代史。青瓦黄墙，琉璃瓦当，土墙断垣，满眼尽是峥嵘岁月的痕迹。

1937 年 9 月 20 日，中国共产党中山县八区第一个党支部在这里横空出世。它犹如一响惊雷，把沉睡中的人们惊醒过来；又如一缕春风，把严寒的大地吹绿了，把共产主义吹遍了每一个角落；更像一枚炸弹，让国民党反动派、日本帝国主义、日伪政府这些"当权者"粉身碎骨。从此，邝任生、邝仲海、邝振发……一个个响当当的名字振聋发聩，响彻云霄，耀眼在南中国的大地上。

来的时候，刚好是上午，冬阳浅照。

穿过牌坊，绕过市场，沿着古老而精致的石板街举步前行。方形的条石一块紧贴一块，那么整齐，那么均匀，以独特的风姿诉说远去的流年。两旁商铺林立，客商如潮，木刻的各色各样的招牌格外显眼，在新时代的光阴中揉带着点点古色古香。

柔和的阳光打在斑驳的土墙上，像是打开一段尘封的历史。

沿路问了好几个年轻的小伙子，健民小学在哪里？他们都一脸蒙，这里只有小濠涌小学，哪有健民小学？

后来一位老者指着十米外的一处祠堂告诉我，这就是健民小学旧址。我心头不禁微微一颤。如果没有祠堂前面的那块石碑，我真不敢相信这就是蜚声于 20 世纪 30 年代的中山县八区的健民小学。

健民小学建在双伯祠堂内。祠堂青砖结构，硬山顶，门前两条造型古相的石柱擎天而立，宛如一对威武的天神守卫着大门。

祠堂两间三进，规模比旁边的仲兴邝公祠小得多，但从房檐底下的雕龙画栋也能看出当年的高贵。同行的老者告诉我，祠堂在"四清"和"文革"时期受到不同程度的破坏，早已面目全非。近年来，政府加强了对古村古迹的保护力度，投入资金进行修缮，也难复健民小学时期的恢宏与繁盛。但是，从祠堂的一砖一瓦、一梁一墙、一草一木依然可以感受到沉浸了近百年的健民精神。

1936 年春，邝任生为了宣传共产主义，回到家乡斗门小濠涌，创建了健民小学，并担任校长。平时以教学为掩护开展革命活动。在开展教学的同时，以夜校的形式招收广大进步青年，宣扬共产主义思想。他在校内秘密成立"小濠涌青年社"，编印《青年月刊》，组织邝叔明、邝振大、邝仲海、邝发维、邝健玲、邝耀云等进步青年学习革命理论，交流救国理念。健民小学成了他们主要的活动据点。白天，他们在国民党反动派的眼皮底下开展教学任务，晚上，他们躲在里面开会，接触新思想、学习新文化。

1937 年 1 月，"小濠涌青年社"扩展为"八区青年社"，刊物改名《八区青年》。邝任生在健民小学内组织进步青年研读

《资本论》《读书生活》等进步书刊，还增设战时教育课程，揭露国民党反动派的丑陋面目。

同年7月，随着"卢沟桥事变"爆发，全国人民到了最危急的时刻，国共统一战线，同仇敌忾，众志成城，共同抵御日本帝国主义侵略者。

9月，邝任生介绍邝叔明、邝振大、邝健玲、邝仲海等人加入中国共产党，并成立了珠海地区第一个党支部——小濠涌支部，邝任生为党支部书记。

这期间，健民小学进入了鼎盛时期，每天迎来送往的，一批又一批的进步青年鱼贯而入，接受共产主义的熏陶和抗日救国的思想。

1938年9月，中山县委特别批准成立斗门地区中心党支部，同年升格为中共中山八区委员会，区委驻地就设在健民小学，邝任生任区委书记。

星星之火，可以燎原。

邝任生在健民小学期间，积极物色并培养入党对象，努力发展思想进步青年加入中国共产党，不断壮大中山八区的党组织队伍。同年，斗门区委在黄沙坑村成立了中共地下党支部，有9位农民加入了中国共产党。担任书记的陈鸿护就是从健民小学走出来的。

1938年11月，中共中山县八区区委在健民小学举办党员学习班。全区的进步青年都参加这次的学习班。区委根据上级的要求，组织农民协会、妇女协会、老更队、青年抗日先锋队等革命群众组织，宣传革命道理，进行阶级教育，宣传共产党抗日救国，反对内战的主张。

1939年1月，广东青年抗日先锋队中山县八区区队成立，队部设在健民小学内。

从此，健民小学成了家喻户晓的红色活动据点，也把全民抗日的热情推向高潮。

直至新中国成立之前，健民小学依然成为当时八区青年活动中心。

后来，我们采访了田岩村的邝尚仍老同志，他99岁高龄，意识清晰，口齿还伶俐，在他的讲述中，当年健民小学的点滴再次重现脑海，那一群挥斥方遒、意气风发的青年的高大形象跃然纸上。

星移斗转，物是人非，当年的金戈铁马终成过眼云烟。如今，健民小学虽然失去往昔的繁盛，但依然散发出氤氲的清香。她如同一位老者，时刻地提醒人们不能忘记那段艰苦卓绝而灿烂辉煌的岁月；也像一位师者，引导和教育广大青少年不忘初心，牢记使命，担当起传承濠涌火种的精神；更像一位智者，道尽了"洗尽铅华呈素姿，繁华落尽始见真"的人生哲理。

正是：

濠涌火种，熠熠生辉耀八区
健民精神，生生不息传万代

秋风里的重逢

陈艺韶

岁月如烟，季节更迭。总有一些相遇，在不经意间。总有一些人，在你的生命里，深情驻足过，留下过瞬间的美。

——题记

深秋的广州，在飒飒的西风的伴随下，萧瑟之余多了几份相思与缠绵。

　　我缓缓了走出广联礼堂，发现天空却像被纸糊过一样，倏地暗淡了下来。我看了看手表，还有五分钟。是的，还有五分钟就可以见到阔别二十年的老同学了。这时，天空开始飘洒着轻纱似的薄雨，似乎给这次久别的重逢增添了几分浪漫的色彩。

　　过了一会儿，一辆红色的士停在前方。我透过粘着雨珠的玻璃窗往里看去，第一眼就认出她来。她轮廓分明，五官清丽，虽然二十年没见，她依然端庄淡雅，清纯骇俗，只是眉宇间多了几分岁月与从容。

　　中华广场位于市中心，商铺林立，人潮如涌，好一派繁华兴盛的景象。我们选了一间西餐厅，这里设计新潮，装潢不俗，色调温暖，给人一种安然自在的舒服。我与她靠窗而座，相视一笑，发现彼此不再年轻。是啊，这些年的追赶与奔波都留下了岁月的痕迹。这时，外面的秋雨轻轻地敲打着玻璃窗，似乎在深情地诉说着这份别离与不忍。

　　她曾经与我相邻而坐，准确来说，是坐在我正前面。那年夏天，正是万马扬鞭的六月，也是多情腼腆的六月。高考的烟云笼罩着校园，似乎昭示着这场无硝烟战争的残酷性。学子们夜以继日的坚持和废寝忘食的投入就是为了到达那条通向成功之路。她，勤奋好学，孜孜不倦，以徜徉书林为乐，以遨游题海为荣。她，温文尔雅，知性从容，做人做事一丝不苟。在那时，我只知道前面那个嗜书如命的人就是她。

　　那时，我们很少交流，一天说不到一句话。可能是源于我内心自卑作怪。是的，一个农民的儿子，跟别人聊什么？聊农忙时跟随父母到田里收割？聊闲暇时约上几个小伙伴爬树掏鸟窝？还是聊拮据困顿的生活？抑或聊毫无起色的成绩？显然，这些都不合适。她，一个城里的女孩子，高贵而绝俗，文雅而善良。地域的差别和家庭环境的差距，早就在彼此的心里留下了一条不可逾越的鸿沟。

某一个荷叶翻飞的下午，她转过身来，笑语盈盈，竟然向我请教学习上的问题。她吐珠如玉，吹气如兰，那种腼腆与温柔让我猝不及防。毫无疑问，我心潮滚滚，思海翻天，把前面那个诗一般的名字的女孩烙在心里。

终于，等待我们生死一搏的高考在紧张中画上了句号。可她依然愁云难舒，柳眉未展。由于填报志愿的过分保守，她没有如愿考上心仪的大学，只是去了华农大。就在这个多情的七月，她怀着满心的遗憾告别了这所陪伴六年的母校，同时，也带走了我的思念。

四年的华农大本科生涯，造就了她一身的智慧与坚强。她刻苦勤勉、自强不息，以优秀的成绩被保送到研究生班。她喜欢这所高校，喜欢她的磅礴大气，喜欢她的馥郁芬芳，喜欢她的睿智和练达。华农大，不仅给予了她欢愉，还给予了她梦寐以求的尊严。尤其在研究生三年的求学中，凭着自身的努力和导师的信赖，她当了三年的本科生老师。在三尺的讲台上，她博识强记，口若悬河，从容淡定……用知识和汗水赢得了学生们的尊重。毕业后，她也尝试回珠海找工作，可是由于不合适，又回到广州谋生。我看着眼前这个身材瘦弱的女孩，忍不住打趣地说："省城车多人多，换成我在这里生活，一百个不习惯呢!"她竟然一本正经地回答："其实我也不愿意。"我更加愕然了，不习惯的话，为何一待就是十多年呢！但是，我也不好再追问。或许这就是人生吧！

西餐厅里，依然飘荡着柔美的音乐，恰如其分地点缀着这个宁静的中午，给我一种恬静祥和的舒服。餐桌上的鳗鱼开始释放出诱人的香味，在空气中凝结成一朵朵芬芳醉人心田。我们才发现大家都饿了。

秋雨如丝，轻轻地敲打出美妙的音符。我们聊校园生活，聊如烟的往事，聊五彩的趣闻……后来，她竟然向我说起她的家事。

原来她家四兄弟姐妹，刚好是两男两女。她排行第二，上面有一个哥哥，下面还有弟弟和妹妹。哥哥天赋异禀，聪颖过人，以优异的成绩被中山大学录取，毕业后回珠海考上了公务员。妹妹广东外语外贸大学毕业，后来留学于美国，现在安居在那边，听说很快要结婚了。弟弟暨大毕业后一直留在广州，如今也成家了，并且在番禺落户。唯独剩她还孑然一身。正因如此，她经常自嘲："我一直都在漂泊呢！"言语之中无不让人黯然神伤。我赶紧转过头去，生怕眼泪掉下来。唉，人生何尝不是一场漂泊呢？

窗外的雨丝如絮，凄清冷冽，徒增了几许悲怆。

她还向我透露，最让她引以为豪的是她爸爸。这时，她把头转向窗外，似乎在追寻那段卑微而疯狂的岁月。当年，她爸爸就读于中山纪念中学，并且以状元的身份毕业。然而地主的成分却让他没有赢得应有的尊重，反而成了被打压、被嘲笑、被戏弄的"黑五类"。在威胁、逼迫与利诱之下，他依然没有断绝与家人的关系。从此，命运多舛，穷困不堪跟他紧紧地联系在一起……自她记事起，经常见到一些叔叔给家里捎东西。听爸爸说，那是他以前的同学救济咱们。后来，又是同学相助，他进了行政单位当上了临时工，一干就几十年。就这样，她爸爸凭着一己之力托着了全家六口人蹒跚而行，度过最艰难的岁月。说到这里，她触目伤怀，情不自已，泪水簌簌地掉下来。

我一时语塞，想不出安慰的话，只能心感同悲……

听着她低沉而悠远地诉说着家中往事，我蓦然发现眼前这个硕士生不是偶然的，而是优良基因的传承结果。

雨停了。我们走出中华广场的门口。我执意要送她，她没有过多的执拗。等她瘦小的背影消失在来往的人群中时，我的眼睛早已模糊……

陈艺韶，中共党员，教育工作者，珠海市作家协会会员，斗门区作家协会副秘书长，作品以小说、散文、现代诗为主，多发表于《中山日报》《斗门乡音》《黄杨月》等纸质报刊。

端午记忆

刘君续

又是端午节，又是赛龙舟。

记得孩时一首儿歌中有几句："五月五，拜屈原。包粽子，扒龙船。"每年此际，满乡下是村村扒龙船，户户粽飘香。往时民间这种过端午的活动，是从农历五月初一开始的。比如裹粽的叶片，要提前采摘备好。比如"起龙"，就是将去年节后藏入水底泥中的龙船船身挖出来，清洗后装上龙头和龙尾，再焚香拜神才投入使用，这必须在五月初一进行。又比如"五月节"燃灯上香，祭天祭地祭祖先，也是从初一开始。这些活动都很隆重，在乡民心目中可是比过春节更要紧，所以有句粤语民谚叫作："五月初一大过年。"

对端午节的来历，有说源自图腾崇拜的，有说拜祭龙祖的，有谓消灾祈福的，有谓辟邪祛疫的，流传最广的说法是：悼念屈原。至于过节的方式，所谓各自村乡各自例，不同地方的端午风俗习惯各有不同，活动形式也就多种多样。

小时候老家乡下过端午的风俗，与周边地区大同小异，现在对于七十多岁的我来说，大多都已经熟视无睹了。唯有两项活动，因为跟"有得玩"和"有得食"有关，在孩时心中留下的印象就够深，真个是老迈难忘。

有得玩，是采香茅艾草。当时乡俗，每逢端午节，家家户户都会在门上挂上一束香茅和艾草。这香茅艾草都是芬芳馥郁，据说可以祛瘟疫、疏风热、防感冒的，乡下山头野外多得是呢。要去采集这两样东西，就算是小孩子也可以手到擒来。

一接到母亲分配的任务，马上兴冲冲去找几位有同样任务的小伙伴，每人带上一把小镰刀和一条绑带，一边吆喝一边追逐着，朝山头跑去。香茅长在山上呢，先采它。看好了，贴着茎底用小镰刀一钩一拉，一根香茅就到手了。刚割下来，那香味立马就跟着跑出来啦！青青的叶，紫红的茎，浓浓的香，又养眼，又通窍，那种惬意的感觉呀，真是一种享受。只不过，如果一不小心误采假香茅就惨了，那种茅草的叶鞘上长了密密麻麻的毛刺，被刺中手背手臂时又痛又痒，要难受好几天呢。艾草长在野地，采割时要选还没有起花蕾的，叶背的白绒毛越多、叶面的颜色越鲜绿越好，香味也就越浓郁。这采集过程其实也就是满山头野外地尽情玩耍，还真有点乐不愿归的样子呢。香茅和艾草采回来后，老祖母会整理挑选合意的混在一起，扎成一小束，乡下叫作"一细扎"，挂在大门上。

过节那天，小伙伴会分别去各家瞧瞧，争论谁家挂的香茅艾草够大束，都会抢着说："我家大把。"家乡方言"大把"就是"大束、大捆"，又有"很多、多得是"的意思。粮食多，收入多，财富多，正是农民之所盼啊！得个口彩，求个吉利，就这么"大把、大把"地争论着……

有得食，是食五色粥。端午节那天，用红豆、黄豆、绿豆、黑豆和眉豆再加点大米熬成，称之为"五色粥"。或者其他豆代替其中一二也可，总之就是五种不同的豆。粥熬好了，再加点片糖，在中午喝，因此又叫作"午时粥"。那个时代乡民穷啊，物资缺，虽然各样豆子可以自己种，但买糖要钱还要有"糖票"才行呢。难得有一餐甜甜的糖粥喝，难得粥里有那么丰富的材料，这在平时可是不大敢想啊。因此，小孩就是眼巴巴地盼着，平时贪玩、好往外跑的毛病也改过来了，连洗豆啦，看炉子啦这些杂事都乐意去做。因为，做好了就"有好嘢食"。

这些，是那抹不去的一丝记忆。

这些，都是六十多年前的事咯，再过六十年，到那时用什么形式过端午、庆端午？或者是更官方化、更科技化了？又或者端午节还有人提起吗？现在可不敢肯定。我相信，这个被列入国家级非物质文化遗产名录的节日，还是会一直延续下去的。不同的是：今日的节庆经历，会成为那个年代古稀老人美好的回忆，就像现在的老人回忆六十年前的旧事那么不舍。

"转踏"浅探

刘君续

近来常见有填长短句者，冠上"转踏"二字作为词牌，似欠参详。究其原因，很可能是在《乐府雅词》或《钦定词谱》中读到郑仅（彦能）的"调笑转踏"十二首，引起误解。《钦定词谱》（以下简称《词谱》）将郑词十二首列在毛滂《调笑令》十首之后，在标题后注上："又一体，十二首，一名调笑转踏。"这大概就是误将"转踏"当作词牌的原因吧？又或误认为是《调笑令》的别称？

"转踏"并非词牌，而是一种歌舞形式，本属于一种民间歌舞活动。参与者牵手、连臂、搭肩，或绕成圈或列成行，以脚踏地为节拍，边歌边舞。其源可上溯至秦、汉。

《吕氏春秋·古乐》载："昔葛天氏之乐，三人操牛尾，投足以歌八阕。"这是秦代的"投足以歌"。汉代的"蹋地而歌"见如《史记·乐书第二》："发扬蹈厉之已蚤，何也？"王肃注："发，初也。扬，举袂也。蹈，顿足蹋地……问乐舞何意发初扬袂，又顿足蹋地"；《后汉书·东夷列传第七十五》："昼夜酒会，髑聚歌舞，舞辄数十人相随，踏地为节。"这是较早见之典籍的对于"蹋地而歌"的记载。"蹋"古通"踏"，《说文解字·蹋》："践也。"注："俗作踏。"因通假字或谐音的关系，"蹋歌"亦被称作踏歌、打歌；又因其主节奏是两脚上下踏地为拍，快节奏时状如跳跃，被称为跳歌。

《礼记·乐记》："诗言其志也，歌咏其声也，舞动其容也。三者本于心，然后乐器从之。"这是说，古代诗、歌、舞一起配合来表达感情，并配乐组合一同演绎。踏歌近之。

到了唐代，踏歌流传渐广，直至被官府和诗人联手加工改造成为宫廷乐舞，更是风靡盛行。见如《资治通鉴·唐则天后圣历元年》："尚书位任非轻，乃为虏蹋歌。"胡三省注："蹋歌者，连手而歌，蹋地以为节。"其中主要名目有踏歌辞、缭踏歌、踏金莲、踏谣娘，等等。有了诗人的参与，踏歌的歌词就更富文采，比如崔液、谢偃、张说、刘禹锡等都写过踏歌词。《词谱》于崔液《踏歌词》题下注云："唐《辇下岁时记》：先天初，上御安福门观灯，令朝士能文者，为《踏歌》。陈旸《乐书》云：《踏歌》，队舞曲也。"

因为唐乐府歌词基本以整整齐齐的句式为主，所以踏歌歌词也是字句齐整的诗体，但不同作者作品的结构格式不一定相同。按《全唐诗》所录《杂曲歌辞·踏歌词》中，有五言六句的，如崔液《踏歌词》："彩女迎金屋，仙姬出画堂。鸳鸯裁锦袖，翡翠帖花黄。歌响舞分行，艳色动流光。"

有五言八句的，如谢偃《踏歌词》："春景娇春台，新露泣新梅。春叶参差吐，新花重迭开。花影飞莺去，歌声度鸟来。倩看飘飘雪，何如舞袖回。"

也有分别按平起（如刘禹锡）、仄起（如张说）七言绝句形式的《踏歌词》："春江月出大堤平，堤上女郎连袂行。唱尽新词欢不见，红窗映树鹧鸪鸣。花萼楼前雨露新，长安城里太平人。龙衔火树千灯艳，鸡踏莲花万岁春。"

宋代长短句兴起，词风劲吹。词，本来就是用于配合乐曲来演唱的歌词，因此用于踏歌就更是顺理成章，水到渠成了。踏歌的演绎、特别是歌词的组合形式，在宋代起了很大的变化，名称都跟着改变为"转踏"。转踏流行于宋，以北宋最盛，同时又有"传踏、缠达"等称谓。宋人曾慥《乐府雅词·引》云："九重传出，以冠于篇首，诸公转踏次之。"王灼《碧鸡漫志》卷三·霓裳羽衣曲："世有般涉调拂霓裳曲，因石曼卿取作传踏，述开元天宝旧事……增损其辞，为勾、遣队口号"，卷五·菩萨蛮："……则其舞队不过如近世传踏之类耳。"王国维《宋元戏曲考·宋之乐曲》："其歌舞相兼者则谓之传踏，亦谓之转踏，亦谓之缠达。"

转踏基本传承着古踏歌的主要艺术形式，其表演方式依然是"队舞曲也，连手而歌，踏地以为节"，但在演唱文辞部分的组合和演绎手法上却有所不同。之所以产生差异，无非是"时代使其然"。由中唐经五代入宋，曲子词渐告成熟，用曲子词作为歌词来演唱，已经成为社会风俗。因此，属于民间文化艺术活动的"转踏"，其主唱段用曲子词代替原来"踏歌"的诗篇，是一种必然。

转踏演绎的具体组合层次，是由"勾队"词发引，"放队"词收结，中间分为若干节，每节以重头联章式的一诗一词咏唱一个主题，这"诗"称为"口号"，节数多少按需而定。正如王国维在《宋元戏曲考·宋之乐曲》中所言："北宋之转踏恒以一曲连续歌之，每一首咏一事，共若干首，则咏若干事。然亦有合若干首而咏一事者。"

"勾队词"大多是用几句骈文构成。如《词谱》录郑仅的调笑转踏勾队词云："良辰易失，信四者之难并；佳客相逢，实一时之盛事。用陈妙曲上助清欢，女伴相将调笑入队。"又如《乐府雅词》中，所谓"九重传出，以冠于篇首"的无名氏《调笑集句》八首，分别咏巫山、桃源、洛浦、明妃、班女、文君、吴娘、琵琶。其勾队词是："盖闻行乐须及良辰，钟情正在吾辈。飞觞举白，目断巫山之暮云；缀玉联珠，韵胜池塘之春草。集古人之妙句，助今日之余欢。珠流璧合暗连文，月入千江体不分。此曲只应天上有，歌声岂合世间闻。"这个勾队词与其他转踏勾队词略有不同的是：前八句是骈文，后四句用七言四句押韵。《词谱》在这组《调笑集句》下面，紧跟着辑录了郑仅的一组，题注云："又一体，十二首，一名《调笑转踏》。"可知之前无名氏这八首是属于"转踏"。至于何谓"勾队"，应该是转踏演出前组队过程中吟咏的"开场白"，即如《鼓子词》的"致语"。勾，有招引之义，"勾队"引申用为"召集、集队、领队"。

转踏中间部分的"口号唱词"，基本组合就是用来配合音乐演唱的一诗一词。口号诗大多是七言八句，前半押平韵后半仄韵。究其尾韵用仄的原因，主要是适应"重头联章"的需要：唱词是以口号末句最后的若干字为起句，而转踏选用的曲子以《调笑令》最多，此令曲是仄声起拍，因此口号诗的末字必须是仄声才能联章使用。录无名氏《调笑集句》八首中的首、尾两节"巫山、琵琶"于下，里面"千里、衫湿"的用法细审可知：《巫山》："巫山高高十二峰，云想衣裳花想容。欲往从之不惮远，丹峰碧嶂深重重。楼阁玲珑五云起，美人娟娟隔秋水。江天一望楚天长，满怀明月人千里。千里。楚江水。明月楼高愁独倚。井梧宫殿生秋意。望断巫山十二。雪肌花貌参差是。朱阁五云仙子。"

《琵琶》："十三学得琵琶成，翡翠帘开云母屏。暮去朝来颜色故，夜半月高弦索鸣。江水江花岂终极，上下花间声转急。此恨绵绵无绝期，江州司马青衫湿。衫湿。情何极。上下花间声转急。满船明月芦花白。秋水长天一色。芳年未老时难得。目断远空凝碧。"

转踏结束叫作"放队"，放队词通常是用押韵的七言四句，近乎七绝，有点像南戏每一出结束时的"下场诗"或"过场诗"。如上面所举无名氏的放队词："玉炉夜起沉香烟，唤起佳人舞秀筵。去似朝云无处觅，游童陌上拾花钿。"

放队又有称"遣队"的，王灼《碧鸡漫志》有云："为勾、遣队口号。"如《词谱》所录毛滂《调笑令》转踏十首，其收结名目就是用"遣队"："歌长渐落杏梁尘，舞罢香风卷绣裀。更拟绿云弄清切，尊前恐有断肠人。"

至于为何称"转踏"？所谓"踏"，当然是保留着古老"踏歌"的主体动作形式，即"队舞曲也，连手而歌，蹋地以为节"。而"转"，首先是以重头联章的模式由口号转入唱词。再者，因诗与词转换，节与节转换，演唱节奏便有所变化，这在音律上来说，大致属于移宫转调的范畴了。着重于宫调的"转"，"踏歌"自宋代开始被称为"转踏"，应该是有这个重要因素在。

转踏的组合架构、节数多少、选用什么词调等，都没有固定的限制，甚至重头字也分别有用一字、二字、三字的。如《全宋词》载曾慥《调笑令·并口号》只有口号和曲子，无勾队、放队；单节，"佳"一字重头连珠："五柳门前三径斜。东篱九日富贵花。岂惟此菊有佳色，上有南山日夕佳。"

"佳友。金英輠。陶令篱边常宿留。秋风一夜摧枯朽。独艳重阳时候。剩收芳蕊浮卮酒。荐酒先生眉寿。"

又如秦观有《忆秦娥》转踏词分咏雪、花、月、风，四首都只有一诗一词，三字重头，口号按词调要求分押仄、平。《词谱》只录其《灞桥雪》《曲江花》两首，后有按云："此即李（白）词体，惟词首多口号四句异。按，秦词四首，每首前各有口号四句，即以口号末句三字为起句，亦如调笑令例。乐府舞曲转踏类如此。"而《庾楼月》和《楚台风》二首未录。

《忆秦娥·灞桥雪》："驴背吟诗清到骨，人间别是闲勋业。云台烟阁久销沉，千载人图灞桥雪。"

"灞桥雪。茫茫万径人踪灭。人踪灭，此时方见，乾坤空阔。骑驴老子真奇绝。肩山吟耸清寒列。清寒列，只缘不禁，梅花撩拨。"

《忆秦娥·曲江花》："帝城东畔富韶华，满路飘香烂彩霞。多少风流年少客，马蹄踏遍曲江花。"

"曲江花。宜春十里锦云遮。锦云遮。水边院落，山下人家。茸茸细草承香车。金鞍玉勒争年华。争年华。酒楼青斾，歌板红牙。"

又如《全宋词》载李吕《调笑令》组词五节，分咏笑、饮、坐、博、歌，亦属转踏一类。其架构形式与上所列秦观《忆秦娥》转踏大体相同，也是一诗一词。略有差异处是口号诗为七言八句，二字重头。录其末节咏歌于下：《歌》，"贤川六叠小香檀。玉笋纤纤不奈寒。浅破朱唇促新调，红丝短瑟未须弹。锦字两行妆宝扇。扇中鸾影迷娇面。兰叶歌翻春事空，孤凤离鸾两含怨"。

"含怨。两鬒浅。羽髻云鬟低玉燕。绿沈香底金鹅扇。隐隐花枝轻颤。当筵不放红云转。正是玉壶春满。"

转踏中所用词调多为小令，如《调笑令》《忆秦娥》《蝶恋花》《菩萨蛮》《九张机》以及由九张机衍生而来《千钟醉》，等等，其中以《调笑令》使用最多。间中也有用中长调的，不过较为少见，《词谱》载刘几梅花曲三首可参考。《梅花曲》92 字，刘几以王安石《与微之同赋梅花得香字》三首七律度曲，共三节，所用体例与上面所列秦观《忆秦娥》、李吕《调笑令》等转踏词相同。口号诗用的是王安石原作，不重头。其首节录如下："汉宫娇额半涂黄，粉色凌寒透薄妆。好借月魂来映烛，恐随春梦去飞扬。风亭把盏酬孤艳，雪径回舆认暗香。不为调羹应结子，直须留此占年芳。"

"汉宫中侍女，娇额半涂黄。盈盈粉色凌时，寒玉体，先透薄妆。好借月魂来，娉婷画烛旁。惟恐随、阳春好梦去，所思飞扬。宜向风亭把盏，酬孤艳，醉永夕何妨。雪径蕊，真凝密，降回舆，认暗香。不为藉我作和羹，肯放结子花狂。向上林、留此占年芳。"

有谓《乐府雅词》中董颖《薄媚》西子词录在《九张机》后，疑属转踏词。按，《乐府雅词》录董颖《薄媚》"西子词"十首讲述西施故事，每首82 字至 128 字不等，体例不定，属于中长调。十首依次为"排遍第八、排遍第九、第十攧、入破第一、第二虚催、第三衮遍、第四催拍、第五衮遍、第六歇拍、第七煞衮"十段,内容衔接连贯成套,但与转踏的关系不大,其体例架构基本是唐代教坊大曲遗响,应该是由词过渡到曲(散曲)渐变过程中的一个实例。与董颖同时的词人王平也写过相类似的作品,《碧鸡漫志·卷三·霓裳羽衣曲》评论说:"宣和初,普府守山东人王平,词学华赡,自言得夷则商霓裳羽衣谱,取陈鸿、白乐天长恨歌传,并乐天寄元微之霓裳羽衣曲歌,又杂取唐人小诗长句,及明皇太真事,终以微之连昌宫词,补缀成曲,刻板流传。曲十一段,起第四遍、第五遍、第六遍、正攧、入破、虚催、衮、实催、衮、歇拍、煞衮,音律节奏与白氏歌注大异。"并说这是"唐曲",由此可见原非"转踏"。

又有将"鼓子词"说成是转踏的,比如李新魁编著的《实用诗词曲格律词典》(花城出版社,1999 年版)一书中,"转踏"条下释文:"如宋人赵令畤有《蝶恋花》十首,就属于转踏。"这很明显是误举了。赵令畤用《蝶恋花》十首说唱元稹《莺莺传》本事,另增添首阕定下故事性质、末阕据相关评论做总结,前后共十二首(节),又称《元微之崔莺莺商调蝶恋花》,属于叙事体"鼓子词"。

鼓子词是宋代一种民间说唱曲艺,与转踏同时流行。鼓子词同转踏一样,以节组合、以唱为主,主体唱段都是重复使用同一个词调(词牌)。但两者的表演形式并不一样,主要体现在下面几点:

第一,鼓子词是用鼓子(小鼓)来伴奏,按鼓子节奏起拍,基本是说唱相间、以说带唱,而完全没有转踏那种"队舞、歌舞相随踏地为节"的组织形式和舞蹈动作。

第二，鼓子词开始时所"说"的那段开场白叫"致语"，大都是散文形式，以长篇幅为多。偶有填词大家用骈文的，如欧阳修《采桑子》十一首咏西湖景物，起首152字的"西湖念语"（即致语）。转踏的开场词叫"勾队"，基本都是用篇幅较短的骈文吟唱，来代替鼓子词开始时的致语，用以缩短时间，活跃开场气氛。

第三，鼓子词的"说辞"大致是叙述性的散文体裁，主要用于每一节之间的故事衔接，用来讲述其当节的故事梗概、时间、发展脉络、其中关节，等等，因此篇幅不小。如上所述赵令畤《蝶恋花》鼓子词，十二节中最长的说辞是第九节411字，最短的是第七节104字。而转踏的押韵"口号诗"因受形式和篇幅的限制，显得很简练，多不过七言八句。究其不同的原因，主要是转踏由始至终都是歌舞贯串，并没有像鼓子词用于"说白"那样的时间空间，这是由表演形式所决定的。

鼓子词的组合也像转踏一样有繁有简。繁的如赵令畤十二首《蝶恋花》鼓子词，致语、说辞、唱词一应俱全，其说辞部分合起来基本就是元稹《莺莺传》的故事梗概，每一节说辞最后都有"奉劳歌伴，再和前声"两句，用以带出后面的唱词，有点像说书术语"欲知后事如何，且待下回分解"的作用。简一点的如欧阳修咏西湖的鼓子词，起首有152字的致语"西湖念语"，之后是连续十三首《采桑子》，中间没有"说辞"。最简的如欧阳修《六一词》中《十二月鼓子词·渔家傲》十二首，用来分咏十二个月的景致，只唱不说，连致语都没有。

总的来说，转踏与鼓子词之间，除了上面所列举的主要差异之外，还是有其相同点的。比如两者都是文化艺术表演形式，两者都是以一个词调反复演唱、一用到底，正如王国维所谓"恒以一曲连续歌之"，而填词者往往是词作大家。从中华民族文化艺术的传承上来说，转踏和鼓子词在层次架构上来看，都留有唐大曲的痕迹。只不过因演绎环境不同、受众的接受要求不同、表演艺术种类不同，而令两者之间产生差异罢了。

诗一辑

刘君续

斗门珠海上空见五色云

南天现祥瑞，珠海灿卿云。
日月光华复。江山气象欣。
百年兴国路，五色跃龙文。
贫弱当时事，从今泾渭分。

中秋前数日航宇三人组天外归来

世路通云路，巡天任远游。
河山今胜昔，气象始而周。
来去空间站，阴晴桂殿秋。
姮娥愿应遂，妆罢待神舟。

冷　暖

冷暖凭谁断，沉浮自古常。
荣名卑论俗，世态本难详。
入夏知风雨，临冬惯雪霜。
漂流舟一叶，管甚水茫茫。

适　意

鱼龙知适意，自向海天栖。
月冷鸿犹伴，花鲜蝶易迷。
野茶品风雨，人面笑高低。
叠浪参差是，焉能岱岳齐。

归　舟

正气充盈魔气收，昂然三载斗奸谋。
任它洋外风波恶，笑踏归程一叶舟。

秋夜拾得

一照曾牵万古愁，只今对影放歌讴。
江山依旧人非旧，岁月难留墨可留。
解惑翻书寻僻典，煎茶凑韵唱清秋。
恼它玉兔窥心事，为底无眠作夜游？

秋居闲咏

月夕阴晴天自知，管它圆整与分离。
对弹琴抱李绅赋，独酌花间太白诗。
莲瓣满塘风雨后，茶烟半榻老闲时。
尚余兴致敲文字，玉面窥帘莫笑痴。

辛丑月夕作

流水成波逐海涯，浮光漾影幻参差。
路连风雨归心累，身入江湖结梦迟。
惯对银蟾怀故里，每随红叶寄相思。
一年情绪方堆叠，又近茱萸插遍时。

　　刘君续，1948年1月生，中山市人，1965年起在斗门工作，喜欢写作，尤其擅长对联研究。退休前任珠海市斗门区博物馆馆长。

勇于担当育精英

——记老党员陈湛炳

封少珍

陈湛炳是斗门人熟悉的体育教练，1968年下乡到斗门公社的佛山知青，20世纪70年代招工到农机二厂当工人。

在工厂期间，他吃苦耐劳，积极上进，于1975年9月加入了中国共产党，并被提拔为副厂长。80年代，调入斗门县体委当乒乓球教练，一干就是几十年。由于业绩优秀，1994年被有关部门破格评审通过为"国家高级教练"。从此，他成了斗门知名的陈教练。

陈湛炳凭着一片丹心和敬业精神，多次获得省和国家颁发的"优秀教练""先进工作者""拔尖人才"等光荣称号。2002年国家体育总局特授予"中华人民共和国体育工作贡献奖称号"。

1983~1991年，陈湛炳曾先后6次被派任为广东省少年乒乓球领队和教练，他教的学生在参加全国和港澳比赛都获得好成绩。他几十年的教练生涯，写下了他人生中一曲动人的兵坛乐章。

陈湛炳对党忠诚，他对体育事业的拼搏精神缘于热爱；他用心启发教育孩子成才，全赖于自己的一片丹心。

在教育路上，他凭着自己丰富的经验细心观察去挖掘人才。

发现有潜力的学生，马上引发他们从小就要有不怕苦、不怕累、奋发拼搏、积极向上的精神。

在教练中，他每天都大汗淋漓地手把手教学生发球，重点训练学生在接球中要沉着应变，淡定进攻！用自己的真才真情寄望于有天分的学生，全心全意把精湛的球艺传到新一代运动员身上。他精心培育学生成才的精神令学生家长感动，令所有人赞叹！他把毕生精力放在体坛事业上，每一个故事都振动人心，也激励着一代人的成长。多年来，他把自己精心培育的一批又一批体育精英选拔和推荐送到省队和国家队。大家最熟悉的有李静和黄海城两位小将！

李静，1990年选入国家青年队；在1991年第二届全国城市运动会中获乒乓球男子单打亚军；1992年全国乒乓球锦标赛中获男子单打亚军；1993年选入国家一队。1996年3月9日在北京大学举行"CCTV杯"乒乓球擂台赛，中央台现场直播，李静以优异成绩19：21、21：18、21：19击败擂主世界冠军中国最佳削球手丁松。当时在中国球迷中掀起了一阵"李旋风"热潮。中央台也做了专题报道。李静的出色表现确立了国家队主为的后备位置。他的成功，浸透了陈教练多少汗水和心血！当时，陈湛炳非常高兴，他专门写了一篇题为《乒乓球运动员的心理训练》的论文。这篇论文选入《中国体育科技杂志》，并推荐到"国际奥委会"，成为"1996年亚特兰大奥运会科学大会"入选论文。陈湛炳被邀请赴美出席"1996年亚特兰大奥总会科学大会"。这是他执任教练生涯中取得最好的成绩。

陈湛炳牢记党的教导，全心全意培养接班人。他把自己全部精力投放到培养少年儿童身上。最令所有家长和学生感动的是，他宁愿牺牲自己的前途，也要让学生走上希望之路！他用自己的损失换取了青少年运动员的成功！

1990 年，广东省委选派陈湛炳出国外任乒乓球教练。当时，对一些出外"淘金者"来说确实是一个"名利双收，千载难逢"的大好机会。但是，陈教练首先考虑的是自己的学生还未定型，如果自己一走，对斗门的体育教学工作将是一大损失，经过反复的思想斗争，他最终选择了放弃出国任教，为了孩子们的成长，为了珠海斗门能出更多的体育英才，毅然坚持留守在斗门培养新人。就是因为他的坚持留守，使李静和黄海城等一批优秀运动员学生快速成长。这两名小将在 2000 年前多次代表珠海和广东省参加各级运动会比赛，每次都取得了优秀成绩。李静 2004 年代表香港特区参加雅典奥运，与队友一起以精湛的球艺和默契的配合，在比赛场上勇于拼搏，发挥出色，夺得了男子双打亚军；2006 年参加"多哈亚运会"，也获得乒乓球男子双打冠军。2014 年后，李静执教香港女子乒乓球队，为香港培养乒乓球人才。

另一位高徒是黄海城。1998 年从广东乒乓球队退役后留任广东女队教练，2000 年任主教练。他培育了刘诗雯等一批优秀乒乓球运动员并输送到国家队。2008 年北京奥运会后调到国家乒乓球女子二队任主教练兼教练组长，2017 年调到国家乒一队任教练。

"一分耕耘，一分收获！"李静和黄海城等一批精英的成长离不开陈教练的精心培育和辛勤的付出，这些小将如鲜艳夺目的花朵在祖国大地上绽放。

最令陈教练高兴的是，这些精英小将拼出了时代的精神，拼出了人生的精彩。他们在省、国家和世界大赛中都获得了好成绩。因为他们知道，要用最好的成绩来回报陈教练。当他们捧着金杯的那一刻，第一时间想到的是自己的恩师陈教练！他们用无比兴奋激动的泪花走到陈教练面前，把奖杯给陈教练分享。而陈教练每次看到自己的小将成功拿到好成绩的时候，看到在全场一片欢呼声、喝彩声和雄壮的国歌声中五星红旗冉冉升起的时候，他都激动到热泪盈眶，常常以一种独特的"父爱"紧紧地与小将们抱在一起……

陈湛炳与其他知青一样扎根斗门，成了珠海斗门人。他坚守这块热土，为培养青少年运动员继续贡献。退休后，他一直还担任着少年儿童乒乓球的启蒙和训练工作。他的夕阳仍闪耀着真善美的光环，体现了一个老共产党员和优秀教练的崇高品格，正是：

> 球艺高超育精英
> 培育小将不为名
> 众口皆碑陈教练
> 一片丹心献真情

金鼻童缘（外一首）

封少珍

> 辛勤笔耕起怪名
> 书画文篆样样精
> 儿童文学飘风絮
> 耐得寂寞数天星
>
> 斗门山水育精英
> 文学宝库传奇名

一生博览五车书
舞文弄墨写文明

围垦工人

20 世纪 60 年代
一群知青
从城里来到斗门白蕉六围尾
参加了斗门围海造田的水利工程
成了围垦工人
他们每天面对大海
在风口浪尖上
踏着茫茫的海滩
用木船运石头往海边填海筑基
筑成一条条长长的堤坝
进行大片大片的围滩
终于沧海变桑田

当年的围垦工人和知青
他们用自己的青春和汗水
筑造出一块块良田
大海潮涨潮落
他们每天承受各种困难的考验
在关键时刻
大家团结合作，战胜困难，排除危险
勇敢地接受各种困难和危险的挑战

他们每天到海边的山脚下搬运石头
经常会遇到天气变化
无情的大海风浪突卷而来时
知青集体扶持，用电船转移到安全地方
这一幕幕的经历
亲身体验了惊涛骇浪的可怕情景
由于长期泡在水里作业
男知青身患风湿骨痛病
女知青身患妇科病，风湿骨痛等多种疾病
极大影响了身体素质和生活素质
在那个贫穷落后的年代
他们在艰苦环境下磨炼成长

封少珍，女，广东省作家协会会员，1968年上山下乡当知青，70年代当过工人，1986年调到文化馆后开始业余文学创作。著有长篇小说《南国昙花白》、小说散文集《爱的抉择》《我走的路》、散文集《生命恋曲》等。先后在《人民文学》副刊、《中国作家》世纪论坛、《新生界》、广东省作家协会《千家写岭南》《羊城晚报》《珠海特区报》等省市级以上报刊发表作品，并获奖。其中：小说《爱的抉择》获1996年11月《中国作家》创作年会一等奖；长篇小说《南国昙花白》获2009年4月《中国作家》创作年会一等奖；散文《细嫂的木屐声》获2001年4月《中国作家》全国作品评比二等奖；散文《父亲的影子》获2003年6月《中国作家》世纪论坛全国作品评比一等奖。

回忆我的初中语文老师

区达权

我的语文老师伦海滨，是给我印象最深刻的老师之一。

20世纪60年代初，我就读于家乡的初级中学。伦老师担任我的语文课。毕业后，我到另一所中学读高中，从此很少见面。后我因工作之需提早结束学业，到新成立的斗门县当中学教师。记得有一次放暑假回老家，途中偶尔见到了伦老师。他一如过去的形象：一把黑色的旧雨伞，一条洗白了的宽脚短西裤，一双胶凉鞋。他头颅很大，早已谢顶，宽阔的前额闪着智慧的光亮。其时正值"文革"，师生关系失常，彼此寒暄几句，就又分手了。后来很少再见面。他退休后住在会城，有一次我出差到新会，顺便登门拜访过他。之后并非完全没有联系。十多年前，我调离斗门一中，转行到县里主编一份侨刊。广东是侨乡，兄弟县市办的侨刊乡讯常有交流，我曾经从来自家乡的《新会侨刊》中读到伦老师的大作，获悉他已是县政协委员和文史委员。于是给他寄去近两期的《斗门乡音》，向昔日的语文老师交上一份新的作业。想不到他很快就回了信（信封是用发黄的包装纸自制的），他写道："两本刊物我反复读过，深深感到你们的创新精神，从编辑到印刷处处现出一个新字，颇有特区气息"云云。当年，伦老师在全校老师中是以严格出名的。我不敢自认"高徒"，但说他是"严师"毫不夸张。因此，他的夸赞实在令我受宠若惊。

我学语文，最怕背古文，但是伦老师似乎偏爱古文。那时中学语文课本古文分量很重。他要求我们每篇古文都要熟读，名家名篇更要背得滚瓜烂熟。伦老师的抽查大都冲我而来。往往全篇文章只背漏一句，他就是不放过；稍一卡壳，他就把课本退回给你说："还要读，明天再背。"后来上了高中，古文更多，篇幅更长，但我的语文成绩在班里名列前茅，这应该感谢伦老师的严格要求，为我打下了良好的基础。

的确，伦海滨老师是个很严肃的人，但我还是感受过他的慈祥和温暖。有一次校外劳动，忽然下起了大雨，我的衣服被淋湿了，伦老师脱下他的外衣给我换了。平时他不苟言笑，但有好几次，当考试成绩公布，全班语文无人不及格时，他脸上就露出满意的笑容。他辅导学生复习应考最反对猜题，说那不是真功夫，常常用诸如"拔苗助长""掩耳盗铃"等寓言故事来教导我们不要投机取巧，而要踏踏实实地做人。他很少发表长篇大论，但喜欢用粉笔在黑板写上"学到用时方恨少""少壮不努力，老大徒悲伤"等格言。而他自己则常常通宵达旦地为我们编写教材和评改作业。

60年代初物质匮乏。国家号召"勤俭建国""勤俭办学"，伦老师身体力行，堪为师表。那时，母校（今新会陈瑞祺中学前身）迁址不久，校舍奇缺，师生寄住于公社大礼堂。我们男生住在二楼走廊，伦老师他们也同住一处，仅一板之隔。那时人们崇尚俭朴。满腹经纶的伦老师衣着朴实无华，同样深受学生爱戴。他喜欢穿唐装衫，有时也穿中山装。两个大衣袋不是装书本笔记本，就是收纳粉笔头，常常见他把散在讲台上的粉笔头，哪怕只有花生米般大小，也要捡起来装进口袋，上课时就掏出来板书，直至用手指把捏不住才放弃。他教导我们要珍惜劳动成果，"谁知盘中餐，粒粒皆辛苦"是他常常为我们吟诵的唐人诗句。伦老师和我们一起在学校食堂用膳，目睹有些学生乱抛剩饭乱泼开水的行为十分反感，可惜那些学生对他的批评教育不以为然。据说"文革"中有些学生以"红卫兵"自居，对伦老师以怨报德，无限上纲，无情打击，实在令人扼腕叹息。在离开母校二十多年之后，伦老师给我写过几封信，我才知道他一直在我的故乡任教小学附设初中的语文课。学校离县城十几里路，每次往返他都是以步当车。"文革"结束才调回县城中学，不久就退休了。当时上级意图让他继续教下去，但他感到风云莫测，终于告退了。然而，他是个闲不住的人，退休后，除被聘任业余教师之外，就一心写他喜欢写的文章。原来，20世纪40年代初日本侵华时期，伦老师就已在粤中任《四邑民国日报》记者。退休后重操旧业（指写作）了，几年间，他写下近20万字，主要是文史稿件，在北京、上海、广州、江门等地发表，家乡的报刊上也经常刊有他的文章。我想起曾在广州《羊城晚报》拜读过他的《飞遍寰宇火画扇》。看来，伦老师在地方文史研究方面别有专长，很有心得。当年，他是第一个实时实地采访日酋大角岑生在斗门黄杨山撞机丧生的战地记者，他当天采访，当天就发电话稿了。经披露后，澄清了误传，还原了历史真相。当年的记者生涯，他写有《战时记者生活杂记》，"算是我在大时代留点影子吧。"他对我说。

"退休后，心情好了，健康了。目前除在农校和中师函授班担任语文教学外，还替市政协编辑文史资料，兼做校对，算是为家乡做点好事吧……"他给我的信中这样写道。于是，伦老师当年的谆谆教导："要做个正直的人，做个对社会有益的人"又在我耳畔回响了。

这就是我所难忘的初中语文老师——伦海滨先生。当我翻阅他写给我的那些信，便想起了当年他在黑板前讲课的情景，不由得肃然起敬，就觉得应该为他写点文字了。

区达权，笔名司马达，1946年生。原为中学教师，后任公务员。广东省作家协会会员，中国楹联学会中华对联文化研究院研究员，珠海市斗门区文化人才库专家。作品见于《人民日报》《澳门日报》《羊城晚报》《粤海散文》等报刊，多次获全国征文、征联等级奖。楹联作品入选上海世博会展览，并为广州、上海、四川、山东、武汉的景区收藏。个人小传编入《中国楹联家大辞典》。

半路出家的茶文化学者

——张顺南的普洱情缘

何悦华

　　我，顺德师范毕业后，最早见到的外区同学好像就是张顺南。那还是九十年代初，他所在的中山民众搞了一个"岭南水乡"旅游景区，可能他与仲明同学一直有联系，比较熟的缘故，便约我们斗门几位同学到"岭南水乡"一游。

　　那天我们第一次见到这样的水乡特色文化展览，既亲切又新奇，这些都是孩童时代的记忆，而随着改革开放和社会的发展，这些水乡人曾经的生活用品和生活方式，也将随着历史的潮流而湮灭。印象特别深刻的，就是看水上婚嫁新郎新娘如何洞房的表演，还有就是"岭南水乡"牌匾是国画大师关山月题写的。

　　张同学那天很是热情，还请我们吃了一顿水乡农家饭，其中有一道菜是南瓜鸭，端上来的是一个全南瓜，打开南瓜盖，里面全是香喷喷的鸭肉。

　　至今想来，这不但是一段美好的回忆，更使我忽然醒悟，那时已隐隐显示张同学的性格和爱好，那就是对传统文化的热爱和热情好客，冥冥中为他后来对中国茶文化的情有独钟埋下了伏笔。

前些年，他的儿子结婚了，我们顺师的同学都被邀请参加了婚宴。婚宴就在他家里举行。这时我们才知道，张同学在镇上自建了一座六层高的住宅，每层大约有两百平方米那么大。由此知道顺南同学现在捞得风生水起，因而对他的创业史产生了兴趣。

后来我们慢慢了解到，张同学师范毕业后当上了老师，两年后成为校长。当了六年校长后，他毅然离开校园扛起锄头去耕蕉地。又两年后，入民众镇房地产公司工作，后来又调到镇城市投资建设公司任经理，再后来又调到镇水务局当了局长。就在前两年，他连这个局长都辞掉了。现在专职于茶业，而且已经开拓出了自己的一片天地。

可以看出，几十年来，张同学的职业是不断变更的。他为什么连校长、经理、局长都不干呢，个中原因不言而喻。因为每一次辞职而重新选择的职业，都更有利于他的发展。同时让我们明白，一个有本事的人，社会总能容纳他。懂得放弃，才会有更美好的开始。

近代思想家梁启超写过一篇《敬业与爱业》的名文，提倡人要专心于自己的事业。而人们往往理解为，人一旦从事某一工作，就永不能旁骛，必须从一而终，这是一种误解。而现实中，领导对要转行的下属，总是百般劝阻，表面是苦口婆心地劝人家安心工作，其内心里实际是希望别人留下来，成全自己的发展。一个人一生中只有一种职业最能发挥他的潜能，能让他活出最佳的人生状态。每个人都有自己的特性，而这种特性是很难改变的。因为每个人的特性是从父母的基因遗传下来的，而父母的基因是从各自的家族遗传下来的，各自的家族又是从原始的氏族经过几千年的进化而代代相传的。试问一个人一生短短几十年，又怎能改变这种遗传密码呢。

一个人很少有那么幸运，第一次从事的职业，便是他最合适的职业。一个人从事的职业做得不开心，或做得窝囊，如果有条件辞职，即辞职后还能开得上饭，那就应该辞职。因为你做得不开心，意味着你不适合从事这门职业，应寻找更适合你发展的职业；如果做得窝囊，就意味着制度不合理，那我们就应该以辞职来警示、促使立制者改变错误的制度，以促进社会的进步。张同学正是这样做的。

张顺南同学是如何走上茶业这条道路的，我对他的了解，源于近来对他的一次偶然的造访。那是中山小榄与火炬开发区联合举办了一个征文，作为评委之一，我被邀参加颁奖会暨创作交流会。在返程的路上，我们顺便拜访了我们斗门作协的老朋友，民众镇文联主席蒋振炎。而蒋主席与顺南又恰是老同事老朋友，说起来我们便一同去拜访我的这位老同学。

几年不见，张同学仿佛越来越年轻，越来越儒雅，五十多岁的人看不到一根白头发。他抱着孙子出来迎接我们，与我们一同上他家的五楼大厅茶座喝茶。他的茶座是精致的，煲开水的是一个镂有花纹的日本铁壶，茶几上有一个像烟盒大小的称茶叶的微称。他拿出一饼珍藏了十多年的普洱茶，用专业熟练的手法泡茶给我们喝。然后一边喝茶一边给我们讲起了他如何喜欢上茶业，以及他对现实生活中人们喝茶的看法。

张同学走上茶业这条路，也是源于一次偶然的机会。那是2005年的初春，他与朋友到朋友的朋友那里喝茶，那朋友的朋友是经营普洱茶的行家，席间谈到经营普洱茶的门道，认为只要自己喜欢有兴趣，谁都可以从事这一职业的。说者无意听者有心，没想到这一次喝茶竟让张同学爱上了茶业，尤其对普洱茶情有独钟，而且一干就是十多年。也许，他身上早已埋藏着茶文化的因子，只不过机缘巧合，朋友的一席话把他的这一文化基因激活而已。

鲁迅先生曾说过，大凡一个人专注于某一研究，只要有恒心，只需十来年，就可以成为一方之学者的。张同学当然可以成为茶文化的学者的，也可说是茶文化的博士——茶文化的博学之士。席间，他滔滔不绝地给我们谈普洱茶的历史，普洱茶的传奇故事，以及普洱茶的行情。因为我对茶道是门外汉，对他所谈的普洱茶典故，我没能记住多少，但总算知道了一些有关普洱茶的知识。

普洱茶与其他茶叶不同，它越陈久，其茶味就越纯越香。普洱茶其实是多种茶叶经过科学配伍，又经过特殊的工序秘制而成。普洱茶盛产于云南，已有几百年的历史。中华人民共和国成立之初，普洱茶只当作一种粗茶而流通，并不为人所重视。但经过岁月的沉淀，人们才逐渐发觉其珍贵，到了 20 世纪 80、90 年代，其价格不断上涨。若是二三十年前几百元买的普洱茶，如今已飙升至几十万元。若是上百年的普洱茶，则是无价之宝了，因此普洱茶又称古董茶。

如今的顺南同学，对普洱茶的品鉴和陈化都有丰富的经验和独到的见解。大益论坛还为他开辟了一个专栏，专谈普洱茶的陈化，他自己也身体力行地用自己的好仓库收藏了许多普洱茶。他常到全国各地考察茶叶的生产和流通的情况，他曾到作为世界茶叶发源地中心地带的普洱市，登上茶山，一睹茶树王的风采。他写的茶文化散文，融知识性与艺术性于一体，颇有余秋雨文化散文的味道，深受读者欢迎。由于他在茶业方面的突出贡献，2018 年 12 月，他被广东省茶叶流通协会评为"广东省茶辉煌四十年十大领军人物"。

其实张顺南同学的兴趣是广泛的，他对摄影、书画都有所涉猎。他的客厅里，有几幅不同类型的书画作品，都是有一定分量的名家之作。也许普洱茶是具有收藏价值的古董茶，他与收藏也沾上了边儿。我们谈到，黄宾虹的画生前送都没人要，如今他的一幅精品山水画能拍出一个亿的人民币。普洱茶收藏与书画收藏是一样的道理，眼光就是一种财富；不浮躁，耐得住寂寞才能获得将来的成功。

我们茶话尽兴后，便到所在五楼的阳台观望周围的景致。我们惊讶地发现，民众镇与大珠海相距何止百里，但我们却能望到珠海朦胧的山和茫茫的大海。我忽然有所感悟，人主要站在一定的高度，找对视角，就能看到远方美丽的风景。

在回程的路上，我的心情是愉快的。今次的中山之行不但是一次有意义的文学交流，更是一次有益的茶文化交流。而更重要的，是我终于明白，张顺南同学是怎样通过角色的转换，最终找到自己最佳的人生位置的。

岁月锁不住美丽的诗行

何悦华

这是一个美丽的爱情故事。当我在美丽斗门微信平台看完这个爱情故事，很是感慨，顿时就有言说的冲动。然而几天过去了，却不敢着一字，生怕自己粗陋的文字破坏了这个爱情故事的美好氛围。然而，也许是这故事引起了太多人的共鸣，留言区里的留言如泉水般涌现。看了留言区里一篇篇动情而美丽的评论，我受到了鞭策，尽管谈论这个爱情故事我还是有点心虚，也只好想到什么就说点什么。

这个爱情故事给我的感动首先是爱情本身的美好。我相信，无论人类社会如何发展，为人类的繁衍而萌发的本能的男女之爱，是永恒的，是神圣而美好的。20世纪末，电脑还未普及，更谈不上手机、微信，连打个电话都不容易。那个年代书信便成了青年男女交流，倾吐爱慕之情的时尚方式。这个故事里，女主人一个不经意的疏忽，匆忙中顺便把一本别人借还的夹有一封情信的书带到了老家乡下，返回时却遗落在老家了。期间奶奶也曾打电话跟她说起这书的事，她当时说送给侄子看算了。也许是奶奶疼爱她进而爱惜其物品吧，于是把书锁在一个抽屉里，这一锁就是二十年。

二十年后，当女主人再次回到老家乡下，找到那本书并发现那封情信时，竟因为伤感和愧疚而泪流满脸。虽然信末落款写了一个英文名，但她一时也想不起是谁，毕竟已经二十年了。当年朋友圈里跟她互相借书的人有许多个，当时那书是借书人经单位门卫还给她的，还书人没留下姓名。而写情信的男主人一直以为女主人收到了那封信，但对他并没有爱意，所以没回信。此后男主人再没有去惊扰他心爱的人儿，把这份爱默默地埋藏在心底。这是一个美丽而令人感伤的错误。

也许是上天并不忍心这美丽的情书就此埋没。在穿越了二十年的时光后，在2019年情人节这个特殊的日子里，这封美丽的情书通过美丽斗门微信平台重现人世，让我们再一次亲炙了那个年代爱情的纯真和美好。这尘封了二十年的情信，其信笺已微微有点发黄。情书的内容是一美妙的诗篇，那潇洒的书法，那表达着热切的倾慕之情的诗行，经过岁月的沉淀，更令人回味悠长。从其艺术性来说，这首诗文字之自然，结构之精巧，意象之优美，表情之深切，当可列入中国当代优秀诗作之列。一个刚毕业的年纪轻轻的大学青年，写出具有如此高水平的诗篇，显示了其惊人的创作才华。这使我想到了爱情力量的强大，爱情最能激发一个人的天赋和潜能。歌德二十岁左右在恋爱中写出了震惊世界的《少年维特之烦恼》，勃朗宁因爱情的力量战胜了二十年的瘫痪，人在昏迷状态时听到了爱人的呼唤，竟能热泪奔涌，奇迹般地苏醒。我想，若不是当年那情信如石沉大海，若他们两人能轰轰烈烈地爱一场，他一定会诗如泉涌，兴许中国当代又多了一个有名的诗人。

人活在世上，能找到自己心仪的另一半，是人生最大的幸事。然而人海茫茫，能与你相遇相识的人并不多，能相知相爱的人就更少。所谓"百年修得同船渡，千年修得共枕眠"。虽然说得有点缥缈，但人的姻缘确实来之不易。即使两个有缘走在一起的人，有的是他爱她，她却不爱他；有的是她爱他，他却不爱她。有的是彼此相爱，但由于种种原因最终不能结合在一起。而有的默默爱着对方，对方却不知道；有的虽有机会，有勇气向对方暗示或表白爱意，但对方却不会意甚至误会了对方的意思。假如两个惺惺相惜的灵魂，却因天意弄人，阴差阳错，因而让所爱擦身而过，失之交臂，最终不能交错于重叠的时空，就更令人唏嘘。就像美丽斗门微信平台所说的这个爱情故事，如果当初女主人看到这封信，说不定就会一诗定终身，成就一段美满的姻缘。因此，有缘结识的青年男女，而能两情相悦，最终开花结果的概率并不高。大多都是面对现实，最后成就了一段平凡的婚姻。

相识都是缘分，在人生的旅途中，要善待你遇到的每一个人，更应善待看得上你，喜欢你的人。虽然我们每个人都活在现世，都不能超越时代。但婚姻不是牢笼，婚姻之外，还应该另有一种美丽吧。我想，如果通过美丽斗门微信平台能找到当年写情书的男主，故事的女主人给他回一封信吧。二十年了，二十年是一个心理上的时间段，无论多么炽烈的爱恋还是什么心灵创伤，二十年的光阴已经足以淡化其情，消磨其痕。即使现在回一封信对双方来说已毫无意义，但对于人类文明的进步来说，却具有历史意义。因为这一迟到二十年的回信，见证了人类在公元二十一世纪，对爱情的尊重。

一株树也比一个人好

何悦华

"一株树也比一个人好"，这是何为的散文《音乐巨人贝多芬》里贝多芬说的一句话，第一次读到这句话，并不太在意，以为是作者富于想象力的一句话。后来发现，台湾女作家三毛也说过同样意思的话，她有一首歌词的题目就是"如果有来生，要做一棵树"。这才引起了我的注意和思考。

何为与贝多芬不是同一个世纪的人，他当然没有见过贝多芬。他写的散文应是根据史料和传说取材，以他的写作风格与当时的时代来看，他的散文是比较真实可信的。贝多芬逝世116年后三毛才出生，且活在不同的半球，然说出同样的话，想必他们有着相似的人生经历，这是从他们的人生体验中孕育出的声音吧。

尽管贝多芬是举世罕有的音乐天才，但命运多厄。爱情的失意，事业的蹇涩，世道的冷酷，让这位疾病缠身，创作了世间最壮丽乐章的音乐巨人，五十多岁时就在贫病交加中撒手人寰。一生与命运抗争，以"握住命运的喉咙"而震撼了全世界的人，却活得如此艰难。对于他来说，一株田野里的树，远离尘嚣，悠然地生长，人们可以看得见他崇高而美好的身姿，一株树当然活得比他好。

　　三毛是世间至真至纯的奇女子，少女时便受尽世人冷遇。长大后又屡遭婚恋之挫折与变故，经历过人世风霜雨雪的她身体也每况愈下。这位为了梦中的橄榄树，走遍万水千山的奇情女子，在心灵与肉体的痛苦困扰下，最终选择了离开人世，英年只有四十六岁。正是，寻寻觅觅梦一生，梦里的余温，抵不住世间的寒冷。对于三毛来说，活成一棵树那该多好。

　　贝多芬和三毛，这两位中外的名人，他们都说做一棵树也比一个人好，从他们的人生经历和著作来看，对这句话也就只能作这样的解析了。带着这句话的思考，在自己接下来的人生经历中，我对这句话似乎又有了更多更深的理解和体会。

　　有好几年，上班的我要赶十多公里的路程，中间还要转车，中转站就是井岸桥东的一棵大树下。班车并不准时，有时要等很长的时间。也许是平时太忙，也许是此情此景触发了我对现实对人生的思考。看着身旁的大树，我想，人世间实在有太多的不公与纷争，迷惘与劳累。如果像身旁这棵大树那该多好：一棵树只要深深地把根伸进泥土，默默地汲取养分，终能长成参天大树。人们能看到他的雄姿，感受他的绿荫，做一棵树是幸福的。

　　就在几年前，我要考车牌了。上午随驾校的车到了金鼎考场，但下午才考试。我于是躺在路边的石凳上假睡。我仰望着寥廓的天空，蓝蓝的天悠悠的白云；许久没有这样躺着仰望天空了，这种感觉似乎小孩子的时候有过。恍然间，旁边两棵高大的树木在高处相触相拥的形象一下子触动了我的情思。

这两棵树，几十年前，还是小树苗的时候，他们也就只能这样凝望着，他们庆幸有缘能这么近距离地生长着，同时也梦想着。随着岁月的流逝，他们慢慢长高长大了。他们的枝叶终于能够相触相亲，树冠能够相拥相偎，树根也能在地下相缠相交。他们一起迎接风雨，感受那风雨飘摇的酣畅淋漓的快乐。他们同时面对雷鸣霹雳，感受那激情燃烧的令人颤抖的欢愉。清风明月里，他们互相微笑致意；在骄阳似火时，他们相互遮阴鼓励。足下的土地，已属于他们的共同体。他们洒下金黄的落叶，纷纷扬扬地已分不清来自谁的枝。几十年的努力，他们终于拥有了彼此，他们终于能够幸福地在一起。

可人呀，号称地球上最高级的生灵，能自由地走动，有最微妙的语言和最丰富的情感。人与人之间的隔膜却是无法想象的，人与人之间的距离，是世上最遥远的距离。明明所爱就在眼前，却似乎远在天涯。几十年的梦想，所谓伊人，仍在水中央。美丽的逐梦，犹如夸父逐日，终被太阳的热力所煎熬。啊，我终于明白，夸父死后其手杖为什么要化为桃林？做一棵树那该多好！

我有时想，人是不是地球上最痛苦的生灵。就算做一只鸟儿也好，可以自由自在地翱翔；就算逐退残阳，也是一种英雄的模样。哪怕做一条鱼儿也好，可以在大海里自由自在地畅游，即使流了眼泪，也会融进浩瀚的海洋。但我还是愿意是一棵树，只要默默地努力地生长，便能拥有自己的幸福。

何悦华，男，1964年生，珠海市斗门区白蕉镇人。1983年毕业于顺德师范学校，长期从事教育工作。20 世纪 90 年代开始发表作品，至今在各种刊物或文学网站发表文学作品 200 多篇（首），优秀之作入编《中国散文大系》《中国非主流散文精选》《珠海经济特区三十年文学作品选》等多种选本。获奖作品若干，其中《爸爸的爱情》于 1998 年获首届吴伯箫散文奖，《破解鲁迅作品的言语密码》于 2015 年 5 月获首届林非散文奖最佳理论评论奖。个人信息录入《中国散文家大辞典》。现为珠海市文艺评论家协会会员、珠海市作家协会会员，斗门区作家协会副主席，《黄杨月》杂志编辑。

难忘师恩

黄少明

黄昏的夕阳，从窗外斜斜映照进来，一抹光影在我握笔的指缝间穿堂而过，洒落一地的挽留。

我突然前所未有地想念高中生涯中遇到的唐老师。

有些事情，一旦回忆起来便能渐渐清晰。唐老师是我的语文老师，名校毕业的她学识渊博、能知古论今，谈吐又有见地。

高一的时候，在唐老师指导下，我获得了校园征文比赛一等奖。我怀着激动而感恩的心情，给老师写了一张感谢卡。不过她并没有收，只是对我说了一句：应尽之责。

在她身上，我知道了人应该是把事做好，少说好听的话。

记得唐老师在课堂上曾经说过："有很多同学上课不认真，认为我教的毫无用处。但我还是要教，因为这些知识是好的，应该让你们知道。"所以每一节课她都是倾其所有，我们若有所得，她才会露出一丝浅笑。

真正的教者，会发挥人师之功，对学生孜孜不倦地施化。如启明灯般指导大家通过不可知的黑暗，抵达黎明。

但我还是让她失望了。获得征文一等奖的我莫名地骄傲起来，却不自知。有一次唐老师布置了一道作文题目，同学们都觉得非常难于下笔。我却用傲慢的口吻跟同学说："这很简单啊，我几分钟就写出来啦。"可没想到的是，我的表现被老师察觉到了。

唐老师让我放学后去办公室找她。当我兴冲冲地来到她面前时，只见她脸容严肃。她从桌子上拿出一沓草稿纸，连同一支笔递到我手上，淡淡地对我说："给你20分钟写一篇不少于八百字的作文，题目就写你的学校。"

我发愣地接过老师的草稿纸和笔，不懂缘由。我只能遵命而为，手握着笔，颤抖地一个字一个字写出来。冬天的黄昏，周围一片寂静，窗外一抹夕阳染红了半边天，金黄澄明的，总算给予了冬天一点暖意。

我一边沉思，一边转动手中的笔"沙沙沙"地写着，又不断在计算字数。手写着写着就有些僵了，身子从微微作冷到浑身颤抖着。我委屈地流下泪水，擦过泪水的手放到草稿纸上，纸上留有了我的泪痕。

20分钟后，我无法按要求完成。我胆怯地看着老师，她拿着红笔在我的草稿纸上开始涂改。她皮肤白皙，戴着一副无框眼镜，头发有些自然卷，干净利索的齐肩发丝，身穿一身白色连衣裙。那一刻我觉得她好美。

她看完我写的文字后，嘴角轻轻上扬。她把一只手搭在我肩膀上，说："你喜欢写作，就好好写，我看得出你有这方面的天赋。但你要记住我们做人如果轻易对自己满意，那么永远只能活于平庸之中。"

我竟然如此无知，我有什么资本骄傲？人在井中怎么能看到完整的天？为微小的成绩沾沾自喜，这根本是一种无价值的表现。

那时的我突然间如醍醐灌顶般清醒了。唐老师脸上也转阴为晴，看到我不停吞咽口水的动作，猜想我肯定饿坏了。她轻声唤了一声："来!"就拉起我的手，往校外一家面店走去。

唐老师给我买了一碗馄饨面，她自己却没有吃东西，只静静地坐在我的对面，看着我狼吞虎咽般吃着，笑了起来。

犹记得回校的时候，我望着天空，日暮渐浓，灯光闪耀，黑夜即将来临。但我心情无比欢畅，因为有片片星光在我的心中温暖荡漾。

难忘那没有完成的作文题，那碗馄饨面始终让我回味，更是难忘师恩!

麦田里的守望者

黄少明

如果可以的话，我愿意做那麦田里的守望者，用我的热情去守护着一份纯真，守候着一种淡美……

——题记

风吹起花瓣如同破碎的流年，笑容摇摇晃晃，像一朵潮湿隐约的云一样逐渐暗下去……方知成长是一场蜕变。

逝者如斯夫，时间不能回还。而我们所做过的事情，像是深深打下去的树桩，无法视而不见，也无法追寻。自己以为会一直念念不忘的东西，可偏偏就在念念不忘的过程中忘却了，除了无奈，更是落寞。

曾经以为我们还可以围在榕树下，面对面打趣着、笑着、闹着。可是年华流逝万物新，榕树已变茁壮，我们也不再懵懂；曾经以为我们还可以任那璀璨的烟花，放飞我们的积郁，可我们风干不了灵魂的喧哗，也风干不了内心的凌乱；曾经以为我们还可以珍藏着我们的纯真，不为岁月所抛，可那些纯真被我们像压岁钱一样藏了又藏，直到最后忘记藏在哪里，再也找不回来……

人大了，纯真就不见了吗？这个问题或许一直思忖下去，恐怕难免陷入思维失衡的境地。幸遇周国平先生的一文《守望的角度》，恍悟每个人的灵魂深处其实都潜藏着一种精神价值，这当然也包含着我们的纯真。

多年前曾看过塞林格的名作《麦田里的守望者》。小说的主人公是一个被学校开除的中学生，他貌似玩世不恭，厌倦现存生活平庸的一切，可他并非没有理想。当他的妹妹提问时，他只是淡淡地说了句"想当麦田里的守望者"。

他想象悬崖边有一大片麦田，有一大群孩子在麦田里玩耍，而他想做的就是站在悬崖边做个守望者，看紧着朝悬崖边乱跑的孩子，防止他们掉下悬崖。

现在想起来，我们又何尝不是那些在麦田里玩耍的孩子呢？麦田里有纯真，有童趣，有最纯美、最自然的一切。我们在不停地奔跑，不停地向前，生怕落后于他人，生怕找不到生活的归宿。我们毫无顾忌，可忽略了悬崖下充斥着的空虚和物欲，我们慢慢忘记了来路，直至找不到退路，渐渐迷失。

细细想来，像小说的主人公般做个麦田里的守望者又有何不妥呢！我不曾厌倦现实生活的平庸，我只是个在麦田里玩耍的孩子，也只想以自己的智慧去守望着自己灵魂深处的纯真，以自己的爱心去守望着与我一同在麦田里奔跑的伙伴。

可是又有一种声音在耳边响起：纯真只属于童年。如果这也算是一个定律的话，我们也就不难想象为何在《皇帝的新装》中，也只有一个孩童敢说出大人都视而不见的真相。可当大人们都在抱怨生活是一张千疮百孔的网，所有的纯真都已漏光时，他们却不知道纯真正躲在一个无人知晓的角落低吟浅唱。

确实随着年岁渐长，对于纯真，我们想得很多。面对着凡世的喧嚣和明亮，世俗的快乐和幸福，朦胧的世界，迷乱的双眼，我们又该如何不改初衷，守护着内心最真诚的纯真呢？

周国平先生如是说："守望者，虔诚地守护着我们心灵中那一块精神的园地，一直珍藏着我们所看重的人生最基本的精神价值。"在物欲横流的现代都市里，守望者怀着忧郁之心仰望天空，守卫土地。他们守的是我们安身立命的生命之土，望的是我们人生中最真诚的纯真……

如果可以的话，我也愿意去做这样的守望者，一辈子守在麦田里，守望着一份纯真，守候着一种淡美。深知繁华背后一切都是虚风，一切都只是捕影，不要以为成熟的到来便是纯真的离席，时间没有等我们，并不是纯真忘了带我们走。

家乡，是我们永远最眷恋的归宿

黄少明

青春仿佛就是一夜之间的事，站在成长的街角，还没来得及说声再见就已走远。年岁渐长，蓦然回首，许多事情都随着时间流逝。唯有对于家乡的味道，在我们的心里慢慢变得熟悉而顽固。

"从前的日色变得慢，车，马，邮件都慢……"时代在发展，人的脚步越走越快。但家乡就像是一个味觉定位系统，一头锁定了在外谋发展的我们，另一头则永远牵引着我们记忆深处的家乡。

从小到大，走得最多的路，那是回家的路。人大了，最想回去的路，也是回家的路。

我记得很多年前，下了公交那条回家的路是坑坑洼洼的，两旁杂草丛生。

谁能想到这条路摇身一变，就成了一条"网红"之路。坑坑洼洼的身子被披上了一层水泥新衣。小路一旁，绿树萦绕，枝繁叶茂。炎热的夏天，仿佛撑开了一把把绿色大伞，好给行人遮荫。

小路的另一边则是大片的农田。金秋时节，走在这里，长风略过尚未收割的稻田，望着一片金黄的、随风摇摆的稻穗，闻着稻花香，心情倍感舒畅。

遇到几个长辈，我停下来微笑问候，话还没多说几句，便突然会有一些果蔬塞到我手上："自己种的好吃，外面买不到的。"

我莫名地被感动到。我们的生活水平在不断提高，但很多老一辈的人还是喜欢忙于农田中。其实说到底，他们是不舍得离开土地，土地就是他们生命的依归。

如今人们丰衣足食，耕种似乎成了消遣。春季的时候，整片农田会种上油菜花、格桑花等等，花朵盛开之时，吸引大批游客驻足观赏。

曾经收到一条信息让我开心良久。"在你的家乡看花，太美了，小路的清新，让我看到了光明。"

我回复她说，你所看到的还不是全部。傍晚时分，老者担着锄头回家，古稀之年的老夫妻手拉着手在月光下漫步，四周偶有鸟蝉之声……

一盏盏穿梭于树木之中的路灯，就像一颗颗淡绿的葡萄，放着柔和诱人的光辉。曲直的小路，此时就如同一条闪闪发光的绸带，在灯光的指引下蔓延飘至前方。

在农田小河边长着一颗非常茂盛的杨桃树，偶尔看见了忍不住走过去瞧瞧。它的主人是一位70多岁的老奶奶。

我有一回跟老奶奶说："这杨桃开得真繁。"

老奶奶虽然上了年龄，可是依然显得健朗，看到她每日劳作不息。她朝我扬起手笑着说："不卖，你想吃，就自己去摘吧。"我看到她露出一排整齐的牙齿，倍感亲切。

后来每次经过，她都会问我："你去摘杨桃吃了没?"

老奶奶的淳朴，是植根于心底的。她生活在这个地方几十年，总带着如此作风做人。

我走的时候，微笑地对她说："你在家好好的。"她朝我扬扬手，又继续埋头于耕地之中。

以前总希望走出家门，在外面闯荡一番事业。后来用一张张的成绩单，来为自己打开另一个世界的大门。

出生在农村里，却从没下过田。小时候看到父母半个身子扎在田里插秧，只感觉很好玩。田里都是黑黑的泥浆，似乎还能在里面玩一把。一蹦跳入田里，瞬间泥浆就沾满全身，父母见了，不知是该生气还是好笑。

如今很多农田都被出租或承包出去，被专业耕作更多有用途的作物。父母多年来安心经营生意，家里已多年没有耕地。我偶

黄杨月作品集

尔还想着试试下田体验一番个中滋味，想来也是不再可能了。但是，家乡终归是获得了发展，村民生活水平得到了提高，这么一想，心情便觉愉悦起来。

有人说，人大了，就会念情。其实不然，滋生在我们心中对家乡的情，不管我们走多远，家乡永远会是我们最眷恋的归宿。

黄少明，笔名乐从心，珠海市斗门区作家协会会员，青年作家网签约作家，已出版散文合集《幸福的那些小事》和电子书长篇小说《花漾盛女》。

卖 牛

陈买信

父亲起床的声响把我弄醒。我见他戴上草帽，挎上个布袋子出门去了。我爬起床往窗外一望，天还没亮透，天上还有星星在闪。我奇怪，又不是农忙季节，父亲为啥起这么早？

我穿好衣服跑出门，看见父亲在自家牛棚牵了牛出来。

爹，这么早你牵牛去哪里？

赶场。

你要卖牛？

嗯，卖了才有钱给你妈做手术。过两天她就得要去住院呢。

母亲患腰椎骨质增生症几年了，折磨得她很痛苦，疼起来无法起床，像瘫痪了一样。前几天母亲的腰椎又疼了，父亲领她去看医生，医生建议要手术，费用要两万元。因为家里穷，钱不够，父亲又不想向别人借钱欠下债务，唯有卖牛了。

我跟在父亲身后，他呵斥我，跟来干什么？天还没亮透，快回屋睡！

我都睡醒了不睡了，我跟你去。

别跟来！天亮记得给你妈打水洗脸，早餐煮米粉她吃，她喜欢吃米粉。

姐在，姐会的了。

幸亏还没开学，母亲这段疼痛日子都是姐在悉心照顾。我顽皮地跟着父亲身后，他赶我不走，也就不赶了。

踏上去镇上的路，忽然牛不走了，哞一声回过头望。大概它知道不是去田地里头干活儿，而是去一个陌生地方，估计凶多吉少，不愿走了。

父亲举起手中小竹枝，往牛背打了几下，牛才无奈地又向前走。打牛时的啪啪两声响，仿佛打在我身上。我说，爹，别打它了，我牵着它走吧。父亲把牛绳给了我，我前头牵着，牛也就跟着我的脚步往前走。

这牛我们跟它是有感情的。记得分到田地的那年，父亲拿上家里有限的积蓄，跑到镇上牲口场，花了一千元买回一头小牛牯。我可乐了，我家也有牛了。我有空便牵它去吃草，还牵它去小河溪洗澡。这牛牯还是个少年牛没多大力气，父亲不忍心架它犁耙，悉心饲养一年后，父亲才教它犁耙。从此，它便和父亲风里来雨里去在田地里滚打，七八年了结下同甘共苦的情缘。父亲很疼爱它，犁田时从不鞭打它，还知道它的劳累，让它小憩会儿，牵它到河边吃吃草，然后再耕作。热天，牛棚很多蚊子，父亲放上两圈蚊香为它驱蚊，冬天还放上一盘炭火给它取暖，还时常喂些粥它吃。父亲知道，只有把牛饲养得肥壮有力气，才帮得上大忙。有了这头牛，父亲把自家田地耕得尽善尽美，还帮别人犁耙收点小费。这牛成了我家的宝。

今天，父亲忍痛要卖它，我真不舍啊！

到了镇上牲口场，天已大亮了。比我们来得早的人已牵了牲口进场，牛叫声羊叫声，猪叫声，鸡鹅鸭叫声，响成一片。

这是个新建的牲口场，规模很大，有二十多亩田面积，全是钢架铁皮搭建，坐落镇道旁边，交通十分方便。以前旧的牲口场在镇街里面，面积小，容纳不多牲口，不卫生有碍市容，交通不方便，经常堵车，后来分田到户，人们大力发展养殖业，牲口禽鸟一年比一年多，镇政府适应时代发展需求，在镇边田地上建了新的牲口市场。场地划分为牛一处，羊一处，猪一处，猫狗一处，禽鸟一处，按部就班，不得乱放。一头牛一个栏位，收费十元。

父亲买了个栏位把牛拴好，掏出烟丝卷了支纸烟抽起来。牛望着他焦躁不安，长哞一声，好像在说，这是啥地方？别把我拴这里，我要回去。父亲拍了一下它的头，抚了一下它的背，它才安静了下来。

有人送早餐来市场卖。父亲给了我四元钱，我买了四个大面包。吃面包时候，我趁父亲去了别的栏口看人家的牛，便走近牛去，撕了半块面包塞进它嘴里。它吃得香，尾巴一摇一摇的，头轻轻往我身上一挨，表示亲昵。若不是母亲等着钱做手术，我保准把它牵回家，不让爹卖！

人越来越多了，开始热闹起来。牲口贩也进场了。他们挨着就近的栏口看过来。他们这帮牲口贩子很精灵，先看了货，问了价，不还价，不急着拍板，要看全了再说。

有个贩子朝我们走来了，挂一个挎包，咬着香烟，很有礼貌，递我父亲一支烟说，老哥，抽支烟再谈。父亲说，不抽了，刚抽过，谢谢。

这牛是你的吗？

不是我的，我站在这里干吗？

父亲笑了笑，牛贩子也笑了笑。他走向牛，细心瞧了个遍，拍拍牛后臀，看了牛的牙齿，再看了牛蹄足。父亲轻问一声，咋样，不赖吧？

价多少？

父亲竖起一根手指。

今天牛市没这个价。近门口那栏的牛，不比你的差，开价才九千。你要这么高价，卖不出！父亲说，我刚抽空看了栏口的牛，没一栏比得上我的。我的牛少一分都不卖。贩子说，价由你开，看有没有人买。说罢，走向另一栏去了。

又来了个牛贩子，牛也不看，便问价钱，父亲仍竖起一根手指。来人没还价，也不说什么，转身又离开了。一连来了几个贩子，都没有买卖成。

父亲不焦急，又卷支纸烟抽起来。抽了一半，又来个贩子。他把一瓶喝完的矿泉水瓶掉在我身边，走进栏去看牛。看了一遍，问我父亲，多少价？父亲说，一万元。

少点行不行，九千。

硬价，少一个饼都不卖。

那你得牵回去了。

贩子又走了。我有点焦急起来，对父亲说，爹，怕是你要价高，说不定今天牛市没一万的价呢？

父亲说，怎么没有？我看过了，那头卖九千的牛，还没有咱牛肥壮！这帮贩子一个性，非压你价不可！真是买卖不同心。我不急，还早，牛贩子还在寻觅，遇上识货的，保准会买。

父亲说还早，其实不早了，恐怕有十点多钟了。猪羊鸡鸭栏那边，许多老板买卖成交了，一辆辆卡车开进来上车运走了，人也逐渐稀疏。牛栏这边，也有贩子买了牛，一头头牵走了，人也开始少了下来。再过把钟头，到十二点就要散场了，你卖不出去都要牵回家，管理市场人员要搞卫生，然后大门一关，又得要明天来赶场。

快到中午了，牛还没有卖出。我站在牛栏边，铁皮在阳光的炙烤下散发出火一样的热气，压逼下来，我的脸上沁满汗珠，父亲的衣背也有点湿了。他看见我脸上挂满汗珠，揶揄说，跟来干什么，活受罪。去，买矿泉水喝吧。父亲给了我二块钱，我跑去买，回来时见到有个人在看牛。一看，是那个给我父亲香烟的人。

老哥，要散场了，买牛的人都走了，我见你的牛还没卖出，才走来瞧瞧。怎么样，九千卖不卖？

九千要卖轮不到你了。

今天牛价都是九千八千七千的成交，你要死价谁买？你瞧，牛栏棚只剩你一头牛了！

我的牛全栏最肥壮，卖平了我心痛。硬价一万元，没得讲！不买，我就牵回去！父亲好像有点火气上了头，声音有些大，先前跟牛贩子洽谈时的那种细声软气形成鲜明的对比。也难怪，咱家的牛实在肥壮啊，父亲不甘愿把它平卖了！

爹，没一万元不要卖，牵回去吧！我要去解缰绳，那人说，老哥，我多添五百，要卖就卖，不卖拉倒，我走。爹来气说，不卖，没一万元休想买我的牛！

那人真走了。牲口场静了下来。举目望去，场子空空的，开箭射也箭不到一人。

散场了。有个管理人员朝我们走来说，老哥，还没成交呀？散场了，我们要搞卫生，你把牛牵回吧。

父亲好像不愿走似的，好像有点后悔一样，自语了一句，九千五，不差那五百，卖给他就好。唉，明天又得来一趟！

牛卖不出去，我好像有点幸灾乐祸，因为我舍不得把牛卖了啊！

回家路上，太阳很猛，晒得我脸热辣辣的，汗流浃背。父亲除下头上草帽给我戴，我没要，跑向路边一棵小树，折了一根长条树枝，弯成个圈儿，戴在头上，插满枝条。脸蛋不热辣了，还有丝丝凉的快感，父亲看着我笑。我赶着牛，牛尾巴一甩一甩的，一路愉快地回家。

回到家已晌午，姐和母亲早已吃饭了。见我回来问，你跑哪去了？我起床就没见你和爹，你们去了哪里？

赶场。爹要卖牛。没卖成赶回来了。爹说，明天还要去呢。

母亲听了，爬起来忍着疼想下床，姐扶着她不让下床，她躺床里冲爹说，你真去卖牛？不能卖啊！卖了，你就少了一臂之力，没牛，谁帮你犁田耙田？这牛不能卖！

不卖哪来钱给你做手术？

我宁愿不做，牛不能卖！

爹，别卖牛了，想想办法吧。姐望着父亲说。我也说，爹，向堂哥借点吧，堂哥人好，开得口，他一定会做到的。父亲说，你堂哥去了珠海，没留下地址电话，我去哪儿找他？别多说了，牛，我是决定要卖的。

分田地那年，堂哥就跑珠海做生意了。听说做海鲜，做得风生水起，几年下来买了车还买了楼房入了户，把父母接去一起生活。堂哥很少回来，除了中秋春节回来探探他大姐和我们，其余时间就很少回，也没留下地址电话我们，父亲若去珠海找他，无疑大海捞针哪容易找到。

姐说，堂哥大姐一定有他地址电话，我今晚去问堂姐，要来电话地址，爹，那你就要去找他啦。爹说，要到再说吧。

说堂哥，堂哥到。不知什么风把他吹回来了。他提着一袋水果走进来，见我母亲躺在床上，便关心问，婶，你咋啦？哪儿不舒服？姐说，妈腰椎骨质增生，疼死她了，要做手术钱不够，爹要卖牛，妈生气着呢！堂哥说，叔，牛不能卖，钱不够，我有。说罢从挎包里掏出一万元钱，递给我父亲手上说，叔，你拿去给婶看病。父亲没要，推回他说，不，你做生意用钱，我另想办法吧。堂哥硬把钱塞进我父亲手上说，你拿好，钱不够告诉我。堂哥从包里掏出一张名片，递给我父亲说，这有我地址电话，以往回来忘记给你了。父亲说，这钱就当借你的，待我有再还你，先谢了！堂哥说，不用还，这是我的心意，给婶治病的，婶身体健康，我比什么都高兴！姐说，哥，谢谢你！我说，谢谢你，哥！堂哥说，不用谢，咱们是一家人，理应帮助！

堂哥的情，堂哥的慷慨，我们一家很感激。

有了堂哥给的钱，父亲不卖牛了。

这一夜，我睡得很香很甜。

第一书记

陈买信

一条蜿蜒寂静的山路，穿林绕石，盘山越岭，通向日圪村。

一个青春焕发女子，和一个风华正茂的男子，正走在这条蜿蜒寂静的山路上。女子背个背囊，头戴一顶太阳帽，手里杵着一支爬山走路用的木棍。男子头戴一顶草帽，腰背一个背篓，装着一些日用生活品，手里也杵着一支爬山走路用的木棍。

早春的太阳挂在他们头顶，阳光并不怎么强烈，倒是山风一阵一阵吹来，夹着早春的寒凉吹扑他们身上，有些凉意。可他们却走出了汗，走得有些气喘有些累。

　　女子鹅蛋般漂亮的脸沁出了汗珠。她从背囊里取出毛巾抹了一把汗，见路边不远处有条山溪咚咚地流淌着，便跑过去掬起一捧往脸上洗了一把。她朝男子喊，老罗，这水多凉快呢，你也来洗把脸。老罗也洗了把脸。真凉快呀，那疲累好像被洗去了似的，他们杵着木棍精神抖擞地又往前走。

　　女子叫余秀华，今年 28 岁。她大学毕业来到社会，通过考核考到了公务员分配在县府工作。2013 年县府响应党号召，成立了扶贫工作队，她参加了和干部们走村下乡，不知走了多少山路，可没像今天走的山路如此难行，真把她累坏了。

　　他们爬过一个山岭又一个山岭，来到一个山坳。走下这个山坳山脚下便是日泥村了。

　　秀华吁了一口气说，终于到了。他们坐在一块石头歇了歇脚，老罗从背篓里取出矿泉水，递给秀华一瓶，秀华咕噜咕噜喝了半瓶。他们歇息了一阵，让山风吹干脸上汗珠，才站起身又迈开脚步向前走。走时不禁回头望了一眼，脚下的路全长至少有八公里，崎岖坎坷又窄又陡，可他们不知哪来的劲，只个把多钟头便把这山路甩在身后了。

　　他们今天到日坭村来干什么呢？哎呀喂，是要干一件光荣而又艰巨的工作，秀华来驻村当第一书记，协助老支书改变日坭村的贫穷面貌。老罗是镇的干部，领秀华来日坭村报到的。

　　日泥村虽然四面环山，山青树绿，有清清潺流的山溪水，还有四季开不败的山花，更有日夜欢鸣啼叫的小鸟，可掩饰不住贫穷啊，一片冷落萧条寒碜景象，让人不禁唏嘘喟叹。

秀华站立村前，望着这一景象，心里不免泛起酸楚的滋味，如刺梗在心头有点难受。来之前，她就听说日圪村怎样的穷怎烊的偏僻闭塞，此番见到，比她想象中的还要差啊！她不禁唏嘘一声，更觉自己肩上担子重了，更觉党赋予她莫大的责任与期望。

他们走进村。村前树头下坐着几个带孙子的老人。大家都用奇异的眼神望着他们，见秀华头戴太阳帽，背个背囊，一副清秀闺女模样，还以为她来走亲的呢。

秀华礼貌地问，大娘，村委会怎么走？有个阿婆领着她来到一座三间石屋并连的房子。这分明是农家舍呀却竟是村委会。房门开着，里面只有一个村干部坐在办公室。听了老罗的介绍，知道秀华是来驻村扶贫当第一书记的，高兴地给他们倒了一杯温开水，便连忙跑去把老支书叫了回来。

老支书叫张大年，黑红脸膛上爬着几道皱纹，鬓角上闪着缕缕银光，印满风雨沧桑的年轮，不年轻已花甲之年了。见到老罗领秀华到来很高兴，伸出粗糙的手握着秀华白嫩的手，连声说，欢迎，欢迎啊。你们爬山越岭一路走来，辛苦了！老罗说，我把秀华领到家了，今后她会协助你工作，我相信，她会把日圪村的贫穷帽子摘掉的。老支书说，感谢党给我们派来扶贫领头人，我真是日盼夜盼啊。然后把秀华从头到脚打量一番，见她白嫩嫩的，书生气的样子，不免生出疑虑：县上怎么派个女的来呢，她能有本事帮我们脱贫吗？秀华看出老支书神态，笑说，大叔，我虽是女的，也年轻，但我会和大家一起吃苦，和大家一起干。你不要把我看作书记哦，把我当是你们的闺女就行了。老支书哈哈笑说，好，好。我们可多个闺女了。老罗也笑说，她不仅是你们村的闺女，也是我们镇的闺女哩。

就这样，秀华在这个山村生活了下来。她没把自己当是第一

　　　　　黄杨月作品集

书记，而是把自己当成是日泥村的闺女。她没有官架子，虚心听取老支书意见，遇上啥事情都和干部们先商量才行事。她深入群众，每家每户有她拜访的足迹，有她嘘寒问暖的关心。她建档立卡，把每家的贫困情况建在档上，以便自己能更好地开展扶贫工作。她了解到也看到，这里的老人孩子身体状况特别差，有些孩子营养不良面黄肌瘦，有些老人因没钱看病，也因山高路陡走不出山去看病，只有胡乱吃些山草药，月久年长就把病拖成了痼疾，体弱瘦削憔悴，有的弯着腰背，有的犯上气喘，叫人甚是怜悯。秀华看到这状况眼睛都湿了。她跑回县上向县委反映这情况，得到县委重视派了一支几人的医疗队为日坭村民检查身体，有病的免费开药治疗。秀华还从自己积蓄里拿钱，给一些身体瘦弱的孩子买营养品，给一些特困老人买医保农保。他们感激啊，感激政府，感激党派来个好书记。

　　仅仅一两个月，秀华白净的皮肤给山村的太阳晒黑了，活像个农民了。因为她经常走动在田地里，有时帮助一些大爷大娘挖红苕挖土豆挑回家。还常和老支书察看田地里的庄稼。她看到日泥村很多田地荒芜了，荒芜原因是青壮年跑去打工，留守的大多是老人孩子，他们无法耕种才荒芜了。这田地肥沃呀，扦根筷子也能长芽。她很惋惜这荒芜的田地。她想，把这些田地留转承包，发展种植业，村里免一年地租，帮助他先脱贫。她把想法与老支书商量，老支书叹了一声说，种容易卖难啊！秀华，以前我们有搞过田地承包，那年好几个承包户，其中一个叫阿牛的种了三十多亩大玉姜，那年头大玉姜好价钱，他满怀希望，夫妻辛勤下把大玉姜管理得好好，可是收成时候把他们愁坏了，商贩无法把车开进来收购，摩托车也进不了村，阿牛只有动员村里人帮忙肩挑背篓，每百斤给回五十元挑费，这都不打紧，可肩挑背篓又能背走多少呢，加上天公不作美下了几天大雨，眼巴巴看着大玉姜烂在田地里，希望成泡影，阿牛伤心透了便跑城里去打工。从此没人承包种植了。秀华，就是因为没有一条走车的路，我们才如此贫穷啊！

这一晚秀华失眠了。老支书这悲沉的声音缭绕她耳边，痛着她的心。老支书说的是实话呀，村里没有一条能走车的路，即使种上瓜果种上大棚蔬菜都无法运出山去。只有路通才能财通，只有交通方便才能有发展前景。秀华深懂这个理。她恨不得生出三头六臂为日坭村开辟一条公路。可她不是神仙啊。

正当秀华无法施展计划犯愁时候，县里掀起修路热潮。因为县领导明白，只有路通才能财通，只有交通方便才能有发展前景。若要贫困村脱贫必须把路先修好。于是一条条公路修起来了，县道联结镇道，镇道通往村道，交通方便了，许多农作物源源不断运出山去运到城镇。

秀华看到希望抓住这时机跑回县上，向县委反映了日泥村贫困原因，希望能帮助日坭村修一条公路。这一反映和愿望得到县委重视，专门开了个会讨论日泥村修公路事宜。可是会上争论很激烈，有些干部持反对意见说，日泥村几十户人家为他们修路要花费很大资金，不值得！我们县是个贫困县，修路差不多把资金耗尽了，我们要把有限的资金发展其他事业上，不能为一个几十户人家的村子再耗一大笔资金。可也有干部支持说，日泥村虽小，但为他们修条能走车的路，能让他们早日摆脱贫穷，这正是我们精准扶贫要干的事情，值得！两种意见相持不下，为日泥村修路一事搁置了。秀华见到这情况很焦急，便对县委书记献上一计说，这样吧，既然有人反对有人赞同，我想，哪天有空，你带上他们来日泥村走一趟，开开眼界，再做定夺吧。县委书记轻拍她肩膀笑说，好，你这主意好。第二天，县委书记带着一行人，在秀华的领路下踏上了那条崎岖坎坷又陡又窄的山路。他们见到了日泥村的状况，持反对意见的人也改变初衷了。最后县委书记一锤定音说，同志们，习近平同志号召我们精准扶贫，打一场脱贫攻坚战，一个贫困村都不能落下，一个贫困户都不能掉。日泥村人行走困难情况我们要给予解决，这是我们带领人民群众奔小康义不容辞的责任。就这样，为日泥村修公路的方案确定下来了。

秀华把这好消息告诉村里人。大家都不相信摇头说，哪有这样好事呀，别逗我们开心了。不敢相信的事梦幻般成真了。几天后测量队来了，又几天后，日泥村的天空飞来一架直升机，在村前的田地上降下一台挖掘机。山村沸腾了，挖掘机日夜轰隆，奋战三个多月，神话般开辟了一条八公里长，能奔走大货车的硬底公路，呈现日泥村的山岭上。

日泥村人高兴啊！他们做梦也不敢想象，县真的为他们小小的村子建了公路，让他们从此不再走崎岖陡峭的山道。通车仪式那天，老支书握着县领导的手，代表村民感谢党，感谢秀华这个好书记。

有了公路，日泥村人便有了希望，秀华更有信心带领大家脱贫。她拟好一个计划，就是把村里田地集中使用留转承包，村里免一年地租。这计划得到老支书和干部们支持，于是一个土地留转承包种植的计划铺开了。

阿牛回来了。好几个青壮年都回来了。他们承包了田地，大展拳脚种瓜种菜种果。阿牛依然种大玉姜。这回他的大玉姜不愁卖了，商贩开着货车来到村里，把他的大玉姜收购运到城里去。

和阿牛一起回来的阿瓦，在家时喜欢种西瓜，因交通不便不敢种多只种一亩或几分地，瓜熟了夫妻俩用背篓把西瓜背到镇上卖，钱攒不多却累得够呛，后来没种地了跑城去打工。如今公路通到村子，他跑回来承包二十亩地，种上一个新品种叫"彩虹"西瓜。这西瓜很少人种，价钱比一般西瓜贵，也畅销。阿瓦没种过这品种但很有信心，在夫妻俩精心管理下，西瓜长得特别的茂盛，青青绿绿的藤叶把土壤覆盖得密不透风，如此长势旺盛的西瓜却只长藤叶不长瓜。阿瓦慌了找上秀华说，书记，我西瓜长得好好的就是不结瓜，不知什么原因，你找个农科人员来看看行吗？秀华急农户所急，立马就跑镇上请来农科人员来到阿瓦西瓜地。农科人员找出原因，原来这彩虹西瓜不耐肥，肥多了就一个劲长藤蔓不结瓜。这怎么办？还有瓜结吗？阿瓦焦急问，农科人员说，有，你别慌，幸好是结瓜期，若过十来天结瓜期过了，你这西瓜就白种了。在农科人员指导下，阿瓦把密集的藤蔓剪去，每棵瓜只留二支粗壮的蔓，几天后结出了很多瓜。收成那天，秀华又帮他联系到买家，小贩开着车来到村子把他的西瓜运走了。这一园西瓜卖了个好价钱，这收获比他在城里打工一年的工资还要多，阿瓦乐得笑弯了眼。摘瓜那天他送给秀华一个大西瓜，感谢秀华为他排忧解难。秀华把西瓜拿到村委会与大家一起分享。这西瓜黑乌乌的瓤却金黄色的，真像彩虹般漂亮，咬一口又沙又甜。

　　在秀华的努力下，日泥村开始焕发出生机，有起色了。但这只是一个起点，日泥村要真正脱贫只靠种植还不够，必须要有养殖。于是秀华又和老支书商量，发展养殖业，鼓励村民养牛养羊养猪养鸡，有意向养的村里给予场地。有好几户人想养，但苦于没钱买种苗。秀华便又奔波镇上反映情况，得到镇委支持联系银行给予贴息贷款，解决了资金问题。秀华又找上老罗，要他协同帮助解决了种苗。于是，阿巴大爷养了五头黄牛，阿旺大叔养了二十只山羊，阿菊大娘养了十头猪，阿彩大嫂养了百多只鸡，阿朗包了十亩地挖了鱼塘，塘里还养了鹅。

仅仅两年日坯村便出现一番可喜景象。但最喜人的是日泥村建了一间矿泉水厂。要说建这个厂得要感谢秀华哩。

说来话长。自从秀华来日坯村当驻村第一书记那天起，睡的是村委会的石头房，吃的是搭食阿甫大娘家。阿甫大娘很贫穷，中年时候就没有老伴了，只有一个儿子，因为穷儿子三十多岁还没有老婆，后来有人给介绍个疯女人才成了家。这也好，疯女人生了个儿子总算传了代，阿甫大娘也算是落下一块心头石。可没想到，疯女人生下儿子才两年便跑出山外面游荡，不幸跌落一条河淹死了。此后阿甫大娘的儿子便跑城去打工。阿甫大娘守护孙子在家，靠儿子的打工钱维持生活。秀华在她家搭食，见她贫穷，每月都给她千元伙食费。阿甫大娘过意不去，想给秀华吃上好的菜，时常托人跑镇上买回大块猪肉腌制好挂在厨梁上熏干，跑山上去挖回竹笋炒熏肉秀华吃。秀华劝她说，大娘，我不是大家闺秀，我也是农村出生吃过苦的人，以后你吃什么我也吃什么就行，别跑山上挖竹笋啊。大娘就是不听，好几次偷偷跑山上去。秀华不放心，因为大娘上年纪了，山上蛇虫鼠蚁多，万一出个啥事儿怎是好？于是秀华便陪同她去。来到山上挖了十多斤山竹笋，下山时秀华忽然看到一口山泉，泉水汹涌地往上喷，漫过一排石头流淌成一条小溪，然后叮咚地汇入山坑水去。秀华跑过去喝了一口，真清甜的山泉水啊！她顿生了个萌想：如果有人来投资，他出资金办厂，我们提供泉水，利润两分成，那该多好啊。她把这想法对老支书说了，老支书高兴说，秀华，你想办法联系，看你的啦。于是，石屋里的昏黄灯光下，秀华在电脑里找到县上农商网发出一条征招办厂消息。消息发出有老板来了。秀华和老支书领着他察看了那口山泉。老板见到汹涌翻滚的山泉，又见到汩汩流淌的山溪水，便有意向在这里建一间矿泉水厂。

矿泉水厂建起来了，村里出外打工的人回来了，他们成了矿泉水厂工人，每月领到二千五百元工资，多高兴啊。有了矿泉水厂，日泥村如雏鸟长起大翅膀飞得更高了，村子有了收入可以发展更多的事业。人们生活踏实了，脸上流露着笑容。

三年过去了，日坭村换了新装。村委会那石头屋拆了建了一座红砖二层楼房，还建了间文化室，开辟个小广场，种上树木花草，多美啊。

村里那些坭巴石头墙屋减少了，种植户养殖户攒到了钱相继建起了新房子，一座座红砖楼房耸了起来。车也多了，有人买了小货车、机动三轮车、摩托车，奔驰在山间公路上。

村民有了收入购买力强了，有小贩开着摩托车载着猪肉来村摆卖，有人在村头开了个小卖部，还有人在村头搭起帐篷摆卖瓜菜水果，阿朗每天都会捕捞几十斤塘鱼摆在村头树下吆喝。日泥村有了小小的市场，人们不再爬山越岭去买猪肉了，一切都好起来了。

仅仅三年时间，日泥村便脱了贫。秀华还没驻村的时候，即是 2014 年，日泥村民人均年收入仅有 1168 元。2015 年秀华来了后，三年的艰苦工作精准扶贫下，即是 2018 年，日泥村民人均年收入竟达 15818 元。村集体经济收入超过 100 万元。这是个翻天覆地的变化啊！日泥人做梦也想不到的变化啊！

过去因为穷，日泥村的青年难讨到老婆。有首歌谣这样唱道：有女莫嫁日泥人，吃红苕食腌菜喝稀粥，媳妇来了都得跑。听着多么伤心啊，那贫穷状况可想而知。如今山村变了，村民富了，外面金凤凰飞来了，20名大龄青年如愿脱单，先后组建了自己爱巢。

秀华看着这一切，脸上荡漾着笑容，深深为他们高兴。三年，党委任她当驻村第一书记任期只三年，这一光荣而又艰巨的扶贫工作她完满完成了，理应回到县里，回到父亲身边，好好陪伴年迈体弱的父亲，可她却要求多驻村一年，要看到日泥村真正脱贫，看到日泥村多建些新房子才离开。

秀华埋头扶贫工作，除了清明、端午、中秋、春节，便很少回家，只有一次回县上汇报工作才顺便回了一趟家。四年里，日泥村真正脱贫了，呈现一片新景象。一座座新房子建起来，往日那些矮小破烂的坭巴墙石头墙消失了；那条公路奔驰着大货车，把日泥村民种的蔬菜瓜果，养的牛羊猪鸡源源不断运往山外去；村里安装了自来水，人们不用跑山溪挑水了；村里建了个卫生院，两名医生护士为村民服务，村民有头晕感冒咳嗽，不用跑山外面看医生了；村子里还有了小学校，一个本村青年给十多个孩子上课，孩子们不用爬山越岭去上学了，琅琅读书声洋溢着日泥村的天空。一切都改变了！一切都美好起来了！

四年里，秀华没有辜负党的期望，一心扑在扶贫路上，实施党的好政策，发挥自己的聪明才智，把个贫困的日泥村彻彻底底改了个模样，一个新的日泥村呈现人们眼前。

2019年冬天，秀华要离开了，满怀开心高兴地离开，满怀依依不舍的情怀离开。

送别的人们像送别自己的亲人，个个依依不舍满含热泪。特别是阿甫大娘，那双老花眼睛涌出的热泪擦了又擦，不舍地说，秀华闺女呀，俺真舍不得你走，你有空常回来看看大娘俺啊。还有老支书，握着秀华的手久久不愿松开，一声声地亲切呢喃，秀华，你是咱村的闺女，要多回来看看啊。

秀华立在小车门前，久久不舍离开。她挥手向大家致别说，乡亲们，我不会忘记大家，我是日泥村的闺女，我会常回家看望大伙的。

我是日泥村的闺女，我会常回家看望大伙的。这声音带着无限的真挚依恋，融和着深厚朴质的情谊，如一缕缕春风荡漾着日坭村的山空，吹扑进日泥村每个人的心窝里。

小车徐徐地离开了，载着秀华，载着这个驻村第一书记，奔赴新的工作岗位。

陈买信，笔名阿信。广东省珠海市作家协会会员，珠海市斗门区作家协会会员。热爱文学，喜欢看书听音乐，喜欢田园，喜欢大海，喜欢拾掇生活的花絮点缀成文字。相信文字，会给人多种的可能。

又见明月

李　静

　　不知不觉，秋天已至，连日的酷热闷得人无法在室外逗留，空调整天整宿地开着，没有半点秋日的清凉。珠海进入农历八月，依然天天 30 多度，发布黄色高温预警，这儿哪里有什么秋天，只是夏天的加长版罢了。算了，我还是放弃理论上的秋凉吧。

　　今年的中秋假期是在农历八月十三开始的，热仍然是这个海边城市的主旋律。一大早万里无云，艳阳高照，蓝天碧海，热浪逼人。到了下午，乌云集结起来，从海向岸边的小山涌了过来。云脚越压越低，压过了山顶，似乎压到海面，终于一道道闪电带着一声声响雷，噼噼啪啪，一场夹杂着海水味道的暴雨倾盆而下。窗外的雨有力地砸在被太阳烤热的广场上，水花四溅，地面上似乎升起有一股热腾腾的烟。

　　这场豪雨从下午四点一直下到晚上，时歇时猛，沥沥淅淅，雷声时不时来凑个热闹。到了晚上，雨水稍停时，月亮竟从乌云边探出半张脸，皎洁的月色给乌云滚上了一道金边银边，月亮随着雨势在乌云间穿行，时隐时现。这样的雨夜，到海边赏月是不可能的了，但愿明天、后天能有一个晴明的晚上。

八月十四的朋友圈已迫不及待在晒月亮，各种场景下的明月美照占据了手机屏幕，有明月照山峰的，有明月探高楼的，还有明月照江河……原来十四的月亮已美出天际，想来十五的月亮更值得期待。我第一次在海边过中秋节，想起"海上生明月，天涯共此时"神往不已，不知中秋时分的海上明月会有一番怎样的美。

八月十五那天天色晴朗，料想会是一个赏月的良宵。傍晚7点，天刚暗下来，我和家人赶赴一望无际的大海边。一轮圆月已跃出海面，刚刚爬上了霓虹闪闪的港珠澳大桥，桥上那点点霓虹如珍珠般闪着，就像一串撒在海面上的项链，与天空那大如圆盘的明玉互相辉映。"小时不识月，呼作白玉盘。又疑瑶台镜，飞在青云端。"果然如此，此刻的月亮，那么大，那么圆，那么亮，质感又那么温润，如玉般瑕瑜互见。月光柔和，照得那一片海泛着金黄色的涟漪，一层层涌向岸边，轻轻触碰岸边的礁石，翻起波浪，瞬间散开重归大海。我倚在石栏边，微凉的海风吹来，月光踏着波浪带着海水的新鲜气息，把最美的月色送给我们这些来海边赏月的人。

月上中天，比刚出海面时更亮，月华如水，柔和的光散在海面上，美得炫目。天空时有白云飘过，遇上月亮则成彩云，原来这就是传说中的彩云追月！珠海的情侣路很长，沿着海岸线蜿蜒几十公里，依着路边海旁修的公园都是赏月的好地方。城里的人陆陆续续出来了。海边赏月的人越来越多，一家家老老小小带着小凳子和应节食物来到海边公园的草地上，铺开一张塑料垫，水果、月饼之类的应节食物陈列着，摆上一两个灯笼，一家人围着坐下来。现在的灯笼可不是点蜡烛的传统灯笼，而是用电池点亮灯珠的新型灯笼。有的孩子手里拿着各种卡通人物造型的灯笼，在草坪上游玩。

城里的人赏月比较安静，椰树下，草地上，三三两两，一家子围在一起，低声细语的，草地上的灯笼越来越多，星星点点的，并没有太多的喧闹声，只听见海浪轻拍礁石哗啦作响，那该是大海的歌声吧。海边不少人架着长枪短炮，或拿着手机在拍月亮与大海与大桥。对面那边的澳门高楼林立，灯火闪烁。远处的港珠澳大桥变幻着各色的霓虹，情侣路边上的海景酒店、住宅大厦也亮起了彩灯，给珠海的夜色增添了节日的气氛。

在我眼里，这些人间的彩灯怎么也美不过天上的明月。月到中秋分外圆，海天一色，波光粼粼，月华随波浪荡漾，荡进人的心里。很多年前在大学过的第一个中秋节从遥远的记忆中秒回眼前。那时还没有中秋假期，晚上放学后，同学们来到学校的草坪上赏月，月亮已翻过高楼，爬上天空，也有皓月千里之感，银色的月光笼罩整个校园。

在校园里没有买到灯笼，我们就地取材，在红塑料水桶里放一支电筒，远看也如红灯笼般，散着红晕的光，映着同学们青春的脸庞，喜气洋洋的。宽广的草坪上，大多数人以宿舍为单位聚在一起过中秋，到处都是这样的红水桶灯笼，也别有一番风景。赏月的食物是大家凑的，各式月饼，各样水果，集中起来放在一块塑料布上，大家席地而坐，吃吃说说笑笑，开心的时候还唱起歌来，"你问我爱你有多深，我爱你有几分……月亮代表我的心"，一曲《月亮代表我的心》唱响青春洋溢的年华。那是第一次离开家和同学一起过的中秋，说过些什么话早已忘了，只记得那夜的月光，那夜的灯笼，那夜的歌声，那夜的月饼，还有那夜一起赏月的人。

那夜一起在校园草坪上赏月的人可好？我们好久不曾联系，明月何曾是两乡？我们此刻看到的还是同一轮月亮。随手拍一个海上明月的小视频发朋友圈，送一段中秋祝福，但愿人长久，千里共婵娟。

沿着红色的足迹继续前行

李　静

100 年前 7 月份的上海与今天一样，进入夏季热浪逼人，街上的梧桐树被太阳烤得耷拉叶子，静静地矗立着，期待下一场大雨缓解一下这盛夏的炎热。

1921 年 7 月 23 日这天，10 多个行色匆匆的客人陆续来到黄浦区法租界沿街一栋石库门灰色小楼，他们当中 13 人是来自全国各地的代表，代表着全国 50 多名党员，还有 2 名来自共产国际代表，在这栋小楼里秘密召开全国党员第一次代表大会。一周后，他们被巡捕房密探发现，为了躲避敌人的追捕，分批转移到浙江嘉兴南湖一艘画舫上完成了这次会议的全部议程，通过了中国共产党第一个纲领，设立中央局，确定党的名称为"中国共产党"，宣告中国共产党正式成立！这次会议就是党史上著名的中共一大会议！这栋两层小楼在上海兴业路 76 号，是我党红色的起点。

那年暑假，我带着刚上高中的孩子来到上海旅游，专程参观中共一大会址。7 月的上海，烈日当空，太阳晒得柏油马路热辣辣的，我们通过手机导航，骑着共享单车，在一片旧建筑密集的街区黄陂南路找到了这栋小楼。在一条不起眼的小街边，有一排翻修过的石库门建筑，第一栋就是中共一大会址，当时是一大代表李汉俊家的房子。这是上海典型石库门式样建筑，外墙青砖为主，墙身用红砖贴了三道杠，门楣有上部有拱形暗红色雕花，门框用米黄色石条贴成，黑漆大门上有铜环，一楼一底，砖木结构。

我们进去大厅见到有革命先辈的塑像、浮雕，以及文字介绍。到二楼陈列室参观，听讲解员讲述这段光辉的历史，并参观陈列品、图片，墙上挂着 13 位代表的照片，来自上海的李达、李汉俊，北京的张国焘、刘仁静，武汉的董必武、陈潭秋，长沙的毛泽东、何叔衡，广州的陈公博，济南的王尽美、邓恩铭，旅日的周佛海。最早在中国传播马克思主义、中国共产主义运动先驱陈独秀、李大钊的照片也在其中，他们由于事务繁忙，未能亲自到上海参加会议，陈独秀派了包惠僧代表他参会。我们观看了中国新民主主义革命以来的纪录片，纪录片以录像、照片、油画等形式展现了中国百年来革命征程，先辈们为建立新中国、建设新中国而浴血奋战，忘我拼搏，令人为之震撼。

我看到这些画面，重温党史，忍不住泪流满面。我也是中共党员，生在和平年代，长在红旗下，没有经历先辈们的艰辛，深深地被他们大无畏精神所感动，他们以实现共产主义为终身奋斗目标前赴后继，奋斗不息。这就是信仰的力量！我想起入党时举起右手庄严宣誓，心里激动，便带着孩子们去入党誓词牌前站好，朗读誓词，并告诉他们中国共产党是伟大的党，每个党员以实际行动践行入党誓言，一生牢记使命。我们不能忘记党恩，没有共产党，就没有新中国。从展厅出来，穿过中间的天井，走进右边房子，这就是当年开会的地方，楼下厅里放着一张长方形桌子，放着10多张凳子，1921年7月23日到30日就在那儿召开我党第一次全国大会。看到这里一桌一椅，一灯一盏，我们仿佛看到当时代表们热烈的讨论，为中国革命未来的走向，为中华民族的未来提出宝贵的建议。

来到上海参观中共一大会址是孩子提出的，她本着学习历史的态度而来，这样直观地学习党史，了解革命前辈的光辉事迹，明白今天的幸福生活来之不易，不禁肃然起敬，自言自语地背诵起毛主席的《七律长征》："红军不怕远征难，万水千山只等闲。五岭逶迤腾细浪，乌蒙磅礴走泥丸。金沙水拍云崖暖，大渡桥横铁索寒。更喜岷山千里雪，三军过后尽开颜。"

我们党从100年前上海那栋小楼出发，团结带领全国人民浴血奋战，艰苦奋斗，打败了日本侵略者，推翻压迫中国人民的帝国主义、封建主义、官僚主义三座大山，建立新中国；新中国成立以来，在中国共产党的领导下，与全国人民打赢一场场硬仗、翻身仗，全面建成小康社会取得伟大历史性成就，打赢脱贫攻坚战，建设新时代中国特色社会主义，实现了第一个百年奋斗目标。

今天，我们重温党史，回顾红色起点，不忘记走过的路，不能忘记为什么出发，才能行稳致远，为实现下一个百年目标继续前行。

李静，女，广东斗门人，中共党员，从事初中语文教学，现任珠海市斗门区作协副秘书长。

凤凰诗会，弘扬曼殊遗风

黄亮文

10 月 16 日是重阳节后的第一个周末，珠海曼殊诗社举行追庆重阳的诗友雅聚。我作为"编外"诗友，获邀忝列盛会。

曾经以为我参加这次附庸风雅活动的任务，只是凑人数而已。我不相信生活中还会有人胸怀"登高临远，挥斥方遒"的书生意气。事实上，这场散发着"曼殊遗风"的凤凰诗会，让我惊喜连连。

秉承重阳登高的传统，这次诗会选择在凤凰山上的瞭望亭举办。一帮诗友你挑着（矿泉）水，我担着凳，从凤凰山的白沙岭公园拾级而上。一公里左右的山路，对于长困水泥森林的我而言，小有吃力之感。而看到白发苍苍的诗友们，均兴致盎然地健步攀登，这种对诗词文化的钟爱情怀，令我肃然起敬。

到达瞭望亭后，有二十分钟左右的自由活动时间。素未谋面的诗友互加微信，熟络无间的诗友则寒暄叙旧。我与几位"编外"诗友则趁机俯瞰浪漫之城的美丽风光，远眺大镜山水库的妩媚丰姿。

诗会首先由珠海市香洲区作协主席唐晓虹致欢迎词，并依次介绍到会的珠海诗坛名家。唐主席原是珠海两报的著名编辑，我年轻时曾给唐主席投过不少稿件。但是，直到今天才有幸首次面晤，亲聆教诲。

在精彩的古筝助兴表演后，便是这次诗会的核心环节：朗诵。

有诗友朗诵经典名著，神交千百年前的先贤名家。有诗友品读著名诗章，重温当代文坛的华丽篇章。有诗友吟唱自己的得意旧作，以抑扬顿挫的诗句直抒胸臆。有诗友则即兴赋诗吟读，展示自己敢与曹植媲美的八斗诗才。

瞭望亭前，不时会有登高的市民驻足欣赏我们这群纵情吟诵的"老顽童"们。两位十七小学的学生和一位南屏中学的女学生，也在诗友们的鼓励下登台朗诵经典诗词。过路的小同学对于经典名篇也可以随口吟诵，令诗友们的兴致更加勃发。

期间，本次诗会特邀"小诗友"，已故珠海籍中国儿童文学泰斗邝金鼻的孙子邝子轩现场朗读了邝老的多篇经典名作，让珠海本土文坛的迁客骚人们缅怀名宿，思绪万千。

朗诵活动的高潮因为马毅钢老师雄浑亢丽、铿锵激昂的毛泽东诗词朗诵而推向高潮。中国人向来内敛，马老师的激情献艺，瞬间点燃了诗友们"献诵"的小宇宙。一个多小时的主题朗读活动，诗友们轮番上阵，始终没有冷场。

我，没有作任何准备，也被推上了表演台。原以为自己还可以对《岳阳楼记》倒背如流，岂料，岁月不饶人，背到"商旅不行，樯倾楫摧"时，就卡壳了。幸好有"度娘"相助，才免了半道下台的尴尬。

在浮躁的世风中，能够遇到这样一群有情怀的诗友，登高临远而纵情吟唱，以诗文的魅力，绕梁的音韵，弘扬曼殊遗风，传承诗词文化，实在是人生之大幸。

欣闻诗友安地从即日起担任珠海曼殊诗社执行社长，我当即对安兄说："明年若邀，我必应约。"

"鬼才"邝金鼻随忆

黄亮文

珠海市目前最知名的本土作家是谁？我想，邝金鼻应该是众望所归的唯一。在珠海文化界不认识邝金鼻，相当于踢足球的人不认识马拉多纳。

邝老的思想特立独行，无酒不欢，在工作与生活中难免会有人不理解。但是，在文化艺术领域上，他是公认的"鬼才"。这位既博且精的艺坛多面手，涉猎面之广泛令人叹为观止，被誉为百年难得一见的奇才。

从国庆长假开始，斗门区兆珍博物馆开设《邝金鼻文学艺术展》。严格而言，笔者只是邝老的一名粉丝，现实生活中并不认识。但一直视邝老为偶像的我，获悉后便迫不及待地前往参观。

2020年8月15日，我参加了纪念邝老逝世十周年的官方活动。不过，那次活动的规格虽然很高，但有价值的展品甚少。而这次展出的展品，不仅以文字和图片再现邝老在不同领域上的艺术成就，还展出了大量邝老的文学手稿、书画真迹，堪称是邝老在艺术高岭上一次"群峰竞秀"的集中展示。展橱中一张"金鼻荣誉"列表，与奖杯、奖座、奖状交相辉映，让观众可以从中管窥邝老在不同领域上的杰出贡献。

在寓言领域，邝老是国家级大师。其名作《长颈鹿与上帝》被翻译成多种外国文字出版。历经几十年风雨，这则寓言对现实生活仍有着深刻的启迪意义。

邝老重塑的维吾尔族智者阿凡提，对60后与70后影响深远。从某种意义上讲，我属于读着阿凡提故事长大的小字辈。展品中，一份2014年的红头文件显示，在中国寓言文学研究会成立三十周年的庆典上，邝老与国学大师季羡林等12位寓言名家一起，荣获国家级的终身成就奖。

在儿童文学领域，邝老被誉为中国儿童文学上的一面旗帜。其名著《白藤仙子》在我读书的那个年代，是富具斗门本土特色的经典读物。邝老的另一篇名作《蘑菇该奖给谁?》，曾入选2001人教版小学教科书。这是斗门乃至珠海迄今唯一荣录教科书的文学作品。

也许有人会以为，儿童文学是含金量最低的文学体裁。其实，对成年人而言，儿童文学的创作难就难在要将天马行空的构思，跨越巨大的年龄代沟，以儿童的思维模式，写出儿童喜闻乐见的情节与故事。

在漫画领域，邝老是业界翘楚。他早期的得奖漫画《着火了》，以男主角点了一大堆火柴都点不着为素材，通过艺术夸张的火冒三丈，鞭挞当年重量不重质的中国制造。如今，中国制造的质量领冠全球，但只有经历过"山寨满天飞"的朋友，才能从漫画中体会中国制造当年的落后与悲凉。

谜语，古称"文虎"。邝老是国内知名文虎设计师，其谜语以斗榫合缝而著称。逢年过节，邝老常在斗门文化馆设立文虎亭，以其原创谜语开设有奖猜谜活动，打造了斗门县当年一张亮丽的文化名片。笔者认识谜语，认识谜格，也源于邝老当年的文虎亭。我个人第一篇上报纸、第一篇上杂志、第一篇上书刊的文章，内容均是谜语。可以说，我爱上文学创作，与当年那几篇谜语故事和谜语文章，密不可分。记忆中，在猜谜活动中，若有群众射出与标准答案不一致的谜底，只要言之成理，邝老必定额外加奖。

邝老对我影响最深的，应该是他在格律诗词与对联上的深湛造诣。虽然我从未有幸跟随邝老学习过诗词，但邝老在《斗门乡音》等珠海本地刊物上的诗词作品，令学生时代的我顶礼膜拜，并产生极为深远的影响。展览中展出了多份邝老生前珍贵的诗词手稿，让观众可以从雄奇的文字、错落有致的声韵中，品鉴其驾驭文字的深湛功力。

格律作为一项小众艺术，讲求平仄和谐与音韵协调，入门不易。而只有高中文化程度的邝老，那些出神入化的美曼诗句，常常令人拍案叫绝。

笔者对书法一窍不通，对于邝老在书法上的艺术成就不敢妄评。但展品中一幅邝老的书法作品，让我驻足良久。因为诗的作者是荔山黄氏历史名贤、珠海地区历史上第一位本土进士黄鏓。而荔山是笔者的家乡。

邝老早年在斗门宣传队工作，他还是公认的戏曲家。此外，邝老还精通于线描画与篆刻等。由于笔者在这些方面的知识储备十分单薄，不敢妄评。但可以肯定的是，邝老在戏曲、文学批评、篆刻和线描画等领域上，均是大咖级名贤。邝老家中藏书众多，博览群书的邝老，除了上述众所周知的成就以外，在文史、哲学、杂文、音乐、绘画等方面，也有较深的造诣。

一个人能在一个领域上有点成就，已经难能可贵。邝老能够在如此多的领域上取得丰硕成果，唯有"鬼才"二字才可以诠释其多才多艺。有人说，金鼻先生是百年难得一见的奇才，吾深以为然。

时间都去哪儿了

黄亮文

年轻时，酷爱文学，嗜于笔耕。步入中年后蓦然发现，自己竟深陷尘俗，挥斥方遒的书生意气，尽耽于柴米油盐与跑场走穴。爬格子那丁点儿的闲趣，渐成奢侈。曾经视为珍宝的书刊，长卧书橱，放任蒙尘。曾经与日俱更的朋友圈，尽是茶余饭后，乏善可陈。

对许多文学爱好者而言，这或许就是现实生活的真实写照！

登泰山而荡胸生层云，济沧海而乘风破激浪的各种豪情，在杯盏冗务的羁绊下，所谓的书卷之志，诗赋情怀，都"随风藏入心，当春难逆生"。

王铮亮有一首很著名的流行曲叫《时间都去哪儿了》，它以最朴素的情感唱出了现代都市一族最真实的无奈。而时间不知去哪儿了，也是很多笔友感同身受的体会。

其实，时间是这世上唯一的公平，无论是高官巨贾，还是市井小厮，时间都会公平给予，不偏不倚，一视同仁。

如果你不知道时间去哪儿了，那怪只怪自己耐不住寂寞。狐朋狗友一声吆喝，明知道是不必要的社交应酬，也会欣然赴约。流量明星的大片一上热档，明知道是狗血的剧情，也会穷追不舍。网红打卡食店一旦开业，明知道凑热闹要当"排长"，依然趋之若鹜。"皇姐"荣耀式的手游一经流行，明知道是虚耗光阴，依然难以自拔。

怀简约之思，执淳朴之念，明淡泊之志，越是朴素的情怀，越是难以企及的境界，说时容易做时难。在物欲横流的当下，时间并不会因为高节奏的职场压力而开溜，只会因为我们没有静下心来而错失。

虽然偶尔我会发点小品文在朋友圈里博取零星的点赞。扪心自问，这些虚浮而缺乏力量的文字，充其量只能算是有小许内涵的杂感絮议，难登大雅之堂。

夜阑人静时独自品味，逐渐领会到，真实的原因是我对生活看得浅了，想得轻了，写得少了。可见，要寄情于文字，就必须耐得住寂寞，多看多想多写。

一要擦亮观察生活的眼睛。一杯美酒，海饮而尽是痛快，甚至于成为宿醉后的"断片"；细味慢尝，则是一种醇厚的享受，甚至于是心心念念的追求。生活中很多鸡毛蒜皮，只要我们愿意去观察，才能发掘生活背后的乐趣与智慧。

二要放飞思考生活的情怀。文学是一门艺术，来源于生活，又高于生活。文学要高于生活，就必须有自己特立独行的情怀。深沉时可以托物言志，平淡时可以品味非凡，挫折中能够勃发斗志，疾苦中能够明志自强，混沌中能够明辨是非，生活中能够感悟悲喜。既要有小桥流水的闲情与花前月下的柔情，又要有针砭时弊的勇气与豪气干云的胆气。

三是挤出笔走龙蛇的写作时间。时间之所以不知道去哪儿了，只是在做孰轻与孰重这种选择题时，很多人选择了向生活妥协。既然选择了文学作为业余的最大爱好，只要树立了耐得住寂寞的自觉，时间就不会轻易失踪。

黄亮文，男，中共党员，广东省金融作协副主席，斗门区作家协会会员，珠海市三灶诗词楹联学会骨干会员。早年作品散见于《羊城晚报》《广州日报》《珠海特区报》《珠江晚报》，曾为珠海两报体育专栏资深专栏作者。近年以网络推文创作为主，专于古典诗词联赋、现代杂文与评论。主要作品有：小说《十五层迷情》，古体散文《示女书》《斗一华诞赋》等。

井冈山走笔

钟立红

为了重读一页悲壮而辉煌的历史，为了寻找连接过去又通向未来的道路，初夏的一天，我们带着景仰，带着追思，带着激情，登上了高峰深谷逶迤相随的井冈山。

莽莽苍山，放眼望去，漫山遍野，郁郁葱葱。巍然井冈，位于湘赣边界、罗霄山脉中段，山势高大，地形复杂，山高林密，沟壑纵横，层峦迭峰，地势险峻。遥想当年，中国工农红军在毛委员、朱总司令的率领下，会师井冈山，在这里创建了第一个农村革命根据地，为中国革命开辟了一条以农村包围城市最后夺取全国胜利的正确道路，因而井冈山以"革命摇篮"而饮誉海内外。

从山下往上望去，巍巍井冈就犹如一座巨大城堡，五大哨口是进入"城堡"必经"城关"把守之地，大有"一夫当关，万夫莫开"之势。

井冈山不仅地势险峻，崖路崎岖，而且溪流密布。这些溪流有的湍急而下，有的依山萦绕，有的却飞流成瀑，给壮丽的井冈山增添了无限风光。井冈山林竹茂密，花木繁多，这里不仅有千山树，万山水，走路不见天的片片山林，漫山遍野，还有那郁郁苍苍的井冈山翠竹和红色杜鹃，为多姿的井冈山更添风采。

我们沿着当年红军走过的道路前进。一路上红旗招展，翠竹摇曳，道路崎岖，路漫漫兮。高高的山顶上，青山绿水，云雾缭绕，蓝蓝的天空，眺望远处红旗漫卷，像那燃烧的星星之火，可以燎原。烂漫的杜鹃如火如荼，开得正艳。这一切不禁使我们想起那些先烈，他们抛头颅、洒热血，用鲜血染红了杜鹃。烈士陵园里松柏矗立，英雄纪念碑高高耸立在面前，使我们肃然起敬。缅怀革命先烈，向党、向先烈们宣誓，追悼那些为解放全中国而英勇献身的烈士，英雄先烈们永垂不朽！

五指峰峦耸入云霄，片片林海犹如波涛。好一幅美丽壮观的图画。气势磅礴，巍峨险峻，气象万千，不由得让我们想起一代伟人毛泽东的诗词《西江月·井冈山》那首激昂的革命英雄主义浪漫诗篇。井冈山风景如诗如画，一代新人心潮澎湃。我们远眺着山顶，遥想那战火纷飞的年代，中国共产党领导下的工农红军出生入死，英勇善战，在这艰苦卓绝的革命斗争中，取得了一次又一次的伟大胜利。

黄洋界上那一页炮声虽然在时光里淡远了，但当年敌军闻风丧胆、抱头鼠窜的狼狈情景，似乎展示在我们的眼前。

参观毛泽东、朱德、陈毅旧居，让我们对老一辈革命家的创业艰辛和残酷的斗争历史肃然起敬，倍增怀念和敬仰之情。"没有共产党就没有新中国"，没有老一辈革命家打出的江山，就不可能有我们今天的幸福生活。"吃水不忘挖井人。"当年《朱德的扁担》的故事仍萦绕在耳畔，毛委员、朱总司令会师井冈山的画面，犹如在眼前。

一杆杆红旗如是火，一簇簇杜鹃红艳艳。当年红军走过的路，新一代人继续朝前迈。我们一路上兴致勃勃，追寻着当年红军的足迹，体验着道路的艰险，体味着革命斗争的辛劳。

今天，虽然我们离开了井冈山，但山的精神与雅韵永远耸立在我们心中。

井冈山的红杜鹃

钟立红

"夜半三更哟盼天明，寒冬腊月哟盼春风，若要盼得哟红军来，岭上开遍哟映山红。"多少年来，电影《闪闪的红星》的主题曲让人们记忆犹新。

革命战争年代的杜鹃花开成了人们盼望光明幸福的象征。从此，杜鹃花那质朴、顽强、挺拔的生命力让国人敬佩；那坚韧不拔的精神传递世世代代。

杜鹃花非常平凡。生长在乡村山坡，生长在险峻挺拔的山野里，它坚强地面对孤寂，面对风霜雪雨。只要春天的气息传来，它便不顾春寒料峭，眨眼间，轰轰烈烈地孕育着花骨朵儿，然后义无反顾地盛开，最终绽放出如诗如画、如梦如幻的大自然神韵。远远看去，像火像霞，映红了整个山野，美化着祖国的绿水青山。在春天杜鹃花开的季节，那漫山遍野的红杜鹃把人们的思绪拉回到那当年革命老区井冈山的回忆……

一直以来，淳朴的人民对杜鹃花有着一种特殊的感情，那是因为杜鹃花的红色是用井冈山革命先烈的热血染红。万紫千红的杜鹃花承载着革命前辈的宏伟夙愿。在中国革命"摇篮"井冈山八百里的青山绿水间，杜鹃花，象征着"红色"精神，意喻了质朴、顽强。

每逢春季杜鹃花开的时节，漫山花开，云霞灿烂，成为一道独特的靓丽风景。那漫山遍野的红杜鹃竞相怒放，簇簇丛丛散发着芬芳，把群山峻峰装点得秀姿万千，装点得红绿相映，分外妖娆。让人们赖以生存的空间焕发出激荡人心的色彩，呈现欣欣向荣的景象。

三月的春天，当明媚春光降临大地时，那鲜红的杜鹃花犹如一团团燃烧的火，肆意怒放，欲与万物争春。它从泉水流淌的幽谷蔓延到峭壁悬崖的山巅，从一座山岭蔓延到另一座山岭，以燎原之势燃遍座座山脉，把春天点缀得如此妖娆。

在春光沐浴下，一朵朵、一束束、一团团的红杜鹃，有的含苞待放，生机勃发；有的花枝摇曳，绚丽娇美。而近处的杜鹃花，如片片飘落红霞，令人春心荡漾，心旷神怡，目不暇接，美不胜收。那远处的杜鹃花，似点点燎原星火，令人遥想当年，浮想联翩，抚今忆昔，感慨万分——

举世罕见的十里杜鹃花长廊绵亘在井冈山的峰脊上，蔚为壮观。那艳如朝霞，灿若火焰的十里杜鹃令人惊叹不已，也使人激动得难以平静。春天里，在陡峭的山脊上，杜鹃争先恐后地绽开红彤彤的笑靥，而且密密匝匝地伸向蓝天，映红了五百里井冈山。杜鹃品种众多，有开白花的江西杜鹃，开红花的映山红，开粉红色的鹿角杜鹃、云锦杜鹃，开粉红至白花的猴头杜鹃，开淡红紫色花的红毛杜鹃，还有井冈山所特有的珍稀树种、开淡紫红色花、具有香味的井冈山杜鹃等。在十里杜鹃花长廊山顶，观望周围，简直成了花的海洋，满山遍野的杜鹃花一簇簇、一片片、红彤彤，耀人眼目，分外妖娆。

　　　　　黄杨月作品集

井冈山茨坪东山、防火哨岗的半山腰，也遍布着映山红，每年三月左右杜鹃花怒放，飞红走浪，映日杜鹃别样红。特别值得一提的还有笔架山的杜鹃花，盛开之时千姿百态、姹紫嫣红，把整个山峦装点得如同彩龙玉带，一望无际的杜鹃花海。

　　在井冈山这片红土地上，有多少仁人志士的鲜血流淌在山间路旁，有多少英雄壮士的鲜血染红了井冈山的红杜鹃，染红了新中国鲜艳的五星红旗。他们的英魂飘出井冈山，融进了几代中国人的心中。

　　"处处映山红，指点长相忆。"中国革命史上，在井冈山上的每一朵杜鹃花都活跃着一个追求理想的灵魂；每一簇杜鹃花都珍藏着一段红色悲壮的记忆；每一丛杜鹃花都蕴含着一种坚忍不拔的品格；每一片杜鹃花都象征着一种开拓创新的精神……

　　井冈山的杜鹃，愿你长开不衰，永远绚丽灿烂！愿你穿越时空，穿越历史，走向世界！

　　钟立红，1965年生，1989年毕业于荆州师范学院（现长江大学）。喜欢文学创作，有诗歌、散文作品千余首（篇），发表在《沧浪》《江宁文艺》《绽放》《北盘江》等全国数十家报刊。

古代"斗门土城"地名探究

凌小聪

我们是在斗门生活的人，那么我们又知道斗门的前因吗？

要了解珠海市斗门区的古代历史，黄梁都巡检司、"斗门土城"等都是绕不过去的。

"斗门土城"东倚珠江门户第一峰黄杨山、西临珠江八大门之一的虎跳门水道，坐落于凤山下的东北部，旧址在现今斗门区斗门镇斗门社区里，中华民国期间已湮灭。"斗门土城"可能以黄梁都乡土之城而取名。

据《斗门县志》2001 年 6 月版等文献记载：斗门一带，在宋朝绍兴二十二年（1152 年）中山县置县后，称香山县潮居乡。明朝洪武十四年（1381 年）香山县潮居乡改称黄梁都。清朝雍正九年（1731 年）香山县在黄梁都斗门圩首设派出机构黄梁都巡检司（类似今天的公安派出所），并建造司署（办公的地方）。清朝雍正十一年（1733 年）首任巡检使（简称巡检）到斗门圩履任。清朝乾隆二年（1737 年）在斗门圩建造首座城池（斗门历史上唯一城池），"城方一里，周围二百丈，高七尺五寸，上厚四尺、下厚五尺、雉堞用砖，东西城各设台楼一座"。斗门圩成为黄梁都政治、经济、文化中心。

据上所述，笔者认为：黄梁都建造城池后，可能因不可以参照县取名为县城，而都取名为都城之故（因都城即首都），而以黄梁都本乡本土、本地之城即"土城"而取名，并非城墙用土夯筑而取名为"土城"，因城墙是用砖筑成。

"斗门土城"有多个名称，因先有斗门圩、后有土城，故称为斗门圩土城，简称"斗门土城"。也因土城建造在黄梁都，故又称为黄梁都土城。此外，因黄梁都巡检司署建造在城内，故又称为黄梁都司署城。

珠江八大门　几道过斗门

凌小聪

"珠江八大门，五道过斗门。"这一说法或传说，虽不知其出处，但流传最广、最为人所知。社会上还有"珠江八大门，四道过斗门"一说。其实，珠江现在的虎门、蕉门、洪奇门、横门、磨刀门、鸡啼门、虎跳门、崖门等八大门水道，只有珠江主要干流西江的磨刀门、鸡啼门、虎跳门3条水道流经珠海市斗门区（原斗门县）注入南海，即"珠江八大门，三道过斗门"。

据《斗门县志》2001年6月版等文献记载：珠江现指西江、东江、北江以及流溪河、潭江等珠江三角洲上各条河流共四个水系的总称。珠江是一个汇聚而成的复合水系，发源于云贵高原乌蒙山系马雄山，流经我国中西部的云南、贵州、广西、广东、湖南、江西6个省（区）和越南的北部，最后分别从八大出海口门注入南海，整个水系呈扇状。

珠江的主要干流——西江，流经斗门县的水道有磨刀门、虎跳门、鸡啼门 3 条水道出海，境内螺洲溪、荷麻溪、赤粉、坭湾门、横坑口、涝涝溪西和黄杨河等 7 条分流水道，相互连通，10条主干河道总长 127.83 公里。

磨刀门水道，北起莲溪镇新围，南至白蕉镇八围尾，全长33.53 公里。

虎跳门水道，源于西江支流荷麻溪、涝涝溪，北起横坑口西，南至小濠涌北围，全长 18.36 公里。

鸡啼门水道，源于黄杨河，起于尖峰山，止于平沙农场大老澳，全长 17.24 公里。

原珠江八大门之一坭湾门水道，源于黄杨河，西北起尖峰山脚的鬼仔角、东南至白藤山东北端，长 8 公里，泄洪与纳潮能力均大于虎跳门，在八大门中居第七位。1958 至 1975 年，白藤头与白藤尾之间筑堤堵塞，横锁坭湾门水道，仅存一条狭窄的友谊河，其余均变为陆地和人工湖，黄杨河汇向鸡啼门水道（原来不是出海口门，而是小林岛与平沙农场之间的一条很短的海峡）出海。从此，坭湾门作为八大出海口门之一便不存在了，鸡啼门便取代坭湾门而成为珠江八大出海口门之一。

斗门建县筹备期间，县筹备委员会对县名及县城设在斗门镇均有不同意见，经视察组现场调查及研究后向广东省委请示更改县名和县城，提出四个县名（三门县、天门县、四门县、滨海县）选择及提出县城设在井岸。很快，国务院决定设立斗门县，省委批准县城设在井岸（初时还是白蕉人民公社坭湾大队井岸生产队，后于 1972 年 8 月设立井岸镇）。

又据《广东省珠海市地名志》1989 年 1 月版记载：

崖门水道，在黄茅海北部，崖门、虎跳门外。因水道处于崖门之南，故名。呈南北走向，全长约18公里，东边浅滩是斗门县雷蚝围垦区。

又据最新出版的《斗门围垦志》记载：

崖门水道，北起小濠涌北围和崖门口，容汇虎跳门水道及新会银洲湖来水，南至平沙三虎山咀，全长13.523公里，境内堤岸长15.65公里。

坭湾门水道，北起界河水闸，南至坭湾门大桥，北与界河相连，东有八围水闸，西有白藤大闸，河流自北向南汇入南海，境内长度1.5公里。

据上所述，笔者认为："珠江八大门，五道过斗门"一说，可能是将珠江原来八大门中的坭湾门水道和珠江现在八大门中的鸡啼门水道一并作为珠江现在八大门中的两大门水道，以及将珠江八大门中的崖门口（在河口湾与黄茅海相接处，东、西两侧均为江门市新会区）之外（同时也是与崖门交汇的虎跳门口之外，东侧为珠海市斗门区、西侧为江门市新会区，虎跳门年径流量大于崖门）水域称为崖门水道，加上珠江八大门中的磨刀门水道和虎跳门水道，合称为"珠江八大门，五道过斗门"。其实，《斗门县志》记述珠江流经斗门县的水道有磨刀门、虎跳门、鸡啼门3条水道出海，即是肯定"珠江八大门，三道过斗门"的，也是权威的。正因为珠江只有3条水道流经斗门注入南海，故建县筹备期间，县筹备委员会正式向广东省委请示提出三门县作为首选等四个县名以供选择更改县名。

在庆祝斗门建县二十周年时，主持县庆报告会的一名亲历建县前后开发建设的德高望重领导诗兴大发，他吟诗一首《为建县二十周年而作》曰："斗门地处四门前，大好河山万顷田。动乱之初方立县，瞬间已过二十年。奋发奠基人未老，开拓前程赖后贤。强富美县终实现，万紫千红月更圆。"诗中也是认为斗门境内先后有珠江出海口的四大门：磨刀门、坭湾门、鸡啼门和虎跳门。

凌小聪，曾受聘担任县工业技术学校和全国法院业余法律大学广东分校法律课教师。撰写工作研究、理论文章11篇及斗门历史故事，在中共新闻网、中国党建网、广东人大网和《农村党建》《珠海特区报》等国家级、市级网站、报刊及《斗门乡音》发表。带着研究成果入选论文2篇，参加省人大制度研究会研讨会2次。

我和我的故乡

曾 雄

　　我的故乡在湖南省涟源市新禾乡，现属于娄底市娄星区水洞底镇了。虽名称改了，但对家乡的思念不变，因为那里留下了我童年和少年时期满满的回忆！

　　春天，漫山遍野，都是花的海洋。白色的梨花、金黄的油菜花盛放着，吸引无数勤劳的小蜜蜂，蝴蝶也会一起来凑热闹。放学后，我们也跑到山上放牛扯猪草。傍晚时分，远远的朝着炊烟升起的小村，应呼爹娘的声音此起彼伏。整片整片的山，马上多彩起来。

　　当然，我还是最爱家门前的桃花。春雨迷蒙的季节，粉红的毛桃花、深红的圆桃花，映衬在我家的白粉墙、青色瓦上，粉墙黛瓦，就是一道无比亮丽的风景！

　　夏天，田间水塘，成了我们玩耍的主战场。当绿油油的秧苗开始分支，我们的父辈牵着牛去犁田耙地，那些深埋于泥下的泥鳅黄鳝无法藏身，在田里穿梭，我们提着铁筒在后面抓，但它们浑身滑溜，不是那么容易被抓稳。有时为了要抓住它，连人扑在泥水里，自己变成了小泥人，逗得大人和小伙伴哈哈大笑，自己也傻笑着，心里想的是油炸的美味，熏干的香味。

夏雨过后，鱼塘里的鲫鱼、草鱼特别多，它们都浮到水面上来呼吸。我们会把酒糟和炒熟的黄豆粉做成诱饵，装在弹簧笼渔网里，然后抛到鱼塘边，半小时后再去提，你会发现里面鱼虾蟹都有，这样重复的抛、提，不到半天，便能抓到三四斤。回家后，大的鱼煮来吃，小的鱼用糠熏干，蜡黄蜡黄的。在那物资缺乏、只有重大节日才能买一点猪肉打牙祭的岁月里，用辣椒炒着小鱼干，香味持久，能吃好几碗饭呢！想想都回味无穷。农忙完，大人带着小孩，去池塘里洗去一身的泥，蛙泳、仰泳、蝶泳，我们无师自通，尽管动作不规范，但跟着大哥哥们在池塘里游来游去，别说有多开心。在池塘里我们可以玩上两三个小时，非要大人不断地催促，甚至抓着竹条在岸边吓唬，我们才恋恋不舍地上岸来。

秋天，山上柑橘挂满枝头，梯田稻谷压低了稻秆。放眼望去，黄甸甸、金灿灿的。静心聆听叶子和果实在风中发出沙沙的响声，这是大人小孩最开心也是最忙碌的时候，我们在农忙假中帮助大人采摘收割。晒谷场上除了稻谷，还有花生、黄豆，颜色深浅不一，再加上红红的辣椒干，为每一户农家增色不少。红薯片、红薯干、红薯粒在竹制的器皿上晾晒，这些将成为我们农家孩子口袋里的主要零食。

冬天到了。大娘大婶都爱坐在我家屋檐下晒太阳，当然她们的手是闲不下来的，纳鞋底做棉鞋，绣鞋底织毛衣；把东家长西家短，小道消息甚至家里隐私一股脑说出来，不时还传来阵阵笑声或叹气声。成群的男孩子在屋檐下的红薯藤里抓麻雀、爬上树去掏鸟蛋，女孩儿三人成队，在一起跳橡皮筋、玩石仔。忙碌了一年的男人们有的下象棋，有的端着自家酿的米酒、吃着花生米或黄豆闲聊着，村里的一切都那么祥和安宁！

随着岁月的流逝，生活的节奏一下子变快了。我们开始有永远做不完的作业，村里的青壮年开始外出打工，只有过年时我们才能见上一面。每到农历新年，杀猪宰牛，好不热闹。家家户户围着火炉，看着春晚，欢度佳节。元宵一过，大家又各奔东西，为学业、事业去各自打拼。

大学毕业后，我来到了珠海工作。故乡的人和事离我越来越远。只有每年的寒暑假，我才可以回家乡去看望父母和村民。乡里发生了日新月异的变化，那些破旧的房屋被一幢幢的高楼、别墅取而代之。羊肠小道变成了宽阔的沥青马路，贯穿各村镇，各种蔬菜、水果生产基地遍地开花，货运、网售方式多样。日常生活用品在商店里应有尽有，货架上的商品琳琅满目，再不像以前要步行几小时去市里购物。各家各户都拥有了小汽车，办事方便多了，农闲时还可以开车出去旅游旅游。老人们可以乘坐免费的公交车去娄底市转转，找亲探友。村民有了农村医保，大病小病都可以报销，不需要像以前那样生病了靠熬。他们喝上了自来水，吃的蔬菜水果新鲜环保，家里装上空调、网络，和城里没有什么差别。出门可以见田地，迎面都可以感受到新鲜的空气。绿水青山，随处可见，让人好不羡慕。外出打工的中老年人也回来了，在家里帮助照顾下一代。扎根大都市的儿女们邀请村里的老人去，待上一段时间也总是迫不及待要回家乡。舍不断的是自在安逸，剪不断的是乡情啊。儿时的玩伴事业有成，他们都回家为年迈的父母修建房屋。落叶归根，人之常情。如此漂亮美好的家乡，我们兄弟姊妹也一起修建了一套别墅，等退休后回家安享晚年！

确实，故乡已经成为我们这些游子一生的思念。不管天南地北、山高水长，家乡的那份亲情是永远不会变味的，只会日久弥纯。作为家乡的一分子，如果我们能为故乡的建设添砖加瓦，那是最好不过的。即使你什么都不做，故乡的亲人还是盼望你归去！不管我们身居何处，我们都不会忘记故乡人民对我们的殷切期望。珠海斗门，是我工作和生活的好地方，而故乡也是我难忘的老家。等我退休，我想自己会和故乡的亲人们再幸福地生活在一起！

我们这两年

曾 雄

总觉得不写写这两年的生活和心情，心里堵得慌，趁暑假之尾，记点流水账，以纪念这忙碌的两年，同时给家有高三学子的家长参考参考，那我就心满意足了。

2019 年 8 月，儿子上了高三，我们一家人的生活节奏明显加快了不少。周一到周五，小孩忙于学习，我们忙于工作。周末我们会去珠海一中西门口的春晖花园出租房为小孩做饭菜。小孩周六下午四点半放学回出租房，可免了来回井岸的奔波，周日早上睡个懒觉，上午 10 点去外面上两个小时的物理课，中午吃完饭午休一下，下午在出租房里做作业，傍晚六点吃完饭再回校晚自习，我觉得这样的安排充实合理。虽然每餐我都得想方设法，去做点有营养小孩也喜欢吃的菜和汤，但我乐此不疲。期中考试前，看着小孩成绩和排位不断提升，我很满意；家长轮流去班级看晚自习，一方面希望与他们多一点相处的时间，另一方面带去一些零食、水果慰劳一下他们，家长们看着孩子们勤奋学习觉得很开心，欣慰。

然而天不遂人意，10月份，岳父体检被发现肺上有两个恶性肿瘤，80岁高龄的他，之前有脑梗、心脏病等一系列病，如果给他做手术，不知他能否承受得起。经过反复思考和检查，我们决定还是帮他做手术。为了不让他担心，我们没有告诉他实情，而是带他吃他喜欢的东西，陪他拍摄了一套精美的全家福相集，然后才去珠海人民医院做手术。当过兵的他，还是算乐观、坚强的。周末我们夫妻两人去市里一个为儿子做饭菜，一个去医院陪护。儿子从小和外公外婆相处得多，感情自然要深。他紧张学习之余，还是很担心他外公能不能熬过这一关，因此周末也会抽空去探望一下他外公，尽管看望的时间短，但他外公看到他也很开心。

本来儿子8月份的六校（深圳实验、广州二中、珠海一中、惠州一中、东莞中学、中山纪中）联盟第一次联考全校排名160名，但到10月的校考排名383名，成绩如此大跌，我想和他外公生病住院做手术有一定关系。我与他进行了一次谈心，希望他认真备考，全身心去拼搏，结果在11月份的天一联考全校排207名，我们又看到了希望。我岳父做了肺部微创手术，把肿瘤切割了，经过两个月的精心治疗12月底出了院。但12月份六校第二次联考儿子成绩退到了校600名，这时我们才意识到问题的严重。开家长会时班主任说他们整个班级比第一次联考后退了3个名次，优投线未达标。只是他们班算是早起的鸟儿，高二时就已发挥了不少潜力，进入高三，其他班都开始发力，就被赶超也属正常，大家不必惊慌；我们必须承认许多学生学习上遇到了瓶颈，有各种各样的困难，尤其理科，仿佛听课是一回事，做题又是另一回事，但是解决方案并不明朗；相当多的同学在解决问题的过程中，没有落到实处，容易浮于表面，不求甚解；小部分学生问题堆积较多，感到前途迷茫，自信心受挫，表现为上课打瞌睡，晚自习不专注，甚至有所放弃的念头。我想儿子也应该有如此现状和心态。班主任也给他们提供了一些解决方案：第一，要树立有困难是常态的心态。学习没有捷径可走，无论困难有多少，总要一项一项解决。焦虑、沮丧，不会起任何作用。只有真正沉下心来，踏踏实实地去弄明白一道题目，掌握一项技能的时候，无所适从的焦虑感才会不复存在。第二，主动向老师求助，这是解决困难最有效率的方式。课堂上和课后，都可以主动问老师，不要不好意思，害怕被批评，更不能懒惰，不苦不累不高三，不拼不搏真遗憾。第三，要树立自信心。没上投优线的同学在珠海一中每一次靠后的排名都是沉重的打击，屡战屡败的挫折感难免让人想放弃，但是倘若换到其他学校，你的成绩至少在班上属于中等水平，你还会有强烈的挫败感吗？还想放弃吗？还会焦躁不安，不知所措吗？忘记排名，只顾耕耘，不问收获。我们应该把目光放到 170 天的高考上，假如一天踏实搞明白一个问题，掌握一项解题技能，170 天就有 170 项收获，这会是多么大的不同！回家后，我静下心来和孩子也分析了退步的原因，并把班主任的这一席话告诉了他，他也决定重新崛起。

2020 年元旦，我和妻子一起去一中参加了高三成人礼，并把自己写的两封长信交给儿子，鼓励他从哪里跌倒就从哪爬起。希望他志之所趋，无远弗届，以梦为马，行远自迩，立身四海，剑指天狼，天道酬勤，高考必赢！本来高三寒假只有两周，没想到新冠肺炎疫情蔓延全国，这个假一放就是四个月。孩子在家网上学习，家长在家网上开会，学生网上百天宣誓。这样的新鲜事物有史以来第一次，结果被儿子遇上了，网上学习效果肯定比不上课堂上面授。4月27日小孩才回校参加完校考，结果5月1日他发高烧40度，去中大五院进行核酸检测、抽血化验，排除新冠病毒感染的可能，但学校要求必须在家休养一周才能回校。我们做家长的很心急，这样的在家学习能跟上学校的学习进度吗？眼看就是高考英语听说考试了。但病了只能在家休养，更何况全国新冠肺炎疫情防控抓得很严呢？好不容易他才康复。5月30日上午参加广东省2020年普通高考英语听说考试，上天凑热闹，电闪雷鸣，大雨倾盆。很怕天气影响他们发挥，幸好他拿了13分（满分15分）。由于疫情影响，全国高考推迟一个月，这对孩子们来说是福音。6月份儿子在校学习和考试，校考和联考成绩都算理想，甚至挺进年级前100名。看着这种状态，我想帮他增加一条入名校的途径，私下为他报了南方科技大学和中山大学的综合评价。为了不打扰他备考，一切的准备资料都是我在那默默操作，最后让他把资料拿去学校盖章。

感觉一切朝着好的方向发展，没想到7月4日下午，我岳父突然脑出血昏迷不醒，妻子他哥赶紧送他去了珠海市人民医院，住进了ICU。这突如其来的消息打乱了我们高考送考的节奏。我安慰我妻子和小孩，说吉人会有天助，岳父也能苏醒过来的，现在最重要的是先认真去考好高考。说起来容易做起来艰难，儿子考试的情绪肯定受到了很大影响。本来高考题难度比不上平时，但他并没发挥出应有水平，最终结果才上一般本科线，是高三历次考试中最差的一次。我们肯定不甘心，希望他通过复读考出应有水平。8月初，小孩去了珠海一中附属实验学校复读，开始了他艰难的备考。这时岳父的病情还是很严重，半个月才苏醒过来，但不能自己吃喝拉撒走，话也说不清楚。我们特意请了一个护工专门照顾他，到9月份，市人民医院要求他出院。我们只能把他送去斗门九明老年病医院做康复。年过八旬的岳母不放心，坚持每天要做饭菜去医院喂岳父，本来她脚行动不方便，于是我承担起了接送她的工作。功夫不负有心人，慢慢地岳父能简单地说几个字，尽管不是很清晰；能吃一些很软的饭菜，虽然喂了吐；但脾气特别容易暴躁，这应该和他性格和心态有关。到10月份，我们又把他转去斗门侨立医院，继续接受治疗，10月22日才把他接回家看护。在护工的搀扶下慢慢学走路，在我们的引导下学说话。但屎尿还是不会自己上厕所拉。到2021年4月份，他意识才清醒一点，自己学会吃饭，有力走一段路。到5月才辞退护工，我们有空就去探望他，辛苦的是我岳母。

2020年小孩的复读之路也不是一帆风顺，由开始的奋发图强，到后来的怀疑自我，再到2021年的重拾信心，拼搏高考。其实时间过得很快。每周我去市区接送他回家返校，和他同呼吸共命运，不断提醒和鼓励他，认真对待每次考试，查漏补缺，不要太看重自己分数和排名。总算在今年6月高考中发挥算正常，通过提前批他最终被广东警官学院交通管理工程录取。9月13日又将开始新的征程，开始四年大学生活。

这两年，我们一家人，经历了岳父的两次大的病痛，儿子的两次高考，还有其他的一些琐事，其中的点点滴滴，回想起来都是一段段辛酸史。我基本没有什么去看朋友圈，除了工作，就是家庭，岳父和孩子成了我们关注的重点。但这一切不幸成了过去，现在总算苦尽甘来，我们可以重新开始，关注其他大事小事，可以开心做人，踏实做事了！但愿风雨之后见彩虹，家人健康，孩子学习进步，亲朋好友快乐相处！新冠肺炎疫情能尽快结束，世界和平安稳，我们都生活幸福！

曾雄，男，湖南娄底人，珠海理工斗门校区语文科组长，中学语文高级教师。珠海市、斗门区作家协会成员，所写文章20多篇发表在《黄杨月》等纯文学刊物上；是《中职一课一练语文（基础模块、职业模块、拓展模块）》（广东经济出版社出版）主编，参与编辑《中职语文导学与同步训练4》（江西科学技术出版社出版），所编的试题有些被珠海市职业高考班作为统考试题，有些试题收集在书友图书上。

异国情缘

李　辉

　　梦贤一觉醒来，阳光透过窗纱照射到床前，已是上午九时了。距十点飞往 T 国的航班仅剩一个小时，他马上翻身起床，吩咐管家宇叔备车前往机场。昨晚是他这十多天睡得最沉的一夜。这段时间因公司业务扩展的原因而忙碌着，昨天与 T 国一集团公司洽谈了一宗数亿的生意，秉承一鼓作气的作风，今日要前往签订合同。昨天晚上等秘书美婷打好合同详细审核无问题后才安睡，已是凌晨一点钟了，入睡后梦贤做了一个非常甜蜜的梦。

　　在梦中，梦贤见到青梅竹马孩童时的樱子。他和樱子从小一起长大，常常在一唱歌，跳舞，玩游戏，扮新郎，新娘假结婚。事后樱子拉住梦贤的衣袖说：贤哥哥，等我长大后，一定嫁给你，做你真正的新娘。梦贤也摸着樱子的脸说：樱子妹，我长大后也非你莫娶。就这样，她们开心快乐地成长着。由于当时出现了出国热，不少人向往西方的生活，樱子跟随父母移居国外，梦贤也跟随父亲到了新兴的 E 市发展。两个天真无邪的小孩，就这样两地相隔，再无音讯。梦贤的父亲唐昊天，到 E 市后，凭着搏击商海的本领和人际关系，很快就在 E 市立稳足，数年间，他的生意蒸蒸日上，创办了 E 市首屈一指的龙头企业。领域遍布资源开发、房地产、金融、影视、船运等十多个项目。而梦贤取得了工商行政管理博士学位，继承父业，掌管唐氏集团企业。他精明能干，办事果断，使企业收益不断攀升，业务已拓展国外。唐昊天就安下心来放手让梦贤发挥，自己和妻子诗逸安享自由自在的生活。

梦贤回想着他的梦境，到了一个美丽小岛，岛上风光绮旎，有一个恰如弯月美丽的沙滩，长达数公里。沙滩上人山人海，他们有的在水中畅游，有的与海浪赛跑，有的在沙滩晒阳光浴，好不热闹。梦贤在瞭望台上用望远镜扫视着沙滩的一切，忽然镜中出现一个穿着比基尼女子在戏水，再细看好似其日夜思念的樱子。他即放下望远镜，走下瞭望台，向着那女子飞奔而去，边跑边叫着樱子的名字。当距那女子约一百米时，女子听到呼叫声，听出是她的贤哥哥呼喊声，也飞奔过来，两人紧紧地拥抱在一起。正在此时，一个巨大的海浪扑来，惊得他大叫一声，醒了过来。

在去机场的路上，梦贤还沉浸在梦中见到樱子的情景，本来可以诉说离别相思之苦，却被可恶的海浪冲得无影无踪。就在他再回想樱子的容颜时，车子已到达了机场。距登机还有十多分钟，广播正在急速呼叫着他，司机小黄赶紧提着行李，送梦贤从快速通道登机。经过数小时的飞行，飞机在 T 国 C 市国际机场降落，在机场接机的 T 国某集团公司人员早已等候着。半小时后，到达谢氏集团公司总部，该部为森林园林式九层大厦，建筑设计十分奇特美丽。车到总部门口时，门前站着一位非常靓丽的女子和几个随从。梦贤一眼就看出女子与梦中沙滩见到的一模一样，他兴奋极了，急忙下车向女子奔去，女子也认出了梦贤，两人紧紧拥抱着。

再说樱子出国后发奋深造，取得了牛津大学法律博士后学位，精通多国语言，成为其父谢政轩的谢氏集团企业高管，将企业管理得井井有条，业绩也天天向上。对于个人感情问题从不顾及，不知有多少俊男、权贵追她，她都不屑一顾。而今一个外国合伙人，一见即拥抱在一起，怎样不让人感到惊奇。梦贤和樱子拥抱在一起足有几分钟之久，孩童时的诺言谁都没有忘记，相互无语，释放心中相思的无限感慨，忘却了周边所有人的存在。随后，樱子拉着梦贤到她三楼董事长办公室，交代了一些事宜，便亲自开车带梦贤回家。她家距总部几公里外的市区南边，依山面水的一栋三层大别墅，面积很大，庭院内有花园、球场和游泳池，相当豪华气派。十几分钟后，门卫将门打开，礼貌地说：小姐回来啦！樱子吩咐门卫将车开进车库停好，便挽着梦贤走至大厅。这时，樱子的父母谢政轩、龙学秀正坐在大厅沙发上，见到女子破天荒第一次带男朋友回来，而且挽着手，更是开心，想必会是未来的女婿了。梦贤礼貌地同他们打招呼：谢叔，龙姨，你们好！此时，他们才知道眼前英俊的小伙是合作建造美丽皇家花园项目的好朋友唐昊天的儿子唐梦贤。原来女儿早已心有所属。怪不得平常从不谈及个人感情问题。

梦贤的到来，给谢家增添了欢乐，谢政轩夫妇一颗担心女儿的心放下了：梦贤和樱子真是天造地设的一对，男才女貌，都是将来商界精英，是世界百强企业的掌门人。唐谢结缘成婚，将使他们的企业更加辉煌灿烂。梦贤在T国逗留了一周，这几天樱子一直陪伴左右，参观了谢氏属下所有企业，游玩了T国一些名胜古迹，心情十分愉悦。他俩儿时感情就非常好，这些日子天天在一起，爱的情感直线上升，真是难分难舍了。但公司大小事务还得及时处理，唐昊天和宋诗逸早已催梦贤回去，樱子和梦贤签好合同后，决定返回 A 国 E 市。樱子即致电机场票务总裁要两张飞往 A 国 E 市机票，决定和梦贤一起回去拜见梦贤父母。

当他俩回到 E 市国际机场时，司机小黄早已等候在哪里，梦贤和樱子上车后，小黄见梦贤从 T 国带回一年轻漂亮的女子回来，感到很新奇，因他从没有见过梦贤有女朋友，不知道是回家还是去公司就问，少爷是去公司，还是回家，梦贤回答回家。约半小时后，车子回到位于 E 市半山唐氏大宅，这大宅不亚于谢氏别墅，设计新颖，装饰豪华，也有花园、泳池和球场。当梦贤挽着樱子的手步入大厅时，正好见到唐昊天夫妇在厅堂沙发上坐着，他们见到梦贤第一次带女子回家，都满心欢喜，其实他们早就想抱孙子了。梦贤向爸爸妈妈问好！樱子也跟着说：唐叔，宋姨好！宋诗逸听后觉得这声音似曾相识，再仔细打量，才知道是樱子，非常开心，相互倾谈起来。唐昊天也认得了樱子，笑逐颜开，吩咐管家宇叔交代厨师用丰盛美食好好招待远方贵客、未来的儿媳妇。

第二天早上，梦贤带樱子回到唐氏集团总部，处理了一些业务事宜，便带她离去，他要陪她好好在 E 市玩玩，直到晚上才回家。几天都如此，唐昊天夫妻见他俩出双入对，形影不离，喜在心头。一天晚饭后，唐昊天叫梦贤到书房，问他的婚事何时可办？梦贤和樱子商量好，本打算等 T 国合作皇家森林花园竣工后再结婚，现在看来父母亲更加着急。梦贤是个孝顺仔，不想难为父母，说：婚姻大事，父母做主吧！唐昊天非常开心，叫儿子和樱子说说，然后打通谢政轩的手机与之商量。谢氏夫妇得知要给女儿办婚事，都很开心，他们都早就希望女儿有一个归宿，这天赐良缘，也是世交，郎才女貌，天生一对，非常满意。唐昊天与谢政轩商量好后，就将婚讯告知所有亲朋好友，一场空前盛大的结婚喜庆，即将在 E 市举行。

唐氏少爷结婚的喜讯，很快就在 E 市传开了。人们从未听说过唐梦贤拍拖恋爱、有女朋友的消息，今突然宣布结婚，都想一睹新娘的芳容。唐氏大宅所有人，更是忙个不停。唐氏夫妇更是喜出望外，吩咐管家忙这忙那，好一派欢庆气氛。谢氏夫妇也从 T 国飞到 E 市来了，要见证女儿婚礼的幸福喜庆时刻。梦贤樱子则忙着拍婚纱照，买钻戒，订礼服。良辰吉日定于十月十日，意为十全十美，婚宴设在 E 市最豪华的五星级大酒店的鸿运国际酒店，宴席九十九席，意为长长久久。宴请三天，除亲朋好友外，E 市的政要领导、各界商业老总和唐氏企业属下的员工代表。

十月十日这天，E 市处在欢庆之中，九十九辆名牌婚车，在 E 市各街道驶过，街道两旁排满观看的人群，她们都看看这对世界百强企业掌门人的豪华婚礼，更想一睹这对新人的容颜。人们议论纷纷，赞叹她们的富有。当晚，鸿运国际大酒店更加喜庆热闹，酒店十分辉煌豪华，被唐氏全包三日，婚宴在八九十层举行，每层三十三席，婚礼仪式在九层，每层都屏幕现场播放，樱子手上金钻戒有数十枚，龙凤手镯有数十对，黄白金项链数十条，谢政轩拉着樱子的手，缓缓步入婚礼大厅，亲手交给梦贤，行礼拜父母高堂，夫妻对拜，双双感谢父母亲二十多年来关怀培养。凡是来饮喜酒的一律不收礼。所有来宾无一缺席，见证了梦贤樱子幸福美满的婚礼！

梦贤和樱子婚后非常幸福，夫妻相敬如宾，常常一起乘坐飞机穿梭于 A 国与 T 国之间，森林皇家花园建造如约进行，唐氏谢氏企业也有序开展，业绩不断拓展扩大。唐谢夫妇都满心欢喜，夸奖这对比翼腾飞的商海精英，比前辈更有出色，都为他们而感到骄傲。更希望他们早生贵子，继承家业。有一天早上，樱子起床感觉不适，总是有点想吐，梦贤见之，很是担心，马上叫来医生检查，经医生一番细致检查后讲：恭喜少奶，有喜了！唐氏夫妇知道后，非常开心，马上去电告诉谢氏夫妇，并吩咐樱子好好休养安胎。这样两企业的事情全落在梦贤一人身上，有时也要只身飞往 T 国，但一处理完业务即回唐家陪伴樱子。樱子也十分满足，肚子也一天天大起来，到了四五个月后肚子比一般孕妇的都要大得多，于是梦贤陪樱子到妇检医院检查，结果医生告知是双胞胎。又过了几个月后，樱子顺利产下一对龙凤胎，男叫唐梦，女叫唐圆。谢氏夫妇也来看望这对可爱的小孙。梦、圆的出生给唐氏大宅增添欢乐的喜庆，早就盼抱孙的唐氏夫妇，笑口常开。这对小孩子在她们的悉心呵护下，快活地成长。她们的企业，亦如日中天，森林皇家花园也顺利竣工，别后梦圆，幸福的一家享受着生活带来的无限欢乐。

振兴路上新诗话

李　辉

新农村建设以来，目睹斗门大地日新月异，气象万千，亮丽明媚，城乡风貌焕然一新。处处花团锦簇，村村环境洁雅，人人欢声笑语，好一个中国特色社会主义小康和谐社会。这就是党中央乡村振兴伟大战略决策开出的艳丽之花，结出的甜美之果……

十里莲江

莲江好，
十里景色新，
小桥流水赋诗韵，
绿榕翠鸟入画妍。
风物惹流连。

这首《忆江南》，就是十里莲江的真实缩影。新农村建设以来，莲江村成了斗门乡村的响亮品牌，成了珠海市新农村示范村的标杆。

看，那别具特色的莲江村牌坊，那橙黄耀眼的琉璃瓦，那飞檐翘角的楼顶，那吐气扬眉的楹联，都在无声地诉说着乡村农民劳动致富的故事。全村被翠绿的花木果树包围着、一年四季，杨桃、荔枝、芭乐、龙眼、香蕉，各式甜美鲜果逐季登场。广袤的田野上，稻花飘香，鱼肥虾跃。真是金山银山，比不上绿水青山。

十里莲江，现在成了莲江村的标志，吸引着一批又一批游客的光临，十里莲江成了人们心中的桃花源。而莲江村的年轻人，原来都飞鸟投林跑到城里打工挣钱去了。可今天，又从外面的"精彩世界"里迫不及待地返回故乡，因为他们知道，故乡比城里更"精彩"。

莲江村，连同她那"十里莲江"的标志，飘进了人们梦中向往的胜景，成了乡村旅游的代名词……

　　　　　黄杨月作品集

东湾桃花

东湾好，

桃花格外俏。

五里花径迎贵客，

桃源深处香满枝。

心旷又神怡。

今年春节，东湾村热闹非凡。村道上，车水马龙，络绎不断，都是想来瞧瞧东湾的桃花。交上桃花运，今年肯定能发起来啰！东湾村的环村河绕着村庄向东流去，流水小桥，桃花艳丽。据说三里长的桃花庄园路上载上 1000 多株桃花，还有紫薇、扶桑，等等，整个村庄真的变成桃花源了。

这个"桃花庄园"是四川姑娘费晓霞投资开发的，也是新农村建设开拓农业新产业带来的成功项目。费姑娘是四川人，原是医院的护士长，后来她决定在此投资农业新产业，缘自她随同珠海医院巡回农村义诊的一次经历。她义诊来到东湾，见到这辽阔的沃野，绿色的生态，纯朴的民风，她实在依依难舍。后在有心人和政府的大力支持下，毅然提前退休，义无反顾地来此创业。于是，便有了这"桃花庄园"，有了这紫薇花路，有了这名传四方的生态养生度假胜地。

今日这桃花庄园，比晋代的桃花源好得多了。不仅有小桥流水，有车马盈门，有欢声笑语，更有硕果累累，锦绣前途。春临大地时，繁花盛放，十里飘香，无数游人在这里享受到踏春的快乐和乡村的美景。来往的游客都举起双手，齐赞这"紫薇"姑娘。而费姑娘呢，她只是谦虚地笑着回答："我只是东湾的一朵桃花！"是的，东湾的桃花，一定会在乡村振兴的征途上花开千里，香飘四季的。

新马墩百果园

马墩好，

山蝶百果香。

十亿人家喜淘宝，

沃野花开尽向阳。

特色产业强。

三月阳春，斗门乡野，柳绿桃红，百花争艳，变成一个洋溢花香的旅游大观园。城乡处处一派生机盎然。新农村建设，给斗门农村注入了无穷活力，助力产业融合发展，特色产业如雨后春笋般涌现。

白蕉镇新马墩村的"百果园"里，格桑花群芳绽开，万紫千红。名扬四方的"十亿人"火龙果种植基地，绿韵扑面，长势喜人。200多亩火龙果园，也成为一望无际的花海，吸引大批游客前来赏花踏春。

借助乡村振兴战略决策的实施，新农村建设如火如荼，"十亿人"不断延伸和完善产业链，把新马墩打造成全国火龙果示范种植基地，成为斗门创新产业的又一个知名品牌。

"十亿人"创新种植理念，探索生态循环种植新模式。遵循生态循环种植方法，所有产品一律为绿色生态产品，不用一滴农药，也不用一斤化肥，以杂草沤肥培基，以人工除虫杀虫，采用有机栽种，打造成火龙果全国示范种植样板基地。生产出的火龙果每市斤售价 30 元以上仍然供不应求，它创造的"生态循环自然农法"申请为全国火龙果生产地方标准。

更值得赞叹的，是"十亿人"与时俱进的经营理念，在全区首先采用"农业电商"的经营模式，成为斗门复合电商龙头企业，其基于微信为媒介的"品牌大数据推广平台"取得喜人成绩，拥有自主知识产权产品十多项。今日的"十亿人"更是关注农村淘宝产业发展，成立了"亨云电商科技有限公司"，成功入选广东省电子商务示范企业名录。正是："百果园中沐春风，十亿人家业兴隆。"

乡村振兴战略，就像浩荡春风，吹遍斗门大地。新农村建设，就像神奇的仙手，把斗门乡村绘成宜居宜业的人间仙境。再过几年，斗门将成为美丽、和谐、富裕、幸福的人间天堂，梦想一定会实现。正是：

农村好，
缤纷花卉香。
六大工程兴产业，
"三农"振兴美名扬。
合力奔小康。

灯笼沙的水乡柔情

水乡好，
碧波泛柔情，
水上婚嫁非遗录，

白蕉海鲈美名传，

致富跃新程。

有人说，文化底蕴是不可或缺的一种美丽，这种美好对斗门来说，更是富有情韵和意境。疍家数百年的历史为世界留下了诗意的疍家文化和深厚的乡土风情。由于独特的地理环境和作业条件，疍家人无论在性格、语言、服饰、居住、婚俗和宗教信仰等方面均自成一体。灯塔、帆船、小桥流水、渔歌晚唱，是疍家风情的标志，水上婚嫁、装泥鱼、飘色、装路香、地色、舞龙等成了疍家传统习俗。

斗门的水上婚嫁这一"国字号"的特色婚俗，在缓缓的水面上完成一场爱情的加冕，神圣而绵长。经过百年的传承和保护，这一民间婚俗得到了很多年轻人的追捧。这一民俗"土"而有风情，一家有喜，全村庆贺，这条小村的巷子挂满了灯笼，喜气洋洋。花船迎亲、跨火盆、祭龙王等都是其中的亮点，整个婚礼过程，都离不开沙田民歌——叹情歌、咸水歌、高堂歌的表演助兴。在长期的生活积累中，一代代水乡人自发地传承交流，沙田民歌成了人人爱听、个个爱唱的"流行曲"，成为水乡文化的一大特色，具有积极的传承和保护意义。

斗门的疍家人依水而居，一河两岸的水乡特色形成了独特的建筑文化。船在水中行，人在画中游。来这里，既可以欣赏到水上婚嫁表演，又可以游赏水乡观光。听南国原生态的咸水歌，看别具特色的水上婚嫁演出，坐船体验杨柳岸晓残月的意境。水鸟低翔，鱼儿跳跃，在斗门的田园风光中畅游仙境。

在白蕉镇灯笼沙，疍家老祖宗传下来的水上婚嫁神秘而隆重，融入了珠海斗门水乡特有的民俗风情。富有特色的水上观光游览，乘船沿着灯笼沙的河道前行，河上有许多河汊，纵横交错，当你以为驶进水道的尽头时，却又有河湾，真可谓"山重水复疑无路，柳暗花明又一村"。正是：

红妆彩旗映花船，烟花渔歌水面传。
水上迎亲风俗好，百年乡韵好传承。

　　李辉，男，中共党员，斗门公安民警。珠海市中老年文化协会会员、斗门区作家协会会员。爱好文学，辛勤笔耕，有散文和诗歌在斗门乡音、斗门新农村、黄杨月杂志上发表。

出　路

苏小小

在养鸽基地工作了一天的苏醒，回家洗漱一番，又做好一桌饭菜，才惬意地坐在阳台上，等妻子陈兰下班。近来他有些小激动，没想到自己走南闯北的打拼都一事无成，在家乡大王岭建起了这个养鸽基地，让自己赚到了大钱，苏醒在心里默默感谢妻子陈兰，让自己找回了作为男人的尊严。

当年，读高中时，苏醒虽然成绩一般，但皮肤白，身材高大，天生还有一副好嗓子，每次学校举行文艺晚会，必然少不了他的节目。这引起了同学陈兰的关注，每次登台亮相，第一个上台送鲜花的是陈兰，在台下尖叫声最响亮的也是陈兰，陈兰这一举动引起了苏醒的注意。陈兰长得漂亮，又主动追求他，很快他们就成了校园内一对地下恋人。

高中毕业时，陈兰考取了一所警察中专学校。苏醒却名落孙山，陈兰建议他复读，第二年继续参加高考，填报志愿那天，他们看到校外有部队来招兵，陈兰就对苏醒说："你去试试运气，看能不能去部队深造？"

"如果考中了，我们岂不很难见面了？"苏醒没有参军的准备，他希望再认真复习一年，考上理想的大学，高中期间，虽然他们彼此提醒，恋爱不能影响学习，但对学习还是有所影响的，否则，陈兰不可能只考上一所中专学校，他也不可能名落孙山。

"我就喜欢你穿上军装的样子，上次学校文艺汇演，你穿着军装登台，帅呆了，如果你参了军，我一定等你！"陈兰含情脉脉地望着苏醒，不像在开玩笑。

"行，我就去试试！"没想到这一试就成功了，苏醒不仅考试合格，而且将去新疆服役。走之前，陈兰对他说："去部队好好干，我等着你！"

这一去就是五年，苏醒回家探亲时，陈兰已经成了一个乡镇派出所的警察，苏醒也因为表现突出加入了党组织。这次探亲还有一个重要任务，那就是陈兰在信中说的："利用这次探亲办证结婚，免得有人再介绍对象！"

"父母不同意，我们结婚行吗？"苏醒对陈兰的这个举动，有些忐忑。

"他们都是公职人员，不是不懂婚姻法，我们结婚，他们敢公开反对吗？"陈兰已铁了心，非苏醒不嫁。

陈兰对苏醒也够痴心的，在苏醒探亲期间，两人没通知双方父母，闪电般地结了婚，才去拜访双方父母。苏醒父母在农村，儿子娶回来这么一位漂亮的儿媳，自然高兴得不得了。陈兰父亲是干部，母亲是公务员，哥哥、嫂子，姐姐、姐夫都是公职人员，苏醒第一次踏进陈兰家，就浑身不自在，从他们眼神中，苏醒看出了对他的不满意，聚在一起喝酒时，姐夫调侃道："妹妹不简单，主动和新疆的军哥和亲，这是为民族团结奉献自己的青春呀！"

一家人第一次在一起吃饭，姐夫对苏醒冷嘲热讽，苏醒一声不吭。最后陈兰听不下去了："我选定了，就要跟苏醒过一辈子，你们不要这样小看人！"

在厨房忙碌的母亲，也忍不住私下里对陈兰说："陈兰，不是我们瞧不起，平心而论，你找的这个军哥配得上你吗？配得上我们这样的家庭？不听老人言，以后你会后悔的。"

"我永远不会后悔！"一顿饭没吃完，陈兰就拉着苏醒离开了。

苏醒暗自发誓："一定要干出点名堂，让他们瞧瞧！"

苏醒复员返乡后，陈兰就为他找到了给派出所所长开车的差事。因编制问题始终解决不了，苏醒干了两年，就辞职了。后来苏醒听了老家侄儿的建议，要开家手机店，陈兰只好支持丈夫的决定，还和苏醒一道请派出所所长帮忙，租下公安局的一间门面，手机店就这样开业了。

为了支持丈夫的工作，陈兰除了工作，还担负起照顾孩子、料理家务的全部重任。苏醒为了提高收入，早点还清开手机店的贷款，店里不请员工，进货、销售、售后服务全由他一个人负责，特别是每次外出进货前，为了正常营业，他都提前让妻子陈兰请假帮忙看店子。

然而苏醒还没等到发财的那一天，店子就开不下去了。一天早晨，苏醒匆匆走进手机店，一下子傻了眼：店里那些品牌的、价格昂贵的手机，全被洗劫一空！苏醒的生意做不下去了，再加上门面即将到期，上面出台了政策，公安局的房子不能再作为门面出租，苏醒只好打包回家。

在家里，苏醒整天唉声叹气，陈兰安慰他："只要我还在工作，你和儿子就不用愁什么。"无论妻子怎样安慰他，苏醒总是心神不宁，一次做午饭时，苏醒菜没洗干净就放进锅里，陈兰看见，将没洗干净的菜从锅里捞出来，劝他："心神不宁，什么事都做不好，虽然家里还欠一些贷款，但我的工资并不低，你安心在家照顾孩子，不要天天为钱的事发愁！"

"一个大男人靠女人养活，你娘家人就更看不起我了！"苏醒就陈兰娘家人对自己的鄙视总是耿耿于怀，他出人头地的念头也从没改变。

那段时间，苏醒在家不是在接电话，就是在打电话，整天不知道忙碌些什么。有一天，陈兰下班发现苏醒穿得整整齐齐，好多天没刮的胡子也刮得干干净净的，厨房里香气扑鼻，满桌子饭菜，色味俱佳，平心而论，苏醒做饭菜的水平还不错，以前只是心不在焉，总是做不好，陈兰有些纳闷，儿子去爸妈家了，不过年不过节的，整这么一桌子饭菜，能有啥喜事？

"告诉你一个好消息，我一位战友在莞城一小区搞开发，小区里无超市，我去办个超市，肯定赚钱！"苏醒接过陈兰手中的包，递上拖鞋，等她换了鞋，牵着她的手，走进餐厅。

"跑那么远，你走后，我们娘儿俩咋办？"苏醒一脸的兴奋，陈兰却高兴不起来。

"先辛苦你一阵子，以后你就等着当老板娘吧！"

"一家人不分离就是幸福，身体好就是最大的财富，不要去那么远，如果想办超市，就在我们当地办个小超市，不行吗？"陈兰企图打消苏醒发大财的念头，在她心中，不愁吃不愁穿，一家人相亲相爱就是富裕。

"我明天就走，这次去了一定发！"苏醒给自己和妻子各倒了一杯红酒，他举着酒杯说，"辛苦你了，赚钱回来，一定好好犒劳犒劳你！"

"需要多少本钱？"陈兰知道制止不了苏醒，只好选择支持。

"大约需要十万，这个暂时不需要家里拿钱，战友答应借给我们的！"苏醒此前已经为此事活动过多日，只是陈兰不知晓罢了！

"利息呢？"陈兰问道。

"没赚到钱，就只还本钱，如果赚了钱，就是三分的息。"苏醒放下酒杯，兴奋地回答。

"战友怎么知道你赚了钱没有？"陈兰刚举起红酒，又放下了，她不相信有这样的好事。

"战友安排了一个亲戚在超市负责财务！"陈兰望着苏醒，不想再劝说什么了，在苏醒心中，赚钱、出人头地比什么都重要。

苏醒走的那天，下起了小雨，雾蒙蒙的，陈兰心情像天气一样沉闷，但苏醒离开时，她还是塞给丈夫五万元，一个人在外，身上多带点钱，心不慌。车子启动后，苏醒兴奋地朝她们母子挥手："回去吧，等我好消息。"陈兰望着丈夫远去的背影，心里堵得慌，她真想大哭一场。

最初几天，苏醒每晚睡觉前，还给妻子报个平安，大约过了半年后，苏醒好像突然从人间消失了一般，电话也不接，陈兰有些担心，每天晚上一遍一遍拨打丈夫的电话，或是给他发短信，却无人接听。

在陈兰焦急不安的等待中，苏醒的电话终于来了："这段时间忙着超市的事，手机没带在身边！"

"都什么时代了，不带手机可能吗？"陈兰不相信丈夫的话，在电话中带着哭腔质问他。

"好了，好了，我以后天天会主动向你报平安的！"苏醒好像还有事，匆匆和陈兰说了几句话后，就挂了电话。

陈兰不放心，决定抽时间到丈夫的商场看看，和丈夫商量后，他一百个不同意，总是推脱说不是时候，苏醒越是不愿意让陈兰去，陈兰越决定非去不可。

等孩子放暑假后，不管丈夫同不同意，陈兰就带着孩子去找他了，按照以前丈夫给她的地址，找到位于莞城的那家超市，却不见苏醒的踪迹，员工告诉她："一个月前，超市就转让了，至于老板去了哪里，我们也不知道。"

联系不上苏醒，陈兰又联系上介绍丈夫来开超市的那位战友，他告诉陈兰：苏醒来了之后，很快就将超市开起来了，每个月还有三四千元的收入，但他嫌收入不够高，超市开业两个月后，他又接手了一家网吧，生意红红火火，收入比超市还好，后来因为一场火灾，幸好没造成人员伤亡，由于在当地造成不良影响，网吧被警察查封，还拘留了苏醒半个月。后来我劝苏醒不要三心二意，继续好好经营超市，他在我面前答应得好好的，却突然将超市转让，不辞而别，现在去了哪里，我也不知道！

陈兰没见到丈夫，只好带着孩子返回，在家踏踏实实工作，抚养孩子，替丈夫还账，一晃又是半年过去了。

一天，陈兰回娘家吃饭，父亲说："就苏醒那种不负责任的男人，你还等他干什么，早点离婚！"

平时在父母面前恭恭敬敬的陈兰，那天破天荒地大发脾气："苏醒怎么了？如果不是你们瞧不起他，他会挤进钱眼里去吗？"那天陈兰与父亲话不投机，提前回了家。

一天晚上，孩子已经睡了，陈兰准备睡觉的时候，听到有人敲门，她一阵惊喜，晚上好几年没人敲门了，难道是丈夫回来了？

她打开门，门口站着一位老人，很憔悴的样子。陈兰犹豫片刻，还是认出了眼前这位就是自己的丈夫苏醒。

"你怎么变成这个样子了，比我爸还老？"陈兰伸出拳头打在丈夫胸前，嗔怪着把他拉进了屋。苏醒还想解释什么，陈兰安慰道："什么都别说了，先洗干净，否则，别人还以为我们家进来一个叫花子！"陈兰将丈夫推进浴室，帮他洗澡、刮胡子，换上干净衣服，忙得不亦乐乎。"从此以后，你就待在家里，不要出去了！"苏醒坐在沙发上，陈兰偎依在他身旁，轻轻说道。

"能让你养我吗？"苏醒唯唯诺诺地答道。

"这么久你都去哪了？没给家里寄一分钱，我还帮你还了好几笔账，不是一样过来了吗？"苏醒不在家时，陈兰天天思念着他，现在就在眼前，陈兰却一肚子怨气需要发泄。

"哎，都怪我钱迷心窍！"原来，苏醒开超市，办网吧，赚了一点钱，还认识了一群狐朋狗友，其中一位朋友和苏醒关系非常要好，在一起聚餐之后，他对苏醒说："开超市能赚几个钱，现在最赚钱的行业不是这个！"

谈到钱，苏醒马上来了兴趣："最赚钱的行业是什么？"

"养生店！"朋友见周围没人，对苏醒耳语了一番。

"这个能赚钱吗？"苏醒感到好笑准备离开，却被朋友拉住又是耳语了一阵子。

"那不是违法的事吗？"苏醒对这个不感兴趣。

"虽说是违法的事，只要小心谨慎……"经朋友一番劝说，苏醒心动了。

在朋友的怂恿下，苏醒将超市转让后，到另一个城市隐姓埋名，开起了养生店，果然如朋友分析的一样，开店后日进斗金，苏醒担心妻子知道后反对，不敢与她联系，将所赚的钱一笔笔存入银行，只想等再赚一笔后就收手，胆子也越来越大，最终引起了警方注意，将苏醒的店面封了，除了罚款，还被拘留。

黄杨月作品集

听了丈夫的哭诉，陈兰劝道："过去的事情就让它过去了吧，还是安安心心在家过日子！"

"我一个老大爷们，天天在家养老，像什么话？"苏醒那颗浮躁的心还没安静下来。

"不是我批评你，你学历、能力也就那样，还是干些踏踏实实的事！"陈兰不希望丈夫继续到外面闯荡。"你以前就是一农民，老老实实做点实际的事，不是一样生活？"陈兰有一个同学在百花洞养肉鸽，就建议苏醒去学习养鸽技术，经过一番激烈思想斗争之后，苏醒接受了陈兰的建议，学会了养殖技术，建起了养鸽基地。

养鸽的最初几年，收入不是很高，陈兰劝他："国家现在提出振兴乡村战略就是要让农民富起来，现在只要不亏就是赚！党员更不要想着钻政策的空子，老老实实养鸽，规规矩矩赚钱！"

有一年，上边开展环境卫生整治，一些养殖户因为环保不达标被取缔，苏醒因为证件齐全，环保要求达标，得以保存下来。见陈兰同学的养鸽场因为环保不达标，被强拆了，苏醒对妻子说："幸好听了你的话……"

苏醒在妻子的支持下，苦苦坚守着养鸽基地，随着养殖规模不断扩大，货源供不应求，几乎每天都有人打电话咨询或上门提货。有时，苏醒还要开车为客户送货，忙得不可开交。

一天上午，苏醒接到一个神秘电话后，要求陈兰陪他一起去给客户送货，陈兰感到奇怪，以往苏醒从没让她一起去送货的。没等她反应过来，苏醒就装满一车雏鸽，拉上陈兰飞驰而去。原来，当地村书记听苏醒说他的养鸽基地都是陈兰的功劳时，便向陈兰发出了盛情邀约！看到苏醒眉飞色舞的样子，陈兰幸福地依偎在丈夫肩头。

天再黑一些头顶的星辰就会更亮（外一首）

苏小小

一

一个人死去

整个村庄都笼罩着白雾

一棵树倒下

满树的鸟都在鸣叫

甚至，还有几只蚂蚁

回到树根下怀想

当年在树枝上歇息过的那片叶子

没有人知道去了哪里

一座桥的倒下是悄无声息的

像枯树一样

他选择一个黑夜

没有人看见，也没有悲伤

二

故乡的春天是迟缓的

草一点点绿起来

老屋顶上的枯草刚发芽

那棵不知年龄的香椿树

黄杨月作品集

高过屋顶，高过一部分生死
树下乘凉的人不在了
几只蚂蚁晃来晃去
一阵雨落下来
多年前的一双脚印依稀可辨

三

黑夜里每一只萤火虫
都是挑着扁担赶路的人
像一生都在乡间小路上行走的父亲
在暮色中赶路步履匆匆
天再黑一些
头顶的星辰就会更亮

而今父亲不再赶路了
每逢清明
总会有一只小鸟不远千里
赶回父亲的坟前
发出凄厉的哀鸣

娘亲的一生高不过故乡的田埂

一

我的故乡四周被一条叫十字江的小河环绕
娘亲一生都没离开过那片土地
插秧割禾

娘亲过着并不丰腴的年景

二

西坡地每一株庄稼都是不分平仄的诗行
我只有在梦里才能与它们眉目传情
一如我躺在娘亲的怀里
由她呼唤我土得掉渣的乳名

三

小时候，娘亲背着我去外婆家
外婆一边给娘亲梳头一边絮叨说
头发根硬的女人内心才柔软
我依偎在娘亲怀里，听到她怦怦的心跳

四

村里的祠堂里，供奉着许多先祖的灵位
每逢鬼节，我都去叩头，求先人护佑
娘亲说，儿啊，叩完头还要上供饭
你死去的小叔子才不会挨饿

五

娘亲不懂汉字飘香，只识五谷杂粮
西山岗、十字江，都有她劳作的身影
娘亲说，只要用心
风铃草也会爬上篱笆墙

六

家就一个字
娘亲用一生
一生只烧一家炉火
一生只爱一缕炊烟

七

一株风铃草卑微的命运
多像我受难的娘亲
一头栽倒在水田里
成为乡愁的一个叹号

八

娘亲西行那天，天空飘落的细雨浓雾般倾泻
如我紧紧抱着的娘亲的棺椁
淹没在水命里
娘亲的一生，高不过故乡的田埂

苏小小，原名苏红卫，出生于20世纪60年代。斗门区人，文艺爱好者，广东省青年产业工人作家协会会员，广东省楹联学会会员。有多篇小品小戏、文学作品获奖并收录多种文集，有音乐文学作品CD出版，目前从事文字编辑工作。

信念永存

——记地下党交通员陈照

林家棉

20 世纪 30、40 年代，日本发动了全面侵华战争。

一个疾风骤雨的夏夜，一辆载着人的单车艰难地前行。骑单车的青年就是中共地下党交通员陈照，为了党的地下工作，也为了生计，他不分日夜，顾不上天气的恶劣，也顾不了道路的泥泞。

陈照，又名陈买照，中山八区斗门黄沙坑村人，生于 1917年，以单车搭客为生。那时零散的单车夫有一个松散的组织，叫单车站，其作用是互通搭客消息，活动范围在斗门、六乡、乾雾、五山一带。每天骑单车穿乡走巷，生活在底层的陈照，深切体会到国民党的腐败和群众的疾苦。

面对山河破碎、日寇横行、民不聊生的惨状，以邝任生为代表的共产党人深入乡村，传播马列主义，发动群众抗日。受进步思想的影响，陈照认识了日本侵华的真面目，明白了共产党救国救民的宗旨，懂得了只有团结起来、武装斗争才能救中国。他主动接近地下党组织，在外围帮助工作。通过乡村教师地下党员周才的宣传和发展，陈照于 1938 年秘密参加了共产党。党组织根据陈照从事单车夫的职业，安排他担任地下交通员。从此，陈照风里来雨里去，以单车夫搭客身份，不畏艰难险阻为党和游击队的地下交通做了大量工作。同时，以家庭开炒米饼作坊为掩护，收留和转移革命同志及党的领导干部，成功掩护过游击大队长赵明、政委周挺等领导干部。

民国三十二年（1943年），是中国最为艰难困苦的一年，战乱遭逢自然灾害，全国大饥荒，四处饿殍，哀鸿遍野。此时，党组织也陷入困境。小部分党员经不起考验，有主动退党的，有无意脱党的。陈照的入党介绍人周才为生活所迫，意志消沉，对形势悲观，主动退党，当了村保长，好在良心未泯，没有出卖组织。游击队小队长李锋的妻子见他从事武装革命斗争，担惊受怕，经常吵闹，以死要胁。一次，为了恐吓丈夫，在家挂好绳索摆好凳子，准备等丈夫回来一开门就上吊。谁料丈夫未回，猪拱了门。其妻以为丈夫回来，立即上吊。邻居见猪不停拱门，拍门无人应答，撞门进入，其妻早已断气。李锋再婚后，怕悲剧重演，遂带着后妻投奔香港亲戚，一度脱离了党组织。他仍在香港通过各种渠道不断给游击队购买药品物资，帮助抗日。

但陈照意志坚定，信念不变，不受丝毫影响。地下党和游击队员经常吃住在他家，入不敷出，不久就揭不开锅了。他及时向组织反映实际情况。党组织问他有什么办法解决目前困难。他犹豫地说，乾务乡有一个远房亲戚，是大地主，他想叫我帮忙看守收割稻谷，一造报酬是一担谷。党负责人说，答应他，以此解决党组织和游击队无粮断炊的燃眉之急。陈照心里明白，交通员级别不高，但位置非常重要，涉及一个党组织的线网点，一定要保存这个地下交通站。大丈夫能伸能屈，为了组织生存，为了革命能取得胜利，当几日地主的帮工又如何？

那时，日寇的铁蹄，在斗门到处践踏。一天黄昏，黄沙坑村口来了一队日本鬼子，领头的军马突然扬蹄嘶叫，不肯入村。放哨的陈照在村口看见，忙叫上村保长周才拉着一头猪迎上去：太君，村子小小的，脏脏的，送一头猪慰劳太君。日本军官听了翻译，望望村子不大，军马惊叫，说了一声"哟西"，即叫两个日本鬼子抬着猪绕村而去。好险呀，陈照松了一口气。如果日本鬼子坚持进村，后果不堪设想，因为党组织正在他家里开会，共商抗日计策。一头大猪解危难，成功引开日本鬼子，大家都称赞他灵活机智。

解放战争后期，国民党大势已去，兵败如山倒。一天，四个国民党兵逃到斗门圩，占领了一栋房子的二楼，负隅顽抗。陈照闻讯带领两个年轻的游击队员围攻，年轻的游击队员第一次执行战斗任务，缺乏经验，不敢靠近房子门口。只见陈照的身影像闪电一样，快速冲上二楼，一声怒吼："缴枪不杀，你们被包围了！"四个国民党兵早已草木皆兵，如丧家之犬，乖乖地缴械投降。陈照一人独闯楼台擒四敌，当时被誉为智勇双全的"孤胆英雄"，并传为佳话。

经过十多年艰苦卓绝的抗日战争和解放战争，始终坚持共产党信念，不惧个人安危，忠诚地为党和人民工作的陈照终于迎来了全国解放。中华人民共和国成立后，根据陈照的水平和能力，组织安排他当中山八区（斗门镇）税务所所长。这个职位像一个烫手的山芋，从古至今都是费力不讨好的差事。但他义无反顾，对党分配的工作不讨价还价，欣然接受。在工作中，他坚持原则性和灵活性相结合，对各类小商贩的经营收入作详细深入的调查研究，根据收入多少定税率，不搞一刀切。既保证了商家的合理收入，也保证了国家的合法税收，他取得双赢且卓有成效的工作得到了商家和上级领导的认可。不久，组织安排他担任公社副社长，分管财政和人事工作。他为人公正无私，心地善良，爱憎分明。一次，他审批救济款，发现一个青年拿了救济款买了块手表到处显摆，便狠狠地批评了那青年一顿。他要这个青年明白，救济款是用来解决生活困难的，不是用来购买装饰物品充阔气的。

陈照关心群众疾苦，对自己的家人却毫无私心。他有七个子女，但没有利用手中权力安排一个工作，只有小儿子按当时政策规定，顶职了工作。为这事儿女们颇有怨气，说父亲太不近人情了，全不为自家人着想。晚年落实政策，他享受副厅级医疗待遇，所有医疗保健陪护费用，百分之百财政报销，但从不准家人用他医疗卡的一分钱。一次，老伴试探说袋里没钱，拿他医疗卡开点感冒药，他立即拒绝：不行！国家给予我个人的待遇体现了党对老同志关怀，与你无关。公私分明，绝不含糊。这就是陈照等老一辈共产党人廉洁清正的风范。

"文革"期间，陈照遭遇不公，关了十年"牛棚"。平反后儿女们问他你恨不恨"文革"？怨不怨共产党？他爽朗回答：不恨不怨，党的历次运动都是为了党的健康发展，为了理想和制度的延续。好比延安整风，反左，反右……党的十次路线斗争都无可避免地扩大化和产生冤假错案，但我相信共产党有自纠错误的智慧和勇气。

陈照的看法是对的，目光是远大的。一个政党执政几十年，无经验可循，所走的路全是披荆斩棘探索前进，在探索中难免会偏离方向或踩进泥潭。走出泥潭，修正方向，继续向前，这就是共产党的伟大之处。

陈照，一个名不见经传的基层老党员，对党忠诚，意志坚定。几十年如一日践行党的初心，勤勤恳恳、任劳任怨地做好本职工作，全心全意为人民服务，不谋取私利，不邀功请赏，一直坚守信念。至 95 岁高龄，陈照才走完他无怨无悔的一生。

　　林家棉，男，1951 年出生，广东新会人，毕业于广东医科大学，供职于斗门区人民医院，遵义医科大学附属（珠海）医院，副主任医师，副教授，已退休。喜欢文学摄影，偶尔写写小说，游记，古典诗词。诗作《醉意酣美》曾获红酒主题全国征文大赛优秀奖，《漫步乡村》获凤凰网·中诗协举办"最美的乡村"2021 新诗作征文二等奖。

黄杨河湿地公园印象

郭凤屏

天高云淡，10月6日，应朋友邀请到珠海斗门参观游览其首个大型湿地公园——黄杨河湿地公园。从家里出发，1个多小时车程，顺利到达目的地，真正享受一次粤港澳大湾区生活圈带来的福利便利。午饭后，在朋友带领下，我们驱车来到位于尖峰山脚、黄杨河畔间的黄杨河湿地公园。

黄杨河湿地公园，它位于珠海市斗门区尖峰山脚，占地面积约40万平方米，是依托母亲河黄杨河优美的自然生态环境和两岸风光而建。黄杨河湿地公园的灵感源于斗门的"斗"字，偌大的公园从南至北分为三部分：文化斗、自然斗和生态斗。据说"三斗"既是该项目的设计概念，又是该项目功能分区，分别承载城市人文、自然、生态。据了解，黄杨河湿地公园是斗门区的重点建设项目，面积约40万平方米，主要建设滨水观景台、藕丝亭、观河廊架、招潮台、观景步径、亲水平台、滨河广场等，种植芦苇荡、红树林等水生湿生植物，是集生态观光、科普教育、健身休闲等综合配套为一体的滨海湿地生态休闲区。

据朋友介绍，面积约40万平方米的黄杨河湿地公园在9月

29日正式开园对外开放，该公园与西堤路南延段同步建设，共同构建起"斗门情侣路"，进一步提升斗门城市品质，成为斗门区的新地标和打卡胜地。在滨水观景台休憩，沿着河堤路生态健步行，亲水的红树林，绵延弯曲的石板路，风中摇曳的时花……眼前的一切颇有"秋水共长天一色"的和谐之美。这里有清新舒爽的空气，草庐雅舍和独具匠心庭院，各种花卉沁人心脾，给人一种生态、休闲、舒适、亲近原生态乡村的生活体验，让人远离尘嚣，不知不觉地沉醉在这片水乡之间，将传统与现代、城市与乡村、人与自然可以完美地有机融合起来，高楼大厦与湿地生态完美融合之景，使人心旷神怡。你可骑上自行车沿栈道赏风光、享受美丽花园悠闲慢生活。

这里有清澈见底的淡水河，有原生态的绿洲，有湖光山色的水乡风貌，来这里旅游观光没有爬山的辛苦，也没有热门景区的拥挤，在这里可以享受大自然夹着花香味的清新空气，这里到处都是美丽的水与花圃风光，漫步其中，令人心旷神怡。这里环境优美，鸟语花香，偶尔发现树上还有不少鸟巢。这里绿树成荫，加上一片片的蒹葭，风起时婆娑飘舞，此情此景的我眼前不禁想起"蒹葭苍苍，白露为霜。所谓伊人，在水一方"，一幅壮观又飘逸的海天一色的画卷，一位典雅的女子从前面的亭台楼阁里，缓缓向我走来。此时我们也走累了，于是我们坐下来休息。"这里的环境真好，水很清，还有很多小鱼在水里游哦。"同行的赵女士开心地说。

虽说是午后，但雨后的浅秋，天气甚是凉爽。路旁杨柳依依，垂柳袅袅；金黄的葵花，散发着幽幽的清香。还有那沁人心脾的泥土芳香，也不时袭扰心头。一河两岸，微风吹过，波纹荡漾开来。你站在桥上看风景，看风景的人在长廊上看你，你在桥上走，我在长廊游。来一场秋日出游，迷于绿树花草间，浸入画卷之内，乐在品赏之中，走过河、小桥、青石板、游艇，恍惚痴绝处，已分不清梦境与现实。

黄杨河湿地公园有很多各式各样的花圃，有叫得出名的菊花、向日葵、美人蕉、格桑花、蓝花草等，也有很多叫不出名的各种花卉，漫步其间，不仅能感受到无处不在的扑鼻花香，还可以了解不同的花卉，也算是长长知识。你可以带上你的家人到那游览赏花，享受当一回花仙子的感觉。美景佳人成为黄杨河湿地公园一道靓丽的风景线，尽情释放疫情后秋天的丰收果实和无限活力。树林里还见游人在树与树之间吊个网休闲地休息，也有一家老少搭个蒙古包，在草地铺张胶垫，上面放满时令水果。友人说，认真游一圈，估计要花一天时间才能走完。

双节期间，据说这里每晚还举行音乐节，来自全市数十个乐团队轮番上阵，为游客们提供一场场精彩的视觉盛宴，对于喜欢音乐的朋友，无疑是一个极好的去处。

最重要的是，从中山城区出发，需要一个多小时车程就到达目的地，真正享受一次粤港澳大湾区生活圈带来的福利便利。

郭凤屏，大学中文系毕业，广东省青工作协会会员、中山市作家协会会员、中山市文艺评论家协会副秘书长、中山市报告文学学会会员、中山市青工作协理事，《辽宁文学》签约作家。著有散文《美眼江山》，与郭昉凌合著口述历史《见证中山七十年》。《美眼江山》被国家图书馆馆藏、广西图书馆馆藏、中山图书馆馆藏、中山档案馆馆藏。

刘文俊作品

好日子

刘文俊

 儿子小强朋友多。

 小学朋友圈，初中朋友圈，高中朋友圈，大学朋友圈，工作同事圈，运动朋友圈，钓鱼朋友圈，甚至幼儿园的同学们都建着朋友圈聊天群。

 三十七岁的小强和三十四岁的小强媳妇，还有五岁的儿子和强爸强妈，住在一套建筑面积一百四十平方米而户内面积只有一百零几平方米的单元房里。

 强爸和强妈都是退休工人。强爸每月的退休工资不足三千元，强妈每月的退休工资二千二百元。

 仿佛是大势所趋。几乎所有独生子女的家庭，爷爷的退休工资负责全家人的生活费用。而奶奶的工资负责家庭老亲旧眷之间的人情世故，还有二老的药费支出。虽说有职工医保，但人老了，诸病缠身。糖尿病，高血压、胃病乱七八糟的病撵不走赶不开。自费的部分是不小的一块支出。

 每天五点半，强爸即起床，手拖一购物车，一边散步晨练，一边步行到离家二公里外的露水市场上买菜。这里的菜比农贸市

黄杨月作品集

场便宜得多，更比超市等大卖场便宜。

强爸每天算计着，抠着过日子，每次买菜时都会与卖菜人讲价钱。强爸有的是时间，他蹲在菜摊前，慢条斯理地与人讲价钱。一直到把卖菜人讲烦了，赶紧把白菜萝卜西红柿一斤降一毛二毛地把他打发走。即便是这样，也时常青黄不接，特别是发工资前二三天。

居家过日子看似简单，其实烦琐得惹人烦。天天算计本身就是件烦心事。算计，算计。强爸每月有几项日常开支是刚性的。

水电费每月要三百五十元左右。天然气要一百三十元上下，老夫妻手机费用一百元，手机话费附带着宽带，老妻喜欢看电视。没电视看没法活的。追电视剧只嚷嚷更新太慢。每个月为小孙子要花一百八十的买小吃小玩具，这是一定要花的。图个孙子高兴，爷爷开心。

现在的东西太贵了。即便是内地三线城市也不得不在掏钱买肉时再三盘算，然后带着隐隐的心疼去刷二维码，犹犹豫豫地按下支付密码。

猪肉三十元一斤，太离谱了。去年还十一二元一斤，今年翻了两个跟头，有人说环境保护导致，有人说是非洲猪瘟害的。如果是单一的原因，不可能如此云天雾地，不着边际的涨价。可时至今日也没有人为此负责。唉！有人会说猪肉涨价，吃牛肉。生牛肉四十元一斤，羊肉四十八一斤，水涨船高。牛羊肉的性价比高了，但还是猪肉便宜。

猪肉贵也不缺，摆摊的，门店里挂的猪肉从没空过。牛羊肉更到处都是。强爸觉得日子仿佛有些艰难的样子。

抬抬胳膊，露着肚脐了。强爸老有这样的感觉。

其实，儿子儿媳孙子都不常在家吃饭。除了周六周日全家能到齐外，别的时间，儿子和儿媳基本不在家吃饭。孙子上日托幼儿园。

人们嘴刁了，馋了。一天总要吃餐腥荤。

早餐，玉米粥馏馍，凉拌洋葱和萝卜丝就行。晚餐炒两个青菜即可，中餐一定要有盘鱼或者肉才行。

好在儿子朋友多。每周有三四天不在家吃晚饭，不是同学聚餐就是玩友喝酒。而且，儿子能为父母着想，把吃不完的鸡呀鸭呀的打包回来。

儿子上班前，面无表情地对强爸或强妈说：昨晚打包回来的鸡和水煮羊肉放冰箱了，你们加紧吃了，不要放坏了。

现在孩子工作节奏快。平时同学朋友很少见面。休息了，儿媳也会带着孙子和同学朋友们轮流坐庄吃烧烤，下小饭馆，大家吃点喝点聊聊天，一周的辛苦也就烟消云散了。

是的。时代不同了，男女都一样，男人出去聚会喝酒，女人聚餐也正常。不过女人们聚餐带孩子的多些。大人们聚会，小孩子们也加强了交流。

孩子们不容易。

做饭是强爸的事。强妈说，她侍候一家子几十年了，退休了，身体不好了，一切家务由强爸承包。确实，强妈多种病缠身。糖尿病已有二十年了。天天要打胰岛素。打针把一个柳腰打成水桶了。她还有抑郁症，天天要吃帕罗西酊。进口的效果更好一些。即便这样仍然常常失眠，要配上阿普唑仑或者是一粒氯硝西泮，她还有膝关节滑膜炎，腰椎间盘脱出，每天腰膝处贴满的风湿药膏。每天大把地吃药，这么多病真不适合干活。

昔日甩手掌柜强爸鼓足勇气接过了强妈的围裙和拖把。饭做不到色香味俱全，但能做熟。地拖不净也能把灰拖尽。

听了儿子交代有剩菜。中午就可以省去自己花钱买鱼肉的钱了。把剩菜倒锅里，再续些青菜，就是一大碗美味的大锅菜。强爸和强妈吃着饭店的剩菜有一种类似幸福的感觉。瞅瞅，咱娃算是不错的，在外面与朋友聚会，还不忘咱这俩老家伙。

不过，这些剩菜周六周日是不能吃的。一家人难得团圆，说什么也要花五六十元，买只走地鸡，或黄焖，或清炖。或者买清江鱼，做酸菜鱼。清江鱼过去没听说过。这两年在内地鱼市上成了常客，一斤十三元。这鱼好，刺少，最适合小孩子们吃了。肉还嫩滑。

每到周六早上，强爸总问儿媳：晌午，你们在家吃饭吗？

儿媳妇边收拾衣柜，边回答说：爸，在家吃。

那我去买只活鸡子，晌午吃黄焖鸡。强爸带着笑说。

中啊，爸。儿媳很平静地回答。

中午，一盆黄焖鸡端上饭桌，再配个青菜，简简单单，一家人围在一起吃饭，是强爸最享受的时候。

其实，强爸还是喜欢小强出去钓鱼。开上车，带上帐篷，到丹江水库或到湖北枣阳，一去两天，花几百元钱，钓回来十斤，二十斤鲫鱼和大鲤鱼。看到儿子晒得黝黑拎着沉甸甸的鱼进来，强爸从内心高兴。

现在的东西样样都贵。儿子的钓鱼装备添置得相当齐备。手竿从三米六到四米五，到五米四甚至更长的。好的钓竿一两千一竿还是大平常。还备有海竿，矶钓竿，一条浮漂上百元还不是最好的，那浮漂两盒子一二十根，长长短短的排列得整齐。铝合金的垂钓平台也有上千元。儿子这一整套钓鱼设备一万多，据他说，他的同学钓鱼装备更齐全更高档。强爸有时听了儿子夸耀式地说他的装备，只剩下长长的一声叹息。强爸想起"文革"结束后，听说王洪文在"文革"中用进口的钓鱼竿，还有人工水草，那时觉得王洪文的生活太腐朽透顶了。现在与儿子们的钓鱼装备一比，也不过如此，只是领先了几十年而已。

其实，强爸小时候也钓鱼。强爸小时候生活在湖北荆州一小镇上。小镇上一半商品粮居民，一半农村人。附近村庄里几乎家家拥有一年四季常青的竹园。竹园里落着厚厚的竹叶，夏天发出一种腐烂的热腾腾的味道。强爸想钓鱼了，提着菜刀到附近的竹林里砍下一根五六米高的竹子，削去竹枝，就是钓竿。花五分钱买两米尼龙线，二分钱买一枚钓钩。到垃圾堆里捡来白色的精鸡毛翅膀上的大翎。把毛去掉，将粗粗的鸡毛翎剪成一厘米左右，然后串到尼龙线上，再从牙膏皮上撕一块铅皮就是铅坠。钓鱼装备齐全了。抓一把大米就是窝子料，用白酒泡过的大米更佳。

现在听说那种钓法叫长竿短钓。

儿子喜欢钓鱼却不喜欢吃鱼。这不同强爸。小时候的强爸钓鱼就是为了吃鱼，为了改善生活。那时候钓鱼多少不用斤两表达。当别人问钓了多少时，大家回答是："碗把儿菜。"碗把菜就是可以生煎或红烧一碗，或是一盘鱼。

儿子钓的鱼基本是强爸和强妈二人享受了。小鲫鱼油炸，大鲫鱼红烧。锅里放上油，把鱼略略腌制一下后下锅，滋啦一声，一厨房的鱼香味。放进四川郫县豆瓣酱，再放进辣椒和拍过的大蒜和生姜，那味道绝对的美。

那天，儿子去丹江水库钓鱼，钓友们 AA 制每人出一百多元钱雇了一条船，把船开到水库里面，然后抛锚，固定船位，他们将成麻袋的饵料倒进水中打窝子。船老板负责给他们做饭，船上有床，困了可以睡一会儿，开水管够。

那天小强空着手回来了。强爸问：咋，今儿上丹江钓鱼空手回来了。

小强不在意地说：这回运气不好，两天钓了十来斤鲫鱼，我给别人拿回去了。我懒得提。

强爸听后骂了一句：妈的个逼哩。然后走开了。

十斤鲫鱼值六七十元钱呢。更何况人们说吃钓的鱼无罪，愿者上钩的嘛。强爸为这事不开心好几天。那可以让强爸省去一周的午餐荤腥费用呢。

强爸当年钓鱼是为了吃。小强对爸爸说：现在好钓鱼的一半都不好吃鱼。爱好钓鱼就是图个成就感，图个溜鱼时的刺激。要想吃鱼，光打窝子钱也够买鱼了。

强爸听了小强的话，轻轻摇摇头，无语话衷肠。只能暗暗地说，妈的，时代真不一样了。人们的想法观念真不一样了。然后再骂一句，妈的，你们真有钱无处使了。

邻居家原来住在两夫妻。去年妻子去世了。儿子结婚时新购的婚房不住，搬回来与父同住。儿媳妇怕公公一人在家害怕，怕公公寂寞孤独，让孙子陪爷爷。半年后，常听见隔壁邻居家有吵闹声。多半是听儿媳妇在哭闹，说公公要再婚，把房子要给那个狐狸精。公公说，胡扯八道，他就没有再娶再婚的打算，平时门都难出，哪儿会有女人和他结婚？更何况现在六十多岁了，与他风风雨雨几十年的妻子刚走，他哪有心思考虑再婚。但儿媳妇说他有再婚的念头，整天和院子里的老太太们粘在一起，一副心事重重的样子，不是有想法是啥。这套房子是母亲和父亲一起辛苦挣的，不能肥水流外人田。老爸再婚可以，必须把房产过户到儿子和儿媳妇名下。

这天，儿媳又和公公吵完架，儿子儿媳带着孙子吃饭店，公公一人在家，冰锅冷灶。公公晚上没吃饭睡了。第二天是婆婆去世周年祭日，公公到婆婆坟上大哭一场，一斤五香牛肉吃完，一瓶五十三度白酒喝了一半，然后，在下午四点半，是的，四点半，是婆婆咽气的时候，他一根绳把自己吊死在家里的门框是。公公曾经对别人说过，不想活了。现在孩子们连将财产变遗产都等不及。也曾有邻居传话给那个儿子和儿媳。但死者终归死了。儿子和儿媳搬走了，他们害怕，不敢进家门。隔壁清静了。

不过，财产终于变遗产了。但那套房子一直空着。几年了这套房子死一般安静。婆婆未走时贴的春联，红纸已褪得发白，上面落满了灰尘，还结了大大小小几个蜘蛛网。

相比邻居家的老头，强爸和强妈很知足，很感恩。感恩儿子儿媳没有吵着闹着要房产过户，尤其是感恩国家的退休金。否则，日子会不像个日子。

强爸强妈过着普通人的日子，有着普通人的满足。国家好，每年能为退休工人涨回工资，现在强爸听说拼多多上的东西便宜，硬是学会了网上购物，现在能在拼多多上买些日用品来，比如卫生纸，餐巾纸，牙膏牙刷香皂洗衣液什么的。儿子曾嫌拼多多上的假货多，不让强爸上拼多多。但强爸强妈顶着儿子定义他们不懂品牌重要的帽子，依然在拼多多上开心购物。

儿媳曾说谁家孙子的幼儿园的费用一年一万多元都是爷爷奶奶出的。强爸听后，微微一笑，不做回应。其实，他很想出孙子的一切费用的。但他做不到，也不辩解，儿子媳妇也不深究，说说就过去了。日子就是这样过着。盘算着过，不埋怨，不生气，弯刀对着瓢切菜。

强爸强妈有时自怨自艾地说：谁叫咱无本事呢。

嗯，是的。日子，平淡的日子，想过好也是不容易的。

那首诗是这样写的：春有百花秋有月，夏有凉风冬有雪。若无闲事挂心头，便是人间好时节。居家过日子，少与他人争长短赌输赢，也就少生闲气。

强爸和强妈想，一个家庭不管谁付出，都是自家人，只要平平安安，安安静静地过日子，就是好日子。

实名：刘文俊，网名（笔名）：居仁堂主，1956 年生人，资深文学爱好者。有中、短篇小说、散文、随笔二百余篇三十万字见诸报刊。曾任珠海作家协会党支部书记，广东省作家协会会员、珠海作家协会会员，斗门区作家协会会员。

报　喜

吴社带

在县城西北的山坡上，高高的革命烈士纪念碑矗立在坡顶。青松翠柏环绕四周，纪念碑后的屏风式的大理石上镌刻着烈士的姓名。

夏天华和林更手挽花圈，庄严肃穆地把花圈安放在碑前。五十二名共产党员排成三行，在夏天华的带领下默哀三分钟。

"同志们，今天，我们党支部在这个特殊的地方上一堂特殊的党课。"站在前头的夏天华转过身来，对全体共产党员宣布。继而又说："大家都看到了，这里镌刻着一百一十一名烈士的姓名和牺牲时间，他们都是为了新中国的诞生和国家安全而牺牲的。他们的牺牲换取了我们今天的幸福和安宁。其中还有我们熟悉的两名水乡儿子。今天，我们以这种方式祭奠他们，就是要我们永远不忘先烈们的丰功伟绩，继承先烈们的遗志，在改革开放中发挥党支部的战斗堡垒作用和共产党员的先锋模范作用。"说到这儿，他停了几秒，然后接后说："木田村自改革开放以来，在党的正确领导下，人民群众发挥了前所未有的积极性和创造性，不但解决了包括衣、食、住、行等重大民生问题，还为实现党中央提出的奔康致富的理想不懈地奋斗着。但是，我们不要忘记，在多数人奔小康的同时，还有一小部分由于多种原因处在贫困状态的群众，我们有责任扶持他们，一起走共同富裕的道路。否则，我们就会失职，就不配共产党员这个光荣称号。"

夏天华铿锵有力的说话，震撼着全体党员的心。

"现在，我提议，重温入党誓词。"夏天华又一次宣布道。

陈开来一步上前，把他早已准备好的《入党誓词》和党旗，用双面胶贴在碑上，由夏天华领誓：我志愿加入中国共产党……为实现共产主义奋斗终身……

气壮山河的宣誓响彻山谷，震撼心灵。

晚上，在林坤的家里，林坤同陈开来讨论着，如何做好支部分配，帮助完成黄祝平转变思想和戒除毒瘾的任务。

根据村委意见，派出所又一次把黄祝平送到三水劳动教养基地，接受强制戒毒两年。

在村委的努力下，黄祝平的母亲瓦婶享受镇民政的定额救济，解决了瓦婶生活出路。终日以泪洗面的瓦婶露出了久违的笑容。

一年多过去了。黄祝平的儿子黄顺也上学了。

入夜，躺在床上的黄祝平无法入睡。他把村干部的劝告和亲人的话语像过电影一样重复着。他深知，造成父亲过早去世和老婆出走的根本原因，是自己吸毒造成的。他不怨天，不怨地，只怨自己不争气，辜负了父母妻儿和乡亲们的殷切期望。他后悔自己走了不该走的这一步，特别是儿子临别对他说的那句让他刻骨铭心的话："爸爸！要是你不戒除毒瘾，我永远不想见到你……"

在戒毒两年的总结大会上，黄祝平恳切地表示了的决心，并吟出了一首多日来写成的《悔悟》诗：

爹死娘悲家业枯，妻离夫散子似孤。

奈何朽木难成檩，试问苍天谁来扶？

告别了两年的戒毒所，回到自己日夜思念的家，当他见到因为自己走上歧途而变得憔悴的母亲和已经长大的儿子，以及神龛里新设的父亲灵牌，黄祝平的心好像打翻了五味瓶……

晚上，夏天华、陈开来、林坤以及左邻右舍的街坊都来看他。望着陆续到来的乡亲，黄祝平感激不已。母亲瓦婶边招呼客人边对他说道："你看，村干部和大家多关心咱们啊！你爸去世的费用和你儿子上学的费用都是坤叔支付的。两年来，祖孙俩的生活多亏乡亲们照顾和政府救济，这才渡过了难关。现在，你戒毒回来了，乡亲们多么希望你重新做人，让所有人放心啊！"

听了母亲的一番话，黄祝平感动得热泪盈眶，他用手抹干眼泪真诚地表示："毒品，把我引入歧途，乡亲们没有嫌弃我，还伸出热情之手挽救我，为我扬起重新做人的风帆，让我坚定了同毒品一拍两散的决心。今晚，我在大家的面前发誓，不戒除毒瘾，誓不为人。"

"好啊！我今晚就是来听你表决心的。"夏天华一边鼓掌一边赞许道。

"我们都为你准备好了，从明天起，你到陈开来处做工，食在那里，住在我那里。"林坤向黄祝平宣布道。

在陈开来那儿，黄祝平担负鱼虾长短途运输销售的工作。每天根据陈开来的安排，同司机和陈开来的妻子去到出售鱼虾的塘址，负责把过了磅的鱼虾送入车厢充氧。陈开来妻子则负责计数和付款，收购完毕后根据鱼虾质量的优劣和多少，决定运到什么地方销售。在销售过程中，黄祝平和司机负责把鱼虾搬出，陈开来妻子则负责过磅、计数和收款。

晚上，黄祝平住进林坤的鹅棚。

在鹅棚里，林坤就手把手教他孵化鹅苗的技术：如什么时候给鹅蛋翻身，怎样控制室内温度，等等，余下时间则陪黄祝平看电视。有时结合电视节目谈谈人生价值以及自己的奋斗史。

日复一日月复一月，鱼虾销售工作使黄祝平感觉到生活的充实和通过劳动赚取收入的快乐。他虽然不是老板，但也从中学到做人做事的本领和道理。特别是从林坤的个人奋斗史中，明白了一个人该如何担负起为子为父为夫的责任，加深了对父辈的崇敬和对自己罪孽的愧疚。

转眼一年过去了，在林坤和陈开来双管齐下的教育和帮助下，黄祝平彻底地戒除了毒瘾，恢复正常人的新生活。

一天，陈开来和林坤特约夏天华，三人一起来到黄祝平家。陈开来微笑地对黄祝平说："把你安排在我的车队打工和住在林坤鹅棚里，是林坤为你彻底戒除毒瘾的唯一办法，除此之外别无选择。通过这样的方法，减少你同外界，尤其是别有用心的人的接触机会，使你专心戒毒、专心劳动。从现在的效果看来，是可行的，成功的。"

"为了你的戒毒成功，一年来的每个晚上，我没有离开你半步，为的是实现你父亲的遗言。"林坤一字一句地认真说道。

看到林坤和陈开来饱含激励的神情，夏天华也感动了，他对黄祝平说："我记得一位文学家说过：'人生中最珍贵、最有价值的东西不是有形的物质，而是一种仁慈和善意的感觉。'我想，林坤和陈开来，以及那些为了你的转变而无私奉献的乡亲们，所付出的爱是多么珍贵、多么有价值啊！"

临走，陈开来从包里取出一包东西对黄祝平说："这叠钱一共是 2.4 万元，是你一年来的劳动所得。今晚，我当着书记和林坤叔的面付给你，请你收下。"

本来已经十分感动的黄祝平，一时激动得无法形容，他跪在林坤和陈开来跟前，深深地叩了三个响头，说道："你俩为我的改邪归正付出了极大的牺牲，可谓用心良苦，让我感激不尽。现在，又把这一年打工的钱付给我，更令我无地自容，这些钱无论如何我都不能收。"

林坤赶忙扶起黄祝平说道："这笔钱你既然不收，我权当代为保管，以后有合适的机会就把它投出去，说不定会变成一只母鸡呢！"

回到鹅棚的林坤一直为黄祝平的这笔工钱考虑着。他想，恢复正常人生活的黄祝平需要生活的出路，要出路就要找门路，不能坐等现成。现在，最有效的办法是种和养，黄祝平年轻有气力，不如将这笔钱用于种养的启动资金。对，就这么办！刚做了决定，可一细想又犯难了，哪里有到期的土地和鱼虾塘呢？

第二天，林坤习惯性地把鹅嫲赶去老地方，鹅在吃草，他仍在思考。因无心欣赏鹅嫲吃饱后在水中追逐嬉戏，便坐在田基上，边吸水烟大碌竹边想着黄祝平的种养。当他吸了一口，眼睛一亮，不觉哈哈大笑起来。

他重新环视了这块荒地。原来是邻村一块砖厂用地，里面有一块沼泽地，已经荒废多年。这个地方既不能种水稻，也不能养鱼，最好是种植莲藕。主意已定，林坤迅速叫黄祝平同邻村办理了租种合同。

缴交了地租，订购了藕种，还有一笔资金，他决定在这里搭起杉皮屋安营扎寨。

次年正月，林坤请人在这二十多亩的沼泽地挖成塘，埋下藕种。多年弃耕的沼泽地的确是块种藕的处女地，不用施肥，也不用精心管理，藕秧长得又粗又壮。到了农历六月，整块地里长满了茂密的荷叶和荷花，微风稍起，碧绿的莲叶好像欢迎客人一样点头叩拜，白里镶红的荷花散发着阵阵沁人肺腑的馨香。呈现一派生意盎然的景象，确有"接天莲叶无穷碧，映日荷花别样红"的醉人境界。

林坤领着黄祝平，在藕塘四边指指点点："如果没有大的台风，再过两个月就能挖藕收获，我估计产量不低，除去地租、藕种、挖藕人工、种苗人工等成本外，应该有六万的纯收入。"

林坤的估计没有错，到了金秋十月，经过近三个多月的收挖，果然如数收获。

黄祝平由瘾君子到彻底戒除毒瘾，由家空物净到劳动致富，成了乡亲们赞颂的新闻。县电视台记者采访了他，一时间，黄祝平成了榜上有名、电视有影的新闻人物。

一日晚上，瓦婶来到郭彩好家，她对郭彩好说："阿平从瘾君子到劳动致富，全靠党支部派人扶持，我想请你给我想个办法感谢党支部！"

"这个办法当然好啦！吃水不忘挖井人嘛！据我所知，全村由党员和村干部扶持致富的不少于十户。这样吧，由我牵头，组织这些被扶持后脱贫致富户和由坏变好的家庭向党支部赠送锦旗，以此表示深切的谢意。"郭彩好一边倒水递茶，一边对瓦婶说道。

"这个形式太好了，多谢你，彩姨！"瓦婶高兴得像小孩一样跳起来。

数日后的一天上午，村办公楼门口锣鼓喧天，狮队狂舞，人们都自发跑过来看热闹。吃过早餐的夏天华习惯性地巡视了鱼塘，未来得及同师傅交流，就听到从村委传来的锣鼓声，一时愕然。正要细想呢，只见文书陈洪斌开着摩托车赶来说："乡亲们成群结队向党支部报喜啊！快回去。"

未等夏天华坐定问个究竟，郭彩好一把拉住他的手，来到人群中央，宣布说："党支部这几年为我们乡亲办了不少好事实事，其中，委派村干部和党员扶持困难户脱贫致富取得很大成绩，现在，谨赠锦旗以示谢意。"

"请瓦婶赠旗！"郭彩好宣布道。只见瓦婶双手擎旗，迈步上前，向夏天华走来。旗上面写着"顽石可攻"四个隶书字。夏天华庄重地接过旗子，只听见雷鸣般的掌声、欢呼声、锣鼓声响彻云霄。

又见友婶双手擎旗，迈步上前。旗上面写着"咸鱼返生"四个仿宋字。又是一阵震耳欲聋的掌声、欢呼声和锣鼓声。

在郭彩好的安排下，先后有五名妇女向党支部赠送了锦旗。如权婶的"扶我上马"，胜婶的"助我脱贫"，还有强婶的"擂浆棍发芽"，等等。

这是群众向党支部报喜。这种报喜，出自群众的内心。旨在颂扬党员干部在帮助群众脱贫致富、走共同富裕道路的工作中发挥先锋模范作用。

吴社带，男，中共党员，珠海市斗门区人，退休干部，珠海市作家协会会员、斗门区作家协会会员，著有长篇小说《水乡的春天》（电影出版社出版）。有小说、散文见于《海风》《黄杨月》等杂志。

毕业洗礼

范悦春

在万般等待中，2016 届毕业生终于可以回校办理毕业事宜。我嘱咐他认真对待毕业的每一个环节。后来他和绝大多数毕业生那样，一切顺利。虽然没有穿学士服拍照的仪式，也没有鲜花簇拥，更没有家长好友的现场祝贺，但是，当孩子把整洁的蓝封面毕业证、学位证呈现在我面前时，我还是心头一热，像平静的湖中荡起好看的涟漪。

四年大学生涯结束了。回想起四年前填报志愿时，儿子因为高考没考出理想的成绩而艰难地放弃了他多年的医生梦，电影《警察故事》里主人翁正义的形象，让他转而填报警官学院。进入学院后得知，这一届学生毕业后公安系统会有招录名额。无意中，孩子成了很多人羡慕的对象。我告诉儿子，职业只是分工不同，警察有他的使命，还有特定的社会责任。于是，从一开始他就和舍友、同学以严谨的态度和高要求来对待自己。就连寒暑假，舍友之间都会从汕头、惠州、深圳、梅州等地互相来往，交流在实习过程中对行业的认识。

四年的大学生涯，孩子除了学习专业知识、积极锻炼身体外，还报名参加教官、督察队的选拔，任了两届教官，一届督察，抽时间参加志愿者公益活动，积极向党组织递交了入党申请书。

儿子喜欢打篮球，中学阶段成了校队主力，篮球就一直是他的至爱。可不知从哪年开始，他的脚跟总是容易扭伤，后来似乎成了惯性受伤。疫情期间，不能外出锻炼，他就用瑜伽垫在家进行简易健身。沉寂了几个月，可以出去活动了，没想到第一天打球又扭伤了脚。我们很担心会影响到他的毕业体测。儿子却平静地每天为这只伤脚做护理，好在脚也争气，去学校前就痊愈了。

我们到长途车站接到风尘归来的儿子，却没有看到他脸上应有的喜悦，"只要努力就可以有好的结果吗"，看得出儿子心情的沉重。我们家是民主的，是随时随地可以发表意见的家庭。我知道他在领悟一些东西。果不然，他告诉我，这几天的体检和体测，有几十个同学出现了异常。有些是体检检出高血压需要重检，有些是不能在规定时间内跑完1000米。其中有一个不同班的同学，前段时间打球，手被摔断了，一直积极治疗，为参加这次决定命运的体测，铤而走险地打了封闭针，可没想到跑到最后100米，那只手又断了。他跌倒在跑道上，孩子眼睁睁地看着他的同学，在跑道上挣扎，不停地用力想爬起来，却无能为力。后来监考老师叫他签名时他哭着不肯签名，跪在跑道边悲伤地哭了很久很久。

这一幕让儿子看到了人生的残酷。一旦游戏规则定了，就得遵循这个规则，即便你之前做过那么多的努力，即便你有无法操控的实际情况，达不到游戏制定的标准就得出局。这是多么痛而无奈的人生经历。可痛定思痛，人生的路还很长，也许在上帝关上这扇门的同时也打开了另一扇窗，谁说另一扇窗的世界不是精彩纷呈的呢?!

儿子说体测那天,下着雨。也许那是一场为毕业洗礼的雨。我们为那位同学祈祷。

范悦春,笔名沙沙,广东省珠海市作家协会会员,珠海市斗门区作家协会秘书长。在《桂林日报》《珠海特区报》《中山日报》《潮州日报》等报刊发表过作品。作品《母亲渐渐地老了》《歌唱幸福》《红酒人生》获得征文奖项,散文《我庚子年的春节》获得广东省中山日报举办的 2020 年度季度美文大赛二等奖及年度优胜奖。

初冬游九寨沟

谢雄辉

　　追随初冬的脚步，我重游美丽的天堂九寨沟，再来看看这彩色的世界，色彩的天堂。这是上帝的创造，在这人烟稀落的荒野之地，天是蔚蓝的，山是雪白的，水是五色的，林是七彩缤纷的。它把你的眼帘掩映得百花缭乱，把你的灵魂诱向无限的神往。

　　清晨的阳光是金灿灿的，它穿透千山万壑直洒在九寨沟口上。白杨树、银杏树，还有许许多多不知名的大树，被阳光照得绿叶变黄，黄叶变金，红叶变得如鲜艳怒放的花朵。微风吹拂着漫山的林木沙沙作响，摇曳着的树干，叶儿被抖得闪闪发亮。偶尔，几片黄叶随风飘落在奔腾的溪水中，像金叶镶嵌在流动的水晶上，随滚滚的波涛，一会儿就不知去向了。陡峭的山上，红黄绿相间，树木百色交集，像是仙女织出一幅幅川锦，让你久久凝望！初冬的九寨沟确实是漂亮啊！只要你抬起头，无论是哪个方向，耀目的色彩都让你为之感叹！

　　汽车沿着日则沟穿过了原始的丛林和溪涧，直达沟顶的原始森林，所经之处无不是五颜六色的树叶在晃动，仿佛像一簇簇鲜艳无比的花束向我们招手，欢迎远方客人的到来。有人说，山是九寨沟的点缀，水是九寨沟的灵魂。此时九寨沟的山也是色彩斑斓，无处不与水争鲜斗艳。远处望去，几场瑞雪给群山挂上了银装，海拔五千多米的雪宝顶的山顶上偶尔露出的巅峰大石，使雪山显得更加庄严和高傲，像巨人般守护着人类美丽的伊甸园。瞬间，阳光把雪峰染成千姿百态，一会儿是银色的，一会儿变得像金子般黄澄澄的。在红树绿林的簇拥下显得格外高贵。眼前的大山也在阳光的普照下显得美丽异常，金色的、绿色的、黄色的、紫褐色的，一层一层群林叠峦，像挂毯挂在九寨人尊称为海子的宁静湖面上。迎光望去，红枫林像金桂玉树般，树身、树干和树梢正要脱下的红树皮被阳光照得闪闪直发金光。我看呆了，仿佛自己已经坠入了美丽的天堂。

也是在此时，绚丽的天堂美景会勾起无数人当年的壮烈情怀和坎坷的回忆，紧闭双目感慨当年，真有秋叶无限好，只是到冬天的深深感触。无论你是老翁，你是失意者，你是错过了大机会的人；无论你正在为你的生活惆怅，为你的生计忙碌，还是为你的事业奋斗；当你张开双眼，看着雪山由银变金，看着陡峭坡上的彩林在初冬季节还争奇斗丽，看着千枝万树在冰寒的水中傲立，它给你勇气和力量，洗涤你尘封已久的灵魂，激励你成为生活的强者。

我从沟顶往沟底走去，踏着用木板架起的栈道，一路看着彩林，观着海子，欣赏着一个又一个迷人的瀑布，深深吮吸着九寨沟水的灵气。真的，九寨沟的水并没有因冬天的来临而退减其瑰丽的姿色，仍像春天般妩媚，夏天般秀丽，秋天般妖冶。

我很喜欢水，我记得小时候为了学会游泳，到山溪和小河里戏水，为了捕捉小鱼虾，曾被我母捆打；但无论家里的管束多严格，都无法压抑我对水的向往，我还是在七岁那年被同学们教会了游泳。生活在海边的我，一直到现在还是深爱着水，特别是晶莹剔透的山川水。在九寨沟里，一条碧青溪流蜿蜒流淌，淹没在蜡黄带褐的芦苇荡中，人们称它为青玉带。在夕阳照耀下，一朵朵小小的火花，一闪一闪地跳跃在湖面上，人们叫它为火花海。五彩缤纷的大小水珠一串串地滚动在石滩面上，人们说它是珍珠滩。像只五彩斑斓的蓝孔雀被群山静静地拥抱在怀中的就是有神奇传说的孔雀五花海。

海子里最值得一看的是镜海。好辽阔的一片湖面，平静得像镜面一样，在阳光的照耀下，金灿灿的山，七彩缤纷的林，穿着五彩六色从栈道走来的游人，都倒影在孔雀绿色的水面上，简直把镜海染成了七彩池。一群群特有的九寨沟冷水鱼在湖面上非常自由游动，又不惧怕人们的惊吓，使湖面显得格外宁静。忽然，一只小鸟划破了瞬间的平静，从湖的一边飞到另一边，你简直分不清小鸟是在天上飞还是在水中翔。这样的倒影太直接了，太真实了。此时你会对镜海无限的感叹：鸟在水中飞，鱼在天上游。你说神奇吗？

我来到了水磨坊，只见一股奔腾不息的雪域神水向我扑面而来，涌动着雪般的浪花，成了一堵蔚为壮观的瀑布从高处而下，而又静静地流淌过沟底的林木之间。一个高洼地一个瀑布，一块石头一朵浪花，一片树木一摊林中之水；真可谓，树在水中生，水在林中流。特别是在珍珠滩的瀑布上，水汽腾飞，景色朦胧，群山叠峰，彩虹飞舞。几缕阳光穿透林间，照在水珠飞溅的瀑布上，水光潋滟闪着银光，像千百条银龙在飞舞，像千万匹骏马在嘶鸣。声、色、景让你永远难以忘怀。

将要离开九寨沟，我久久凝望着树正群海，一道道不知是什么颜色的灌木林，一个个说不清颜色的海子，组成了橙红蓝绿青黄紫的彩池。彩色的经幡飘荡在的艳丽的藏民房子周围，美丽娇艳的藏族女子，挥动着彩色相间的衣袖向我摆动，与穿着七彩衣服的游人相交织，成了一道七彩颜色的风景线。

九寨沟的初冬太美丽了！我是在躺在色彩的世界，享受着彩色的天堂。

谢雄辉，男，出生在20世纪50年代末。中共党员，曾先后担任斗门区政府负责人，金湾区政协主要负责人。擅长采写新闻类、散文类的文章，许多作品发表在各媒体。

二十八年一回眸

陈卫国

暑往寒来，倏忽经年。

从位于上横横山头的斗门县农业技术中学到井岸镇，大概就只有二十多公里的路程，然而没有想到这咫尺之遥，当年转身一别，今已是二十八年！

前天是周末，我那习惯了两耳不闻窗外事的妻子，早餐时突然幽幽地来了一句："还记得我们高中上了一年那间学校吗？"我闻言，举着箸的手骤然停在半空，颇为意外地停顿了半晌，点了点头问："你想去看看？"妻说："嗯，我们沿着旧路去走走……"

从井岸到当年农业技术中学的旧址，我依稀还记得旧时的路，可是汽车的导航仪引导的却是另一条从北澳村往北经黄杨村、大赤坎村的那条九十年代后期修的新路。我于是关掉导航仪，拨转车头，努力辨着当年骑自行车上学唯一必经的道路：从天地人村、贵头村往黄杨大道及斗门镇的方向驶去。

当年天地人村、贵头村旁的这条泥沙铺设凹凸不平的乡村公路，早就铺成水泥混凝土和沥青路面了，路边两旁的树木比以前长高了不少，显得更加苍翠挺拔，像一把把大的遮阳伞，矗立在道路两旁，一直蜿蜒连接到黄杨大道。依在路旁的贵头村，昔日笔直却又高低起伏的泥地巷子如今依然是笔直的，只是已经都铺成了平坦的水泥路面，低矮的瓦房草屋已经不见踪影，处处可见一幢幢三四层高的楼房。

黄杨大道其实也是我近年常常开车经过的路，只是今天的目的地不同罢了。当年的仅容两辆东风牌公共汽车迎面擦着身子经过的泥沙公路，如今已经修成双向 4 车道、以水泥混凝土为基底的柏油公路，中间还隔着个绿树掩映花草争艳的大花圃，双向的车道上车如流水。

我又想起那辆"红棉"牌 28 寸自行车，是父辈历尽千辛万苦得到的物资指标换取才得以买来的。我骑着它，在这里偶遇的只有零星错落来往的公共汽车。每次公共汽车从身边驶过，扬起路面的沙土灰尘，眼前总是一团灰白，伸手不见五指，东南西北莫辨；若是遇上下雨天，公共汽车从身边驶过，溅起洼沉里的水，浑身又都是污泥湿透。而偶尔见到坐在手扶拖拉机后面、在隆隆巨响中飞驰而过的人们，心里实在是羡慕极了。

这景象恍如隔世，又恍如昨日！

本来，从黄杨大道转入斗门墟镇内，才是当年的旧路，最终我还是走错了，转到温泉旅游大道上去了。我对极目往车窗外眺望的妻说："不好意思，走错了，这是一条新路，要掉头回去吗？"妻一笑："条条大道通罗马，不用回头，就这样走吧。真没想到现在这里美极了！"

我没有问她美在哪里，我不想惊扰她的思绪，我知道她说的美，一定不单是笔直宽阔如黑色绸带伸向远处的马路，不单是路旁锦黄绣绿像一块块平整地毯铺成的稻田和叠翠群峦，一定还有沿途绿道驿站传来的欢声笑语、乡村小楼的飞檐斗拱、金台寺的暮鼓晨钟，还有斗门区一中和斗门镇中心小学的红墙绿瓦和校园广场上高高飘扬的五星红旗……

将近到学校旧址，我们停车逛了一次横山旧街，这里是我们当年从学校出来最近的可以购置生活用品的地方。旧街上三块大青石板竖着，一直用青石板铺成的街道依然平整，但毫不掩饰岁月在它们身上留下的斑斑痕迹。当年街道上无论冬夏，总是穿着青灰色衣裳，身上常常泥渍斑斑，赤脚在石板上走来走去的"水上人"已经见不到了，来往的都是容光焕发，衣着光鲜亮丽，笑容可掬地说着"水上话"的男女老少。街道里那个每当炎夏便发出恶臭的菜市场也不见了，窄小的街道两旁是灯火辉煌的商场超市、手机通信店、时装店、本地特产专卖店等。店里琳琅满目的商品加上门前霓虹闪烁的招牌，令我仿佛置身于澳门大三巴旁人头涌动的街道上。可惜的是当年我课余喜欢躲在里面看书的唯一小书店已经不见了踪影，连书店的旧址也无从辨认了。

我们从横山旧街出来，继续开车往学校的旧址走去，只见旧街旁的公路两边，都是家电商场、酒楼、特产专卖店等，一扫当年一片荒芜的记忆。"横山市场"门前的停车场也停满了各种私家小车。

学校旧址正对着当年学校正门的路旁，两排庄严整齐、挺拔高大的落羽杉还是像守职的哨兵，坑坑洼洼的泥路早已铺成平整的水泥混凝土路面，只是这个当年学校的正门，现在已变成是一家水泥厂办公区的侧门。

我们把车停在门前的路边，徒步往里走，在乱树横枝的掩盖下，门楼上黑色的"斗门县农业技术中学"的大字赫然还在，只是上面已是青苔斑驳。继续往里走，依稀记得依着山坡地势往上走的路径并没有多大的改变，只是那些校舍，大都已经被拆除，重建成新的办公楼。风采依旧的就是那棵美髯长垂、高树浓荫的大榕树了。在大榕树下，我不由想起当年在这榕树下的"教务处"里，全体老师在这里表决是否同意搬迁学校。大概是校长不甘心自己奉献了半辈子青春的学校就此搬走，与井岸镇另一间学校合并，于是在主持表决会时激昂发言，希望老师们投反对票！投票是在现场表决，同意搬迁的举手，结果是全体老师毫不犹豫地举起了手，只是他们大多都低垂着眼皮，不敢直视校长那热切却又无比失望的目光。我开始不明白，后来语文老师私下里跟我说，不是想当面逆校长的意，是因为这里生活环境实在是太落后了！经常停水停电，冬天宿舍里四面漏着寒风，夏天聚蚊成雷，家里差点什么应急的东西，要反复托人到城里捎进来，万一天不见怜得个急病，只得由着天命，遥远地一路颠簸到城里的医院去求医，当时连电话也是个稀罕物，要往外透个消息，只能跑到横山街的邮局里去寄信……想到这里，我转头望着站在我身边也在痴痴出神的妻，问道："你知道当年要搬学校，老师在教导处表决的事情吗？"没想到妻冲口而出："表决？不知道。这还要表决？当年这里那么落后，有机会回县城，哪个老师会反对呀？多少人使尽浑身解数，寻遍门路要调回县城里呢！"我愣愣地听着这个由当年看上我那一刻起就被我认定是个无知妇孺的说话，正在为自己当年的无知暗自窃笑。又听她继续轻声说道："现在就不一样了，我有个同学在横山中心小学任教，她丈夫是区政府的部门干部，我问她为什么不调回城区，她竟然说不想回去，城里有的东西这里基本上都有，开车回去也是高速路，乡间路四通八达任君随意，学校的配套也一点不比城里差，反而这里比城里民风淳朴，食品天然，空气清新……"

　　从大榕树旁边的石级往下走，穿过花树相间的小山坡，便是学校的篮球场，如今球场还在，只是新式的篮球架和上了地漆的篮球场已非当年景象。我正在与妻亦步亦趋往下走，又听得她喃喃吟道：

> 记否旧时青涩样？
> 金风送爽野花香。
> 常悲凋翠怜红落，
> 不识人间有情伤。

我说："这是十年前同学会时我信手涂鸦的小诗，没想到你还记得。"妻浅笑一声："何止十年前，二十五年前你写的这首我都还记得呢：

> 少时空负青云志，
> 壮岁无缘见鹿驰。
> 梦里草庐春睡足，
> 嗟怨皇叔叩门迟。

真是好大的口气啊！你把自己比作诸葛武侯了？"我伸手拉住妻的手，柔声道："那时候刚离开学校几年，少不更事，在社会上四处碰壁，而自己尚年少气盛，一时轻狂所以才口出狂言，如今早就知道天高地厚了。"妻沉默了良久，突然长长地叹了一口气，轻声说道："我们算很好的了，无论如何总算是生逢盛世，你……你……还记得孟夫吗？"我闻言，心头猛地一阵剧痛，黯然地点了点头，脑海中又想起了当年那悲惨的往事：

　　　　黄杨月作品集

那是一九八九年的夏天，大地热得像蒸笼，老天连续一个多月没有下一滴雨，而学校却连续一个多星期停水停电，学校的那两口井已经被暑热难耐、臭汗淋漓的老师和同学们不停打水的铁桶打得滴水难渗了，男生宿舍的门口，远远就能闻到一阵阵扑鼻而来的酸馊味。万般无奈，学校只好贴出告示，批准同学们可以在每天放学后至晚上6点前的时间内，按照学校的路线指引，到校外旁边的横山河冲凉、洗衣服，晚上6点后不准前往。学校私下还派了几名熟悉水性的男老师在指定的河边监视，以防万一。而我们班的黄孟夫同学，那晚从篮球场上下来，已经过了6点钟，却与几个球友偷偷到河里去冲凉，而其他几个同伴并不知道他不会游泳，当他们发现他不见了时，急忙向学校报告，当时天渐渐黑了，老师们反复下水都没找到人，急忙报警，政府出动专业打捞船彻夜打捞，第二天打捞上来，已是回天乏术！很多同学都哭了。校长在校会上声泪俱下，沉痛地发誓说：我们一定不会让这种悲剧再次发生！

我双手把黯然神伤的妻子拥入怀中，温言道："过去的伤心事就别多想了，如今已经物是人非，今非昔比了，学校莫说极少停水停电，而且一年四季有热水，教室、宿舍有空调。这种悲剧永远不会再发生的了……"

太阳高照，把我们的身上照得暖暖的，突然听得外面噼里啪啦地传来了阵阵嘹亮的鞭炮声，抬眼望过去，只见十几台一列的小汽车无一例外，车门上都贴着鲜红而又像是随风飘舞的五星红旗，车身还披红挂彩，喜气洋洋往村里驶去，一定是哪家接新娘子的车回来了。我的心灵仿佛回到了当年，轻轻牵着妻的手说："我们回去吧。"

陈卫国，笔名谓觉。生于1971年，文学爱好者，工作之余也爱推敲文字以自娱自乐。现为珠海市作家协会、斗门区作家协会会员。

韩世兰作品

奶奶的百宝园

韩世兰

奶奶的园子有一两亩地，那可是一个百宝园，奶奶如同魔法师，经过她的巧手，园子里变得异常丰饶。

那园子是我放假时最想去的地方，远离城市的纷杂，是离心灵最近的净土，离喧嚣繁华最遥远的花园。奶奶在园子里种满了种类繁多的瓜果，四季常青的万年青，甚至还有北方人最讨厌的黑暗料理——折耳根……这里可是我的乐园。

奶奶已经年过古稀，头发已白，皱纹满脸，可她总是闲不下来，非得侍弄乡下的一亩三分地，在她的理念里闲着就会难受，要动起来才好哩！

重庆的地形以山岭为主，这里盛产土豆、玉米等耐旱作物。在我的家乡，我们把土豆叫作洋芋。到了广东工作，我才知道土豆学名叫马铃薯，老广们干脆叫它薯仔，很广味。

春天，院子里摆满了即将播种的洋芋，这些洋芋排列整齐，个头小一些的直接一整个丢进泥土里，大个头的一分为二，整齐列队码好。这些土豆一个个喜笑颜开等待扎进泥土，享受大地的润泽。等土豆成熟了，家乡人喜欢的特色菜孔洋芋便是招待客人的好菜，赛过鸡鸭鱼虾。孔洋芋的做法是把一整个土豆慢火烹饪，外焦里嫩。一个小时以后，香喷喷的数十个孔洋芋成了饭桌上的抢手佳肴。在大城市，千金难得孔洋芋，买不到这样的佳肴，也做不了这样的美味，只有家乡出产的土豆才有这种味道。

洋芋在初春时候播种，初春时节，园子里到处都是奶奶瘦小的身影，她翻地，育种，爷爷帮忙拉线，奶奶沿线挖坑，整齐地种上洋芋。爷爷也不甘落后，精心培育的玉米和红薯苗，也种上几排，一根根嫩黄的玉米苗从土里钻出来在三月份将要被安置到地里。玉米安顿好以后就是红薯苗了。爷爷架上塑料薄膜准备培育红薯苗，红薯一排排列好，在温室作用之下很快便能发芽生长，大半个月以后绿油油的红薯藤长成了，园子春意渐浓。

夏天的园子火红艳丽。重庆人最喜欢的辣椒成熟了，朝天椒，七姊妹辣椒数不胜数。在家乡，深受大众喜爱的冠军辣椒要数朝天椒，也就是奶奶口中的七姊妹辣椒。此名从何而来？朝天椒对着天空生长，每一支朝天椒都有七个小小的红辣椒，它们好像七个团结的姐妹紧紧挨在一起，因此而得名。

仲夏时节，奶奶将成熟的朝天椒和其他螺丝椒收割，用锋利的菜刀或切或剁，做成各种辣椒小菜。奶奶把辣椒榨碎做成重庆特有的家乡小菜榨广椒、豆瓣酱。奶奶做的豆瓣酱，市面上的豆瓣酱无法比拟的，她的酱不仅有豆瓣的咸甜，还加上辣椒的鲜香，是饭桌上必不可少的调味小菜。远离家乡的日子，我无法尝到她的豆瓣酱，可那味道一直萦绕在我心中。

傍晚，奶奶家的屋顶上冒出一缕缕青烟，我嗅着味道窜进奶奶家的园子，奶奶正在制作别有风味的榨光椒。榨光椒由玉米碎颗粒和辣椒混合而成，蒸茄子拌烧辣椒是我念念不忘的一道家乡小菜。烈日炎炎，奶奶从地里的园子摘了几个色泽鲜亮的紫茄，再加上青涩的尖椒，螺丝椒是万万不可少的。木桶饭上面顺势蒸上两个紫茄，乘着火势将三两个辣椒在火焰中烧上一会儿，吱吱作响的辣椒，勾起食欲，现在想起来都觉得甚是美味。再将蒸茄子和辣椒凉后，用手撕下来一条条拌上香油、芝麻盐巴，搅拌均匀，赛过任何美味佳肴。

爷爷也是园子里一道忙碌的风景线。炎热的重庆，高温日子居多，就算在三峡地区也不例外。黄昏时分太阳落山了，爷爷和奶奶支起20多米长的水管给瓜果浇水，我也学起爷爷的样子给植物冲起了凉水澡，好不欢快！

秋天的园子金黄飘香。玉米成熟了，放眼望去，黄澄澄的一大片玉米收获正当时。家乡人喜爱的烧玉米，又叫作烧苞谷，惹人爱怜，爷爷是做烧苞谷的高手，这时节我家的园子可热闹，爷爷成了孩子王，总会被一群小孩子包围着的，水泄不通，都等着爷爷的杰作出炉，好尝个新鲜。

包菜也是秋天成熟的品种，此时的包菜个大叶肥，是口感最好的时候。高中时期，每年国庆节放假回家，我总会跟在奶奶身后，手中挎上一个小竹篮，竹篮里放上几个我精心挑选的包菜，叶片层层叠叠。若是恰逢雨后，浅绿浅绿的包菜上还滚动着晶莹剔透酷似珍珠的小水珠，甚是可爱。奶奶把包菜洗净，一部分放进秘制的泡菜坛中，经过酸水的沁润，三天之后便可吃上酸爽可口的鲜嫩包菜。

冬天的园子比较素净，园子里大部分的农作物早已收割，只有一些越冬的大白菜。在下霜的早晨，地里的大白菜苨苨子立在田野当中，薄薄的一层晨雾飘起，大白菜外面的绿衣早已褪去，剩下的是被冰霜包裹枯黄的叶子，像一件保护衣。这些白菜就是奶奶家过冬的新鲜蔬菜了，当然现在连锁大型超市如雨后春笋一般冒起，我那遥远的家乡也不例外。超市里新鲜的瓜菌叶菜应有尽有，然而我还是喜欢奶奶自家种植的无公害大白菜。

岁月飞逝，将近两年没有回家乡了，不知奶奶可好，也不知她的园子可好。城市里车水马龙，川流不息，唯有家乡奶奶园子里的水真正流淌在我的心上。

韩世兰，女，95后，重庆巫山人。在斗门区从事语文教学，热爱文学，2021年创办了个人公众号晓瀚悦读。

一生皆为稻粮竭　只为天下民皆餍

杨荣芳

天地英雄气，千秋尚凛然。"英雄"，只要听到这个词，我心中敬意便油然而生。他们，是走上街头高呼"外争国权，内惩国贼"的五四青年；是浴血疆场，马革裹尸的革命战士；是为祖国建设殚精竭虑，隐姓埋名的"无名氏"……

作为后辈，作为一个被他们庇护、享受他们成果的我，想要见到他们的机会微乎其微，但只要抬头仰望星空，我便能隐约看到他们那伟岸的身躯，这其中就包含已故的袁隆平，他是我心目中永远的英雄，今天我要用文字来悼念他。

你听过，吃观音土活活涨死的人吗？你见过，千里平原所有树木的树皮都被啃光的情景吗？那发生在 20 世纪 40、50 年代，人们普遍吃不饱的年代，那是常有的事。我们今天之所以看不到，这完全要归功于我们的"世界杂交水稻之父"——袁隆平，"共和国勋章"获得者，中国工程院院士，他功不可没。

自古以来，中国人民的吃饭问题，是一个亟须解决且严峻的问题。人口增长速度加快，人们对粮食的需求不断提高，而田地的分布不均、生产力的低下，使当时绝大多数的农民都吃不饱，唯有地主的粮仓稻米流脂。每个朝代都尝试着解决这一关乎民生的问题，但均以失败告终。新中国成立后，土地改革使家家户户都有田种，虽然田地分布不均的问题已经有效解决，但生产力的低下，依旧让广大民众过着吃完这顿忧下顿的日子。

　　1930 年出生的袁隆平深知粮食对人民、对国家的重要性，他也被荒年百姓忍饥挨饿的悲惨场景深深刺痛，考大学填报志愿的时候，父母和他进行了一次深刻的谈话。他们问袁隆平究竟想要学习什么？袁隆平认真地回答说：我要学农业，我要为农业奋斗！开明的父母尊重了袁隆平的选择。1953 年，袁隆平从西南农学院农学系毕业后，开始踏上了他的教学和"种地"生涯。30 岁的他，决定投身于杂交水稻的研究中去。在一次偶然的机会下，他发现一株天然的杂交稻，便兴冲冲地带回试验田播种，但结果让人并不如愿，最终的产量很低。为了继续网罗天然的杂交稻，袁隆平不辞劳苦，在骄阳如火的夏季，手持放大镜，穿梭在无边无际的稻田里，一株一株地寻找杂交稻。好不容易找到了，可以开始做实验了，却因当时社会时局的动荡被迫停止，就连试验田也被毁坏，这让袁隆平悲痛欲绝。几经周折，他找到了幸免于难的五根秧苗，继续坚持他的实验。1964 到 1973 年，九年的风雨兼程，九年的坚持不懈，让三系杂交水稻面世。据统计，从 1976 年到 2018 年，杂交水稻在全国累计推广面积约 85 亿亩，增产稻谷 8.5 亿吨。每年因种植杂交水稻而增产的粮食，可以多养活约 8000 万人口。

　　但袁隆平并不满足于此，在此后的时间里，他又培育出多个不同的杂交品种，包括最有名气的超级杂交水稻。他在这条路上走了一辈子。"我不在家，就在试验田，不在试验田，就在去试验田的路上。"这句话透出了袁老的一股倔强的认真劲儿。年过古稀，本该含饴弄孙、颐养天年，可袁隆平依然坚守在一线，每天准时上班，准时下田，上午 9 点半到 10 点半，下午 3 点半到 4 点半，是他固定到试验田的时间。越是打雷刮风，越是下大雨，他越要到田里面去看看，因为那是检验他的"宝贝"的关键时刻。

袁隆平对试验田如此痴迷，不仅仅是一种生活习惯。他说："我们搞育种的，就是要坚持在第一线，这样才会发现新品种，才会接近灵感。"奋斗在一线，是袁隆平爷爷的行动指南。

2019 年，国家主席习近平对其授予国家最高荣誉勋章——共和国勋章。但袁隆平并不因此生骄，并没有"躺在功劳簿上睡大觉"。而是继续带领团队进行攻坚，在 2020 年，青海盐碱地里试种的海水稻试验田成功丰收。标志着我国的水稻种植技术又上一个台阶，这些显赫的功绩，都离不开袁隆平刻苦钻研和奋斗。他的功绩足以媲美神话小说中的神农，他耄耋之年仍十分活跃，我甚至以为他不会生老病死，以为"90 后"的他真的青春永驻。

噩耗传来，2021 年 5 月 22 日下午 1 点，袁隆平院士因多器官衰竭在长沙逝世，享年 91 岁。我心痛不已，泪流满面。一生都扑在杂交水稻研究上的袁隆平，就这样一路向西了！全国人民为之心痛！阴雨朦胧，十里长街，鸣笛声响彻云霄，长沙市民夹道泪别。道路旁，有手捧鲜花的学生，有不时拭泪的老人，还有很多人冒雨追随着灵车，一路上追了很久很久，他们悲怆地高喊着"袁爷爷，一路走好，您一路走好！"是啊，袁爷爷，您为中国操碎了心，14 亿人民不舍的呼喊声您听到了吗？我们舍不得您走啊！但我们又必须面对这事实！

民者，国之源也；而民之本，在于使其养生丧死无憾，在于使其衣帛食肉。上古神农教我们的祖先耕种，让我们的祖先打猎一无所获时，也能垫垫肚子；而您教千千万万人民耕种，让我们能远离饥饿，让我们可以把握住自己的饭碗。您如天神一般创下奇迹：用不足 10% 的土地，养活全球 20% 的人。您耄耋之年，仍奋斗在一线，只为让国家更加富强，为百姓多谋些福祉。你奋战到了最后一刻！袁隆平，您把自己奉献给了杂交水稻事业；您把自己的研究成果奉献给了研究同行；您把杂交水稻奉献给了中国人民，也奉献给了全世界。无农不稳，有粮则安。袁隆平"为了让更多人吃饱饭"的愿景，终已成真。在这里，请允许我对您致以最诚挚的敬意！

什么是国之脊梁？什么是民族英雄？应该像您一样，青年时壮志凌云、一心报国，中年时矢志不渝、艰苦奋斗，耄耋之年无私奉献、鞠躬尽瘁。"春蚕到死丝方尽，蜡炬成灰泪始干。"袁隆平您一生的时间都在奉献自己，您用一生的时间造福国民，乃至整个人类。袁隆平爷爷虽然您离我们而去，但是您的事迹和贡献值得我们永久铭记！喜看稻菽千重浪，最是风流袁隆平！

仓廪实而知礼节，您让我们的仓廪充实；承蒙您的恩典，我们会好好学礼、知礼；我们会好好继承您的遗志，帮您完成那个"杂稻赛高粱，稻穗如帚长，谷粒如花生，悠然卧其下"的梦，愿我心目中的英雄——袁爷爷一路走好！

杨荣芳，男，珠海斗门人。生于 2003 年 4 月 23 日。现就读于珠海理工职业技术学校斗门校区。平日喜欢下棋、阅读，对文学有着浓厚的兴趣，自小学始，便有勤于思考，将知识吸收为己用的习惯。故在学校就读期间，成绩优秀，深得老师们赏识。

一蓑烟雨任平生

容绮璐

　　他的一生是如此的不平凡。

　　生于四川眉山，年少二十一年的时光里，大概是一生中最欢愉，最自在的日子。三三两两品美食，游山水，温一壶清酒，吟一首好诗。"眉山出三苏，草木为之枯"，那里的人们都亲切地唤他"子瞻"。

　　一朝进京，年少成名，声震天下。本应纵歌芳华，一展抱负，不料遭丧母之痛，守孝三年。

　　三年后再进京，遇见王安石，政见不和，自请出京。二十多年风平浪静的平和生活此刻掀起波澜。

　　八年时间，杭州、密州、徐州，留下了他的政绩，他的诗篇。在杭州，赈灾、浚湖、开河、引水，西湖的葑草了无踪迹，让人"欲把西湖比西子，淡妆浓抹总相宜"；在密州，带领民众扑杀蝗虫、斋戒吃素，围场里手拉大弓，口中一句：会挽雕弓如挽月，西北望，射天狼，豪放不羁，壮志凌云；在徐州，卷起裤脚，修筑堤坝，在前线坚持了两个月。一件又一件，一首又一首……

四十三岁，任湖州知州。他是政治家，他更是个文人。一篇《湖州谢表》，一封封有心政敌的弹劾，一个个看热闹不嫌事大的小人，"东坡何罪，独以名太高?"于是，"耳熟能详"的"乌台诗案"诞生。一贬再贬，名动天下的大诗人摇身一变成为流亡罪犯，无数的谩骂欺身而上，身上的脏水再难以洗净……可他还是他，"吾侪虽老虽穷，而道理贯心肝，忠义填骨髓，直须笑谈于生死之际"，如此真诚，如此勇敢，如此洒脱!

　　44~48岁，他在黄州。他是苏轼，面对赤壁山石与滔滔长江水，他依旧向往"雄姿英发。羽扇纶巾，谈笑间，樯橹灰飞烟灭"。他不再是苏轼，是东坡居士，"扁舟草履，放浪山水间，与樵渔杂处，往往为醉人所推骂……"活出了生活最真实的样子。

　　于是，一个崭新的苏东坡诞生了!与知己好友相约南山郊外"雪沫乳花浮午盏，蓼茸蒿笋试春盘"，忘却尘世烦恼，官场烟云，人生一世，重的是自我的感受，"人间有味即是清欢"。

　　六十五岁，常州，他闭上眼睛，长眠于世。

　　他这一生，太不平凡。他，太不完美。他会在妻子离世时，痛苦地写下"十年生死两茫茫"；他无法圆滑世故，明哲保身；他无法在世俗地摧残下，忘记最初的梦想……

　　他，太完美。他是无与伦比的诗人、书法家、画家、散文家；他是以天下为己任的政治家；他是皇帝的秘书和老师，他也是道士、僧人、农夫的朋友；他研究如何酿酒、烧菜、炼丹、养生……

　　暴风雨过后的林海中，一位老者，手持竹杖，脚着芒鞋，身披蓑衣，踽踽前行，一蓑烟雨任平生。

　　容绮璐，女，斗门区人，华南师范大学汉语言文学四年级学生。

　　　　　　　　黄杨月作品集

最后的秋天纪事（组诗）

徐向东

最后的秋天纪事

时光浑浊，今天感觉有点不好
但依然有人在绿地，与日子对弈
一些人的气息，在时空中悬浮
两年来，我只开过一次窗
喝过一次酒，大量的

尊敬的人苍老了，剩下不语
也活成了雕塑。是岁月静好吗
他打开一扇门，一只瓶子，厚实屏风
一朵花开的盛妆，安慰了我

想到那些离人、泪流与鸟笼

一时都清晰起来。有些人
排起语言长队，喋喋不休
还有人在村口，贩卖伤口的盐巴
平坦的棋盘上，丛林万壑
那些车马，那些踩踏的时间
有些流离失所

今天是最后的秋天，还算深情
疫情下，有兔子原野奔跑
虽然，有些出山的路找不到了
找不到就找不到吧，喊一声
我听到了山在回应

穿泛白红短袖的人

万事万物他只动脚。他光着脚
穿一件红色 T 恤，普通圆头
没我看到的文字光鲜
没有音乐难见难分。泛白的短袖
应该比耳边的争论平静
汗水从他脑门淌下来，全身湿透

他刚从山口出来，遇上了我
后面还会遇见好多人
乞丐，少女，摊贩，富婆……
我知道，他走过了密林，荆棘

一朵朵云一朵朵花被丢在山路上
以及一些野猪出没的荒野
城市拥挤的街道，就要华灯初上

此刻，他与我擦肩而过
四十不惑。他走进一幢豪华楼宇
熟悉的背影，慢慢地不见了
这是我今天见到的一个隐形人
我只能拍下一朵花，表达盛景

我从砂砾路上来

磕磕绊绊，我一两岁学会走路
脚崴过，手肘伤过
布鞋破了，脚趾流着血
五六岁时，我早已忘记流泪了
爬拖拉机、卡车、火车
偷过邻居家的紫葡萄、青橘子
挑过煤，打过水，扛过麻袋
啃过死鸡死猪的肉和骨头
咬紧牙关比石头坚硬。四肢无力
却能扛高过人头的山柴
天暗了，挑重若千斤的牛粪
向前走。一路的砂砾没有尽头
却从未晕倒
无知，无畏，无望，也无所谓

我走到了现在。未来可能
还会有虎、狼、猪、牛和羊出没
我依然会像小时候，手捧那本书
念着语录。虽然会点粤语
语音不准，有些磕磕绊绊

　　徐向东，中山日报文棚主编，中山画刊主编，中山市作协副主席，中山市报告文学学会主席。诗歌作品发表于《中国作家》《诗歌月刊》《诗林》《诗潮》《中国诗歌》《南方日报》《菲律宾商报》《上海诗人》《香山诗刊》等。有诗歌、文学评论、小说、报告文学、散文和新闻作品获国家级、省级奖。著有诗集《季节无言》长篇小说《归者》，为第一作者合著长篇报告文学《王道》等。

秋天到处都有我们的亲人（外一首）

何中俊

一些植物，慢慢消隐

斑茅草从尖叶开始撤退

秋枫的鲜血在回流

那些在凉风里

向地下，向石缝，向水底

向更深，更远，更黑的地方

崛进的物类

都是我们走失的亲人

秋天，是另一个故乡

所有的盛装出场

都将有一场华丽的谢幕

秋蝉，在风中学会了沉默

隐身的池蛙，认出刀锋的路径

躺平的乌梢蛇们

把自身的消耗，降到零点

回到石室的人，穿上了外套

残雪的城堡

没有门，你看见的门
是一幅抽象画
随着时间，温度和季节
不断变迁。也没有路
你可以飞，可以拉着一个
影子和衣袖进入
当你放弃寻找，放弃希望的时候
脚下一滑，门开了
你看到一个不是城堡的城堡
不是自己的自己
望着自己，你就能看见
那是一头熊，是一只狼

当然，每一个人都是形状不同城堡
互不联网。城堡的主题是战争与和平
孤独的星辰沿着各自的路径
擦肩而过，或稍许停留
互相深入，或矛刺相见
没门的地方才是门
没路的地方才是路
没人的地方，人头攒动

黄杨月作品集

何中俊，中国诗歌学会、中国纪实文学研究会会员，中山市网络作家协会创始人，中诗网签约作家，中国"每天一首原创诗"诗歌运动发起人，中诗网论坛副总编。作品发表于《诗刊》《星星诗刊》《诗选刊》《作品》等报刊，入选多种选本。出版有诗集《在水之湄》《一只蚂蚁的悲伤》《乡俗物语》和散文集《路上开放的丁香》、报告文学《王道》等，获广东省"有为杯"纪实文学作品优秀奖。

南澳宋井（外二首）

罗春柏

浪唇舔着沙滩

褐黄礁丛里

似圆却方的井

装满了数不尽的

岁月风尘

没有浸染海的咸涩

没有淹没在历史烟云

为抵御九州的落日

留一泓清甜

滋养护国的将士

是圣贤开挖

还是地缝的涌泉

久远的时光

谁能解码

风雨刻下的石纹

长天浩渺
吹不尽萧萧的风
那不息的波涛飘动
依然如当年烽烟
和西去的帆影

德天瀑布

跨国的胸怀
从两地相连处
飞珠溅玉
倾泻一生的清纯

飘来乌云时
曾喷涌不止的泪
蓝天白云
便是万马驰骋

奔流没有定势
包容却是永恒
滋润着两岸
草木一片青青

归春河流淌着

风舞动竹排的旗
是你在召唤吗
闪动着水的猫眼绿

垂　钓

市井之外
静静地
潜心于渔耕
作岸边一尊活雕

似姜翁不是姜翁
在轻轻的风中
放一长线
探索水族的世界

岸柳轻拂着
云渐渐飘远了
有谁看见
涟漪洗去浮尘

一只翠鸟在半空
不声不响
正等着下一刻
分享我钓起的愉悦

罗春柏，中国作家协会会员，中国诗歌学会理事。作品入选中国年度诗歌选本。获广东省第九届鲁迅文学奖。著有诗集《一棵树站着》《枝头的绿羽》。现居珠海。

登山记（外三首）

黄杏祥

层层叠叠万千重，
登岫羊肠小道通。
仰首前瞻林障目，
只缘身未到巅峰。

山　泉

淙淙不息出深山，
百转千弯历万难。
一路笑吟溪涧水，
东流入海不回还。

菊花赋

九月重阳秋色深，
山中黄菊扣诗心。

片片翠绿片片玉，
朵朵黄花朵朵金。

重阳登高

一年一度一重阳，
嫂妪叟翁上岭岗。
健体攀登非畏累，
汝追我赶少年郎。

　　黄杏祥，字一夫，1955 年生，广东阳春永宁人，乔迁珠海斗门。中共党员，高中毕业，酷爱文学，尤其爱好诗词。阳春诗社学会会员，珠海市斗门作家协会会员，华夏博学国际文化交流中心，中华诗词学会会员，中华当代文学学会理事，著有诗集《春光杏红》。

卜算子·赠人民教师（外三首）

赖雄斌

教苑作人梯，诲语成龟镜。樗栎承绳始中材，不悔寒窗冷。
垂范以身先，师德日三省。隆学兴邦责在肩，探索无穷境。

五律·冬日初晴早起遂咏

朔吹昨宵劲，冻云阴压城。
澄明开曙色，罢雨喜朝楹。
语鸟呼三过，吟声继五更。
晒裘宜趁早，难得是新晴。

七绝·惊蛰

萌蛙弹跃上鸣琴，一阕和音动客心。
未待惊雷震天地，春姑酒熟已先斟。

七律·临近中秋写怀

客鬓惊秋多感伤,可堪雁影逐斜阳。
枯荷已满真珠泪,芦梗新添絮粉霜。
宁向商途嗟薄利,且从宵月咏清凉。
羁愁一缕何须问,佳节来临倍思乡。

  赖雄斌,网名珠漂一族,男,籍贯潮汕,现居斗门。珠海市三灶镇诗词楹联学会骨干会员,珠海市曼殊诗社会员。喜欢格律诗词,作品散见于《金海风》《黄杨月》等文学专刊及网络平台。

珠海赋

——献礼珠海经济特区四十周年

谭代雄

嗟夫！珠海，西江门户，南海明珠；幸福之城，魅力之都。其来有自，香山千年古邑；川流不息，珠水万顷滩涂。凤凰于飞，龙脉蜿蜒五桂；金鼎斯镇，洞天传说六祖。沙丘遗址，先民摩崖窥宝镜；海滨故事，渔女踏浪立香炉。

凭栏处——

白石赤坎，近岸农渔繁庶；红棉紫荆，向阳花木扶疏。碧海扬波，荡漾银滩清渚；黄杨耸翠，掩映金台菉竹。朝晖夕阴，霞光返照合浦；天风海雨，云气回旋苍梧。望之蔚然也，百岛星罗棋布；

逝者如斯夫！千帆风驰电逐。

噫吁嚱！世代更迭，南辕北辙，千万里寂寞寒暑；时光荏苒，西行东渐，百十年风流人物！忆往昔——容闳先驱，留学耶鲁；陈芳钜富，领事火奴。廷枢练达，戮力洋务；茶王徐润，招商运输。

莫氏三代，买办太古；绍仪一品，总理民初。蔡昌大新，百货翘楚；

国安主事，清华监督。香洲开埠，惜乎付之一炬；唐家建府，可叹日暮穷途！

曾记否——

天下为公，卢慕贞逊辞国母；女中称雄，徐宗汉革命救夫。香洲叱咤，叶剑英新编队伍；省港罢工，苏兆征振臂高呼。濠冲点灯，邝任生首建支部；华南传道，杨匏安奋笔疾书。断鸿零雁，曼殊难分缁素；木刻水粉，古元共赏雅俗。

君不见——

天翻地覆，人民当家作主；斗转星移，建设如火如荼。精卫填海，横琴堪称宝库；芙蓉出水，庙湾盛放珊瑚。南海前哨，钢八连中流砥柱；巾帼英豪，铁三灶海防村姑。人生几回搏，容国团乒坛独步；

盛世一路歌，莫华伦艺苑传胪。

嗟夫！珠海，一锤定音，兴办经济特区；百舸争流，聚焦创业热土。

不破不立，无愧改革重镇；敢闯敢试，甘为开放先卒。生态优先，婉拒三来一补；科技重奖，广纳四海五湖。东方风来，再催春潮夏雨；游子雁归，第送港英澳葡。

浩浩乎——

创新驱动，格力千亿家电；投资牵引，长隆十万水族。航展开幕，银燕凌空飞舞；大桥落成，巨龙跨海通途。一国两制，大湾区方兴未艾；两区九市，新珠海脱颖而出！

待从头——

交通先行，健全十纵六横；纲要落地，架构四梁八柱。三足鼎立，共铸澳珠一极；二次创业，重整改革脚步。添翼腾飞，新增千万旅客；扬帆远航，突破亿吨吞吐。辐射西岸，壮大产业引擎；典范沿海，刷新发展纪录。

抬望眼——

晨曦初露，催开日月新贝；落霞斜飞，归隐神仙旧窟。松涛阵阵，激荡将军山谷；海风习习，缱绻情侣湾路。吃货饕餮，垂涎丹荔海鲈；文青徜徉，驻足绿道书屋。包容共享，以人民为中心；绿色协调，为万世谋幸福！

嗟夫！珠海，路漫漫其修远兮！特区四十而不惑；泉涓涓而涌流也，买臣五旬犹未沾！一弯新月，仗剑磨刀门外；半世经纶，负薪黄杨山麓。岁月不居，共山川于一隅；昊天罔极，偕宇宙于万古！

谭代雄，1970 年生于湖北天门。1993 年毕业于武汉大学，南下珠海。曾发表《港澳大桥赋》《黄杨山赋》等作品。